權力巔峰

SUPREME POWER

卷 14 與狼共舞

夢入洪荒 著

目錄

Contents

第一章

仕途滑鐵盧

柳擎宇淡淡說道：「你們吉祥省處處為談判設置障礙，讓談判無法進行下去，甚至還準備了栽贓陷害的戲碼來對付我，要不是我做事一向謹慎，時刻注意保護自己的話，恐怕今天晚上這裡就要成為我仕途上最大的滑鐵盧了。」

黃立海苦笑著說道：「哎，鄭廳長啊，這個項目是人家瑞源縣發起的，甚至有將近一半的資金都是人家籌集的，我們市裡就是想要插手也插不上啊。」

鄭建仁聽黃立這樣說，只能說道：「哦，既然是這樣的話，那我們就直接找柳擎宇談吧，你有柳擎宇的電話嗎？」

黃立海把柳擎宇的電話告訴鄭建仁，鄭建仁記下柳擎宇的電話後，思考了一會兒，對羅洪剛說道：「我說老羅啊，這事情可麻煩了，省裡派咱們負責跟進三省樞紐工程項目，但是白雲省負責這個項目的只是一個縣委書記，如果由兩個副廳級的幹部去和柳擎宇談的話，這級別有些不太對等啊。」

羅洪剛點點頭說：「的確是這個理，人家只出一個縣委書記，咱們出兩個副廳級幹部，的確規格太高了，要不這樣吧，我看你們交通廳派出一個處長來，我們松江市派與瑞源縣相連的吉安縣縣長趙志勇去，他正好在省裡開會，咱們負責坐鎮就行了。」

鄭建仁同意道：「好，就這麼辦吧。」

一個小時後，省交通廳派來的計財處處長魏金生和趙志勇來到了吉祥省凱旋大酒店六〇八號包間內，當面聽取了羅洪剛和鄭建仁的指示，隨後便由魏金生撥通了柳擎宇的電話。

柳擎宇此刻正坐在房間內望著窗外想事情呢。

就在不久前，他才和田先鋒通過電話，田先鋒告訴他，吉祥省已經表示要積極參與三省交通樞紐項目，柳擎宇聽到這個消息十分興奮，此刻正在謀劃著怎麼樣和吉祥省方面進行聯繫呢。

看到陌生電話號碼打了進來，柳擎宇接通了電話：

「您好，我是柳擎宇。」

電話那頭，魏金生沉聲道：「你好，我是吉祥省交通廳計財處處長魏金生，我和趙志勇同志奉領導指示，想和你溝通一下三省交通樞紐項目，你看咱們什麼時間見個面，談一談？」

柳擎宇笑道：「我現在就在吉祥大酒店，要不咱們就到酒店的茶苑坐坐，見面詳談？」

魏金生沒想到柳擎宇竟然早到了吉祥省，大感意外，點點頭道：「好，那我和趙縣長馬上過去。」

掛斷電話，魏金生向領導彙報了之後，便和趙志勇一起趕奔吉祥大酒店。

路上，魏金生忍不住說道：「我說趙縣長，你說兩位領導的指示到底是什麼意思？為什麼羅書記說要咱們不慌不忙，沉著應對，要確保我方利益最大化？我們如果不能儘快談成這次合作的話，恐怕省領導那邊我們也不好交代啊。」

趙志勇眼珠轉了轉，道：「我認為這**明顯是話裡有話啊**，這項目可是一千多億的大項目，其中涉及到的關係十分複雜，我們只是馬前卒，後面不還有兩位副廳級的領導嗎？我們只需要按照領導的指示辦事就行了。」

魏金生覺得趙志勇說得很有道理，便說道：「好，那今天咱家就儘量為我們吉祥省爭取利益，你說咱們的底線怎麼設定？」

趙志勇笑道：「這個還不簡單，首先，既然是兩個省合作，我們首先要確保我們這一方能夠獲得政績，同時，也要確保能夠獲得一定的利益，尤其是在股權分配上，一定要堅守底線。」

魏金生納悶說：「可領導並沒有告訴我們要拿下多少股權收益啊？」

趙志勇嘿嘿笑道：「那還不簡單，**漫天開價**，**坐地還錢**嘛，我們最少得爭取百分之十五的股權收益吧？怎麼著我們也是拿土地入股，那麼多繁重的拆遷工作都需要我們協調呢。」

魏金生聽了，不由得眉頭一皺，說道：「趙縣長，我看百分十十五是不是太多了啊，這可是三省交通樞紐項目，如果我們拿十五趴，瑞源縣和赤江省方面也至少要拿十五趴，這樣一來，投資商只能拿剩下的五十五趴了，那樣，投資商肯定不幹的。」

趙志勇不以為意地說道：「管他呢，我們只要保住我方的利益，至於其他人怎麼想，就不是我們能夠掌控得了的。」

魏金生看趙志勇說得如此輕鬆，現階段也只能按照他的意思去辦了。

魏金生、趙志勇兩人在吉祥大酒店的茶苑內見到了柳擎宇。

見面之後，他們開門見山的就提出了自己的要求，柳擎宇不由得眉頭緊鎖，說：

「二位，我這次來吉祥省是帶著極大誠意來的，對於你們剛才所說的三個條件，第三個條件我可以答應你們，我們歡迎任何投資商投資這個項目，但是另外兩個條件實在是太苛刻了，我無法答應。」

趙志勇冷冷說道：「如果柳書記認為我們的條件太苛刻，那我們就沒有辦法再談了，這條件是我們的底線，我們絕對不會有絲毫讓步的。」

在趙志勇想來，柳擎宇肯定非常急著推動這個項目，所以最終會在條件上有所讓步的，畢竟，只要項目正式啟動，這絕對是天大的政績啊！

然而，令趙志勇意外的是，柳擎宇卻是直接站起身來說道：「既然趙縣長這樣說的話，那我們今天就暫時談到這裡吧，我打算明天十點左右離開吉祥省，咱們明天上午八點鐘再談一次，你們看怎麼樣？」

魏金生點點頭：「好，那就明天再談，希望柳書記你能夠有所讓步。」

柳擎宇淡淡說道：「希望你們明天也能夠有所妥協。」

趙志勇和魏金生走出酒店，上了車後，立刻商量起來。

魏金生忿忿地道：「趙縣長，柳擎宇要是明天就走的話，我們根本無法完成省領導交給我們的任務啊。」

趙志勇老神在在地說：「魏處長，不用急，**本山人自有妙計**，任他千般妖孽，最終還是得乖乖聽我的話，你就等著看好戲吧。走，咱們先去旁邊的酒店喝酒去。」

夜幕低垂，蒼穹如墨。吉祥省省會通達市燈火闌珊，霓虹閃爍。

時間緩緩指向了凌晨。柳擎宇勞累了一天，雖然身心俱疲，但是躺在床上卻身不由己的想著事情，毫無睡意。

好不容易讓吉祥省省委主要領導都表態同意參與這個項目，卻又生出如此波折；更讓他沒想到的是，趙志勇能夠混進談判小組中，如此看來，趙家在吉祥省的實力果真不容小覷。

明天自己該怎麼做呢？

為了促進這次省級間的合作，**他千里迢迢的跑到通達市來，難道真的毅然決然離開嗎？如果離開，又會產生什麼後果**？但是不離開，照趙志勇和魏金生的態度，自己就是再待下去，也無法取得什麼進展，何況他也不可能一直荒廢手邊的工作不顧，曠日費時的在這裡空轉。

柳擎宇腦中不斷地以魏金生和趙志勇的想法、目的，去揣摩吉祥省省委領導層的真實態度，思考著自己該如何推動談判進程。

隔壁房間裡，程鐵牛早已鼾聲如雷了。

就在這時候，房門處突然傳來嘟嘟嘟的敲門聲，聲音很是輕柔。柳擎宇不由得一愣，坐起身來，側耳仔細傾聽，心想：「該不會是我聽錯了吧？」

房門又傳來敲門聲，柳擎宇可以確定，敲門聲絕對是從自己的門口傳來的。

柳擎宇眉頭一皺：「這麼晚了，程鐵牛在酣睡，自己在吉祥省也沒有熟人，到底是誰在敲門？」

帶著疑問，柳擎宇打開燈，走到門口。

房門打開，一陣香風便撲鼻而來，緊接著，一個軟玉溫香的身體倒向柳擎宇的懷中。

柳擎宇感覺到有人向自己而來，又聞到香味，立時猜到對方是個女人，身體瞬間向後閃出一段距離。

等他站定之後，這才看到闖進自己房間的是一個身材極佳、面孔清純的女孩，女孩頭髮蓬亂，上半身穿著一件白色T恤，裡面沒穿內衣，下半身是粉色短裙，黑色絲襪，腳上蹬著一雙黑色高跟鞋，看起來二十出頭，大學生的模樣。

女孩進屋後，立刻把房門鎖死，隨即惶恐地四處打量了一下，然後噗通一聲跪倒在柳擎宇面前，聲音哽咽著說：「先生，求求你救救我，不然我非得被那兩個壞人給糟蹋了。」

柳擎宇安撫女孩道：「你先站起來，到底發生了什麼事？誰要糟蹋你？」

女孩梨花帶雨的站起身來，抽泣著說道：「是這樣的，我是吉祥大學的大學生，今天和一個朋友見面，他請我吃完晚飯後，我就什麼都不清楚了，等我清醒時，發現我躺在酒店的床上，他正在和另外一個男人準備扒我的衣服，我拼命掙扎才逃出來，估計過一會兒他們就會找過來。先生，求求你收留我一晚吧，只要不被他們帶走，你讓我做什麼都行。」

女孩眼神中充滿惶恐不安，看起來十分楚楚可憐。

正說話時，就聽到房門外傳來急促的敲門聲，一個男人粗聲粗氣的說道：「老王，看到那個女學生沒，怎麼一眨眼的工夫就不見了，我明明看到她跑到這層樓上來了。」

就聽另外一個男人的聲音說：「是啊，我也看到這丫頭跑到這層樓來，再仔細找找，有可能躲到女廁所去了，我們一定要找到她，不能讓她跑了，找到這麼好看的貨色不容易啊，今天我們哥倆一定要好好爽一把！」兩人發出一陣奸笑聲。

女孩露出極度恐懼的表情，身體不停顫抖著，雙眼哀婉的看著柳擎宇。隨著她的顫抖，白色T恤下，兩隻失去束縛的大白兔在不斷跳動著，讓人浮想聯翩。

門外的兩人一邊說著話，一邊漸漸遠去。

女孩聽到兩人似乎遠去，身體一下失去力氣，軟綿綿地向柳擎宇倒了過來。

按照常理，柳擎宇此刻應該上去扶住女孩，然而，柳擎宇卻偏偏向後退了一步。

女孩頓時失去重心，身體搖晃了一下，噗通一聲跌落在地上，發出哎呦一聲，嗔怒地說道：「你為什麼不扶我一把？難道我就那麼讓人討厭嗎？」

女孩眼中淚光漣漣，梨花帶雨，十分楚楚可憐。

一反先前同情的表情，柳擎宇一臉厭惡和冷漠之色，冷冷說道：「行了，不要再演了，收起你那副虛偽的表情，現在就給我滾！」

女孩聽到柳擎宇這樣說，眼中淚水立刻奪眶而出，抽泣著說：「嗚嗚嗚，你為什麼要這樣，我那麼讓你討厭嗎？你就不能發發善心救救我嗎？」

柳擎宇一語道破她的詭計：「善心？如果我發善心的話，恐怕我今天就要被你給害慘了。你根本就不是大學生，你也沒有被人追趕，完全是在演戲。」

女孩委屈地說：「你胡說，嗚嗚，我的命怎麼這麼苦啊。」

柳擎宇嗤了聲：「我胡說？小姐，拜託你下次演戲前能不能專業一點，你的破綻也太多了吧！你認為一個女學生出來會不穿內衣嗎？」

女孩反駁道：「我的內衣被那兩個人給脫了。」

柳擎宇聽了道：「如果是這樣的話，你身上的這件T恤又怎麼解釋？不要告訴我這是你臨時從房間拿的，你真是從他們手下掙脫的話，他們會給你留出拿襯衣的時間？」

「這個……」一時之間，女孩回答不上來了。

柳擎宇又道：「其實你的破綻遠不止這一點，除去T恤的破綻不談，一個大學生會穿高跟鞋絲襪跟別人約會嗎？就算有這樣的大學生，會說出只要能不被他們糟蹋，我要做什麼你都答應的話嗎？這不是明顯在勾引我嗎？」

「我……我是為了自救才這麼說的。」女孩還想狡辯。

柳擎宇不屑道：「就算你說的有道理，但是那兩個男人的破綻也太多了。首先，他們故意在我的房門外說話，還那麼大聲，生怕我聽不到一樣，做壞事的人敢這麼囂張說話嗎？唯恐別人知道一樣！再者，兩個大男人追一個穿著高跟鞋的女人，竟然還讓你有時間敲門，這豈不是天大的玩笑嘛？我沒記錯的話，你光是敲門就花了將近五十秒的時間，我不信你可以把這兩個男人甩開那麼遠的距離！」

「我……」女孩徹底為之語塞了。

柳擎宇接著分析道：「雖然你的表演還算專業，眼淚說來就來，表情也很逼真，但是你的表演有些過火了，因為一個女人害怕時，手腳或許會顫抖，但在身體沒有跑動的情況下，腰和胸部可不會抖動，很明顯，**你所做的一切都是為了一個目的，那就是希望我推倒你！說吧，到底是誰派你來的？**」

「不……沒有人派我來，我……」女孩無法做出更好的解釋，突然抓住自己的T恤向上掀去，眼見兩團白花花的東西就要呼之欲出。

然而，柳擎宇動作也很快，立即伸手點中女孩的穴道，女孩的雙手頓時僵在那裡，保持著剛才想要掀衣服的姿態。

柳擎宇把女孩的衣服放了下來，質疑道：「怎麼，你是不是想把衣服給脫了，然後大喊說我要非禮你？你是不是早就謀劃好這一切，想要陷害我？」

女孩連聲否認：「沒有，我只是一名單純的大學生，怎麼可能做那種事呢？」

儘管她的目的被柳擎宇給揭穿了，女孩還在拼死抵賴。

柳擎宇拿出手機，對著女孩拍了幾張照片，隨後走到桌上的筆電前，晃動了一下滑鼠，說道：「沒關係，你可以抵賴，但是我想提醒你，我這個人有一個習慣，在睡覺前，會習慣性的把筆電上的攝影鏡頭對準門口的方向，所以你走進我房間的所有過程全都被拍了下來，要弄明白到底發生了什麼事很容易。你要是不老實交代，我會把剛才拍的照片發到我的微博上去，讓大家欣賞一下你深夜跑進我房間的照片，我想到時候你一定會出名的。哦，對了，忘了告訴你，我的微博粉絲人數已經超過百萬了。」

柳擎宇接著便打開自己的微博，在上面建立了一個新的標題——吉祥大酒店住宿一夜視頻直播！

「奉勸你最好快說實話，否則，等我放上去，你就只能和警察說去了。」

女孩嚇得臉色蒼白，雙腿不由自主的發起抖來。這個男人竟然有如此高度的防備措施，而且從一開始就看出了自己是在演戲，這讓她感到十分恐懼，心中快速盤算著對策。

她其實是一個夜總會小姐，今天的詭計如果得逞，她就可以獲得一萬塊的出場費，足夠自己逍遙一陣子，假使對方真的把視頻放到微博上，雖然對她的名聲有些不好，但似乎也沒那麼壞，因此而出名的話，沒準以後找自己做生意的人會更多呢。

想到此處，女孩故意板著臉，裝出一副義正詞嚴的樣子說：「對不起，我不知道你在說什麼，我沒有受到任何人的指使。」

柳擎宇聽女孩抵死不認，冷笑一聲，便不再搭理她，在微博上傳了剛才拍的照片，然後配上旁白：「夜半三更有美女敲門，想要我收容她，我猜很可能有人想要利用這件事對我進行栽贓陷害，視頻直播從現在開始，讓大家跟著我一起看看我在吉祥大酒店這一夜，到底會遇到什麼樣的奇怪事情？」

柳擎宇啟動了視頻直播，很快，房間內的情形便一覽無遺地出現在畫面中。

凌晨時分，大部分人都已經進入了夢鄉，但還是有不少沒睡覺的夜貓子，柳擎宇新刷出的直播立時吸引了許多人觀看，隨著這些人的轉發，不到五分鐘，觀看的人數便超過了十萬人，而且以飛快的速度激增著。

有人在下面留言：「那個女孩是怎麼回事？怎麼一動也不動？那樣待著，她不累嗎？」

柳擎宇回覆道：「她不能動啊，萬一跑到我的床上去，到時候我可是有嘴都說不清了，還是讓她在那裡的好。」

又有一個人評論道：「喂，你該不會是在炫耀自己泡了一個美女吧？該不會等一下要直播你們的床戰吧？」

看到這種發言，柳擎宇直接無視跳過了。

就在這時候，房門外面突然傳來一陣急促嘈雜的腳步聲。

柳擎宇打下一行字——「好戲馬上開場，暫時關燈。」將房間的燈關掉，直播畫面也陷入一片漆黑。

緊接著，房門突然被人一腳踹開，三四把明晃晃的手電筒向四處掃著，同時，一個聲音大喊道：「不許動，手舉起來，警察查房。」便如狼似虎般朝著柳擎宇的大床方向走了過來。

柳擎宇也在這時打開了房內的燈，頓時所有人都出現在燈光下。就見床旁站著兩名員警，門口亦站著一名員警，手中拿著手電筒。

進來的人此刻才注意到站在牆壁旁一動不動的那個女孩，也看到了衣衫整齊坐在電腦桌前的柳擎宇。

柳擎宇臉色陰沉著說：「幾位警官，你們深更半夜跑到我的房間裡來做什麼？」

為首的警官邁步走向柳擎宇，擺出威嚴的態度說：「你，手抱住後腦，原地蹲下，接受警方檢查。」

「接受警方檢查？你們是哪個派出所的？請你先出示證件；另外，既然是檢查，有沒有相關的文件和手續？你憑什麼要我雙手抱頭，你有什麼證據可以證明我會對你們產生威脅？」

柳擎宇一連串的發問讓那名警官當場傻眼，他處理這種事不是三次五次了，立刻瞪大了眼睛說道：「讓你雙手抱頭你就給我抱頭！想看證件？等進了局裡再說，到時候給你看個夠。來人，先把這個傢伙給我拷起來。」

他沒有想到，柳擎宇竟然如此麻煩。說完，立刻有兩名員警拿著手銬走上前。

柳擎宇冷冷道：「我警告你們，最好不要過來，在你們沒有出示任何證件的情況下，我合理地懷疑你們的身分，如果你們膽敢靠近的話，我有權利進行正當防衛。」

「正當防衛？防衛你老母！」其中一人直接拿起手中的警棍向柳擎宇的腦袋抽了過去。

這下要是抽中了，怎麼著都得打柳擎宇一個腦袋開花。

柳擎宇看到對方竟然不管三七二十一上來就打，心中的怒火頓時燃燒起來；同時燃起怒火的，還有十幾萬觀看直播的觀眾們，所有人都沸騰起來，一時間，柳擎宇的微博寫滿了質疑的留言：「這些人到底是哪個警察局的？怎麼這麼野蠻？」

「我操，他們簡直比野蠻人還要野蠻！難道文明執法在吉祥省根本就是空談嗎？」

「柳擎宇，你一定要撐住啊，我們挺你！」

柳擎宇看到那個人要用警棍打自己，腦袋趕忙向旁邊一閃，隨即抓住那人的手腕，右拳猛的揮出，一拳打在那人的胸部，把那個傢伙打得蹬蹬蹬向後倒退三四步，一屁股摔倒在地上。

看到這個畫面，網上一片叫好之聲：「打得好，打得妙！打得呱呱叫！」

手中拿著手銬的那個傢伙看到同伴被打倒，揮舞著警棍衝上來想教訓柳擎宇，卻被柳擎宇一拳又給放倒。

站在門口的警官一看，臉色一沉，直接掏出手槍對準柳擎宇道：「你，立刻舉起手來，否則我可要開槍了。」

柳擎宇不慌不忙的看向對方說道：「我說這位警官，如果我猜得不錯的話，你們是來抓姦的吧？非常可惜，讓你們失望了，從這個女人走進我的房間內開始，我就識破了你們的陰謀詭計。還有，你們在沒有出示任何證件的情況下就野蠻抓人，已經嚴重違反了文明執法的原則，所以，你們現在需要向你們的上級領導、向吉祥省的老百姓以及全國老百姓好好的交代一下了。」

「交代？交代你老母！我們是執法者，沒有必要給你任何交代！」那名警官出言不遜地回道。

柳擎宇的臉色刷的一下黑了下來，他最討厭別人用這種咒罵的方式問候自己的母親，這是他的逆鱗！

幾乎就在剎那間，柳擎宇一出手，手邊一隻玻璃杯狠狠甩出，砸在此人的手腕上，此人一陣劇痛，只能鬆開拿槍的手，與此同時，柳擎宇將手邊的玻璃煙灰缸也扔了出去，正好砸在此人的嘴唇上，頓時鮮血四濺，煙灰缸啪嗒一聲掉在地板上，那位警官也噗嗤一口，吐出七八顆帶血的牙齒！

一陣陣鑽心般的疼痛傳向大腦，使他理智瞬間斷線，說話漏風的大吼道：「給我抓起來，帶回局裡好好收拾一頓！」

他彎腰撿起地上的手槍，怒視著柳擎宇，雙眼中充滿怨毒的說道：「你立刻給我雙手抱頭，否則我要開槍了。」

「我告訴你，你要是敢開槍的話，你就死定了。」柳擎宇看向電腦螢幕說道：「各位網友們，剛才的過程大家都看清楚了吧，請幫我報警，我現在在吉祥省吉祥大酒店八一六號房間，被一夥自稱是警察的人野蠻闖入，並且持槍威脅！謝謝大家了！」

柳擎宇說完，又轉向持槍的警察說道：「這位警官，我忘了告訴你一件事，從你進門開始，我便開通了網路直播，所有的過程全都傳到了網上，如果你想要掩蓋證據、想要否認剛才的所有行為，已經來不及了。」

「你……」持槍的警察看到柳擎宇身後的電腦，心頭就是一緊，立即向旁邊的同伴使了個眼色。

那名警察試圖想要去搶奪柳擎宇的電腦，柳擎宇提醒道：「你要是再敢向我靠近一步，我會直接進行正當防衛的。」

這下，還真是把那哥們給鎮住了，柳擎宇的手段他剛才已經看到了，連自己的隊長都在這傢伙手中吃虧了，他不敢動手了，所以，乾脆來個見好就收，訕訕地向後退，與柳擎宇拉開了距離。

此刻，雙方成對峙局面，柳擎宇不想動，對面的那些人則是不敢動。他們不知道，此時，吉祥省公安系統已經徹底炸鍋了。

最先炸鍋的是一一〇報警電話。

幾乎在極短的時間內，一一〇報警電話幾乎全部癱瘓，百分之九十以上全都是和柳擎宇有關，很快的，一一〇警報中心便把這件事迅速向上級反映。

也不知道是哪位能人，通過關係，竟然直接撥通了吉祥省公安廳廳長的電話，把柳擎宇的事向對方描述了一番，公安廳廳長趙向輝聽到竟然還有直播視頻，不禁頭疼起來。

趙向輝趕緊給公安廳常務副廳長盧元強打了個電話，指示他儘快處理好這件事。盧元強意識到這件事很是棘手，如果處理不好，將會有十分不良的後遺症，尤其是他聽到柳擎宇這個名字時，心頭更是一顫。

吉祥省和白雲省相隔不是太遠，所以盧元強知道這個年輕人是個喜歡惹事的主，而且總是能夠把事情給鬧大，因此馬上給通達市公安局局長王小劍打了個電話，狠狠地把他給罵了一頓，讓他即刻處理此事，必須確保柳擎宇平安無事，同時不要再讓事態擴大。

盧元強放下電話，感覺到這件事發生的時間點很是微妙，正是在吉祥省和瑞源縣在談判交通樞紐項目合作之際，所以他立刻和趙向輝又溝通了一下，由趙向輝向省委秘秘書長常志平進行彙報。

常志平得知此事後，也覺得事有蹊蹺，宦海沉浮多年，常志平一眼就能看出其中的貓膩，**肯定是有人要算計柳擎宇**，不出意外的話，**幕後操作者肯定是吉祥省的人**，而且對方調動的是地方公安局的人，所以更加可以確定是吉祥省所為。

想到這裡，一個疑問在常志平腦中升起：**這個幕後操控者為什麼要設計這麼俗套的把戲來陷害柳擎宇呢？對方這樣做的目的是什麼？**

他知道，只要深入調查，一定會知道結果，問題在於，結果出來後，吉祥省的面子也要丟光了。常志平驚覺到事態的嚴重性，不敢有絲毫耽擱，馬上撥通了省委書記楚國材的電話，告知事情經過。

楚國材頓時拍案而起，怒聲道：「胡鬧！簡直是瞎胡鬧！難道我們吉祥省的人就知道玩弄陰謀詭計嗎？難道我們吉祥省的公安人員都是這樣野蠻執法的嗎？真是丟人都丟到全國百姓面前了，趙向輝這個公安廳廳長是怎麼當的？前幾天我不是剛和他們開完會，要求他們執勤的時候一定要文明執法嗎？還強調過任何人員在進行檢查或抓捕行動的時候要先出示證件嗎？」

常志平不發一言，他知道，這次趙向輝算是撞在槍口上了。

隨著幾位重量級人物對這次事件的高度關注，吉祥省宣傳部部長也著急上火起來，因為他接到省委秘書長常志平的電話，轉告了省委書記楚國材的指示，要他儘快平息輿論的壓力，讓柳擎宇把直播的視頻刪除。

省委宣傳部部長自然不會親自出馬操作此事，直接把壓力交給了通達市市長馬伯通。馬伯通也意識到此事很棘手，急匆匆地向柳擎宇所在的酒店趕去。

此刻，在柳擎宇房間內。

經過短短不到三分鐘的對峙，房內的緊張氣氛很快就被一陣陣急促的電話鈴聲給打破了。

首先接到電話的，是被柳擎宇砸掉好幾顆牙齒的警官朴志軒。

「朴志軒，你想死不要拉著我好不好，誰他媽的讓你深更半夜去查房了？你已經被停職了，立刻給我滾回來！」一個爆怒的聲音從電話裡傳了出來。

朴志軒聽到這個熟悉的聲音，立刻知道是自己所在派出所的所長黃四寶。

這位黃所長一向是火爆脾氣，不過平時很看重自己，在酒桌上更是與他稱兄道弟，現在竟然怒罵自己，還說要停他的職，這是怎麼回事？該不會是因為自己查房的關係吧？

朴志軒心虛地說道：「黃所長，我的確在查房，是陳副區長下達的指示……」

黃四寶憤怒的聲音再次響起：「我不管是誰給你的指示，我要告訴你的是，市公安局王局長親自把電話打到我的手機上，把我怒罵了一通，說是我們轄區的員警野蠻執法，還被放到了網上現場直播，弄不好老子都要被停職！朴志軒，你的腦袋被驢踢了嗎？怎麼會幹出這麼沒腦袋的事？你就是不想活了也不要拖累我好不好……」

黃四寶罵著罵著，聲音突然變得驚恐起來，道：「朴志軒，你就等死吧，馬市長親自打電話過來了，這事麻煩了。」說完，黃四寶便掛斷了電話。

這一下，朴志軒可是真的害怕了，恐懼的看著柳擎宇。

朴志軒萬萬沒有想到，這個被自己深夜查房的人竟然有如此強大的背景，還有這麼陰險毒辣的手段，他清楚，自己今天恐怕要徹底栽了。

「這位警官，我想問，到底是誰指使你用如此陰險的手段來對我進行栽贓陷害的？」柳擎宇板著臉問。

朴志軒沒有說話，他不敢說。

柳擎宇冷冷地說：「好吧，你不說，我也不勉強，你們吉祥省治安這麼惡劣，我可不敢再留下了，我要回去了，不是我不想和你們合作，是你們吉祥省的環境讓我不敢再待下去了，我可不希望後半夜再弄出其他的動靜。我雖然自問不懼怕任何算計，但畢竟我的精力有限。」

說著，柳擎宇便開始收拾東西。

就在此時，外面傳來一陣急促的腳步聲，通達市市長馬伯通急匆匆的從外面走了進來。

馬伯通走進房間，看到柳擎宇正在收拾東西，朴志軒帶著幾名手下站在門口，低著頭一副六神無主的樣子，頓時氣不打一出來，一把推開朴志軒，走到劉擎宇面前說道：「柳同志，我是通達市市長馬伯通，你看能不能先把你的視頻直播關了。」

柳擎宇拒絕道：「馬市長，真是不好意思啊，我現在還不敢關，因為我害怕被你們通達市的警官再給坑了，到時候連怎麼死的都不知道。而且，我對著我自己的房間進行直播，也沒有任何違法的內容，這樣應該是法律所允許的吧?!當然，如果你要動用權力讓酒店切斷我房間的網路，那我也無話可說，不過，反正我馬上就要走了，斷就斷了吧。」

柳擎宇繼續收拾東西。

看到柳擎宇要走，馬伯通可急眼了，他可是清楚接到宣傳部部長的指示，要他一定想辦法要柳擎宇刪除直播視頻，盡力化解此事對吉祥省形象所造成的惡劣影響，如果柳擎宇走了，那他也別想完成任務了。

馬伯通連忙上前一步阻擋說：「柳同志，有什麼事不能坐下來談，何必急著走呢，何況，你這次來的目的，是為了與我們吉祥省合作開發三省交通樞紐建設項目，這事情不談出個結果來，就這樣走了的話，回去也無法向你們的領導交代吧。」

柳擎宇淡淡說道：「馬市長，說實在的，在發生今天這件事情之前，我的確是為了三省樞紐項目而來的，卻不想你們吉祥省處處為談判設置障礙，讓談判無法進行下去，甚至還準備了栽贓陷害的戲碼來對付我，要不是我做事一向謹慎，時刻注意保護自己的話，恐怕今天晚上這裡就要成為我仕途上最大的滑鐵盧了。」

柳擎宇眼中射出兩道寒光，道：「馬市長，請你轉告貴省的省委領導，我雖然負責主導這個三省樞紐工程，但是我沒有任何私心，只希望盡我所能，為三省的老百姓做事，既然你們吉祥省不領情，那我也不想勉強，更不想費力不討好。我決定了，回去之後，立刻向領導提出在瑞源縣建造飛機場的建議，這樣也可以解決瑞源縣的交通問題，使瑞源縣成為整個東北地區的航空物流中心。」

說完，柳擎宇把筆電合起來，放進電腦包，通知程鐵牛，準備連夜趕回瑞源縣。

三分鐘後，程鐵牛便拎著小包出現在柳擎宇的房門口。

看到程鐵牛，朴志軒想要阻攔，卻被程鐵牛一把推開，走進房間，拎起柳擎宇的行李箱就向外走去。柳擎宇也拎起了電腦包，邁步要走人。

馬伯通見狀，急忙挽留道：「柳同志，請你不要衝動，我們吉祥省是很有誠意的，可能中間有些誤會，你有什麼條件，咱們可以坐下來談嘛。」

柳擎宇搖搖頭：「我可不敢和你們談了，我真的怕把我自己給談進去，誠意，我早就表達了，但是結果卻令我十分寒心，我只能回去另起爐灶，考慮一下建造飛機場的事了。」

說完，柳擎宇毫不猶豫地和程鐵牛頭也不回地走出了房間。

柳擎宇這一走，馬伯通徹底傻眼了，衝著門口的朴志軒等人怒吼道：「你們還站在這裡做什麼，都給我滾，你們全都被開除了！你們簡直是警界的恥辱。還有，你們必須把整個事情詳細的向你們的上級部門解釋清楚，否則的話，後果很嚴重。」

說完，馬伯通怒氣衝衝的離開了現場。

他知道，隨著柳擎宇的離開，自己將會面臨巨大壓力，第一時間撥通了省委宣傳部部長范成德的電話，如實陳述了柳擎宇離開前所說的每一句話，對方聽完，也意識到事情的嚴重性，趕忙向省委書記楚國材進行彙報。

楚國材沉聲道：「我知道了，成德同志，你立刻往省委會議室趕吧，我一會兒通知秘書長，馬上召開緊急省委常委會。這件事一定要調查清楚，到底是誰在幕後操控這一切，必須給柳擎宇一個交代，也給全國人民一個交代。」

凌晨兩點，吉祥省省委班子召開緊急常委會。

楚國材目光環視在場眾人一圈後，狠狠一拍桌子怒道：「同志們，我們吉祥省丟人丟大了。」

眾人還是第一次看到楚國材如此震怒的表情，皆噤聲不語。

楚國材臉色陰沉著說：「范同志，你把過程給大家詳細的說一下。」

范成德身為宣傳部部長，口才自然不必說，立即把事情經過詳細的講了一遍。

常務副省長芮國棟不滿地說道：「楚書記，我看柳擎宇根本就是在借機鬧事，想要藉此逼迫吉祥省向他們白雲省妥協，目的無非是想要獲得整個三省交通樞紐項目的絕對主導權而已，這不過是個小伎倆罷了。」

楚國材反擊道：「小伎倆？芮同志，你摸摸良心，你在他這個年紀有能力玩出這種伎倆嗎，你知道現在網路上的輿論已經把我們罵得狗血淋頭了嗎？」

說著，楚國材對范成德做了個手勢，范成德讓工作人員打開投影布幕，將微博上柳擎宇直播的視頻以及下面網友的留言都秀了出來。

楚國材說道：「芮同志，請你仔細看看這些留言和批評，你認為我們應該如何平息輿論？還是這個任務乾脆交給你去解決？」

芮國棟其實並不很清楚究竟發生了什麼事，所以還沒有什麼危機感，等他看完視頻和這些留言之後，才意識到事情真的鬧大了。

「柳擎宇吉祥省被人栽贓陷害！」

「誠心合作千里到吉祥，美女入室員警查房，柳擎宇被栽贓陷害！」

「野蠻執法，吉祥省公安人員到底意欲何為？」

幾乎論壇上全都是這樣勁爆的標題，而且一面倒的指責是吉祥省的公安人員執法不當，所有人都認為柳擎宇是受害者。

芮國棟知道，就算是自己出面，也很難平息眾怒，苦笑著說道：「楚書記，看來我還是輕視柳擎宇了，也忽略了整個事情的嚴重性。」

自始至終，省長陳志勤一直都沒有說話，只是默默觀察著事態的發展。

楚國材看到芮國棟服軟了，也就不再逼他，冷冷說道：「現在，我相信大家都已經了解事情的嚴重性，我總結一下我們吉祥省犯的三個錯誤：

「第一，負責談判的人員在和柳擎宇進行溝通的時候，完全無視省委的指示，擅自做主，肆意刁難，讓柳擎宇認為我們吉祥省沒有合作誠意，以至於他在離開之際對我們表示失望，甚至要放棄三省樞紐工程項目。

「對於這一點，我想在這裡提醒一下在座的各位，三省樞紐工程是一個利國利民的項目，不只得到專家的認可，也會對我們吉祥省的發展起到極大的輔助作用。但是，就是因為某些人懷著不可告人的目的，一再的想要阻止這個項目順利進行，我希望務必要調查清楚，到底是誰在阻礙這個項目，到底是誰擅自做主？」

楚國材看向省委秘書長常志平，直接下令：「秘書長，這件事由你負責，一定要徹查到底，不管查到誰，絕不姑息！我們要讓下面的人明白，省委的指示不是一紙空文！」

說話之間，楚國材身上流出一股強烈的殺氣。

常志平表情凝重的應道：「我一定會把這件事情調查清楚的。」

只見芮國棟的臉色非常難看，有些後悔在後面搞小動作了。

楚國材接著說道：「第二個錯誤，就是沒有做好對柳擎宇的接待工作，不管怎麼說，柳擎宇代表的是白雲省，卻沒有一個部門、一個人主動的給予柳擎宇應該有的公務接待，如果有人能夠把接待工作做好的話，也許就不會發生這麼多事了。當然，關於這部分，我也有責任，是我沒有把這件事情交代下去。

「第三個錯誤出現在公安系統，公安人員為何會與一個夜總會小姐勾結在一起，意圖對柳擎宇栽贓陷害，這個一定要調查清楚，不管涉及到誰，一定嚴懲不貸。這件事交由省公安廳廳長趙明浩負責，明天上班前我希望看到調查結果。」

楚國材面色嚴峻地說道：「事已至此，我們只能盡力想辦法彌補，幾個害群之馬竟然讓我們吉祥省的公安系統形象跌到谷底，這對許多認真執勤、努力辦案的同仁十分不公平，所以，平息輿論這件事交給……」

楚國材的目光最後落在了芮國棟的身上：「芮國棟同志，這件事由你親自負責吧，讓宣傳部的同志們輔助你。」

芮國棟推辭道：「楚書記，這工作應該是宣傳部門來負責吧？」

楚國材冷冷地說：「芮同志，沒聽過一句話嗎？解鈴還須繫鈴人，不要把柳擎宇當成傻瓜，我相信很多事情，柳擎宇未必不清楚。」

楚國材都把話說到這份上了，芮國棟知道再說下去，恐怕楚國材就會把話給挑明了，那樣就沒意思了，只能點頭接下這個差事。

楚國材又說道：「下面我們再說最後一件事，那就是關於三省交通樞紐項目，我們要想辦法讓瑞源縣重啟這個項目，否則，這將會成為我們吉祥省的巨大損失。」

這時，一直沒有說話的省長陳志勤發言道：「楚書記，我們沒有必要如此心急吧，我看柳擎宇是在虛張聲勢而已，三省樞紐項目一旦建成，最終受益的還是瑞源縣，柳擎宇不可能放棄這個項目的。」

楚國材不以為然地說：「陳省長，我不知道你對柳擎宇是否瞭解，如果你真的這樣認為的話，我可以明確的告訴你，你錯了，我敢肯定，弄不好上午瑞源縣就會啟動機場項目的立項工作。」

陳志勤搖搖頭：「我不相信。」

「好，那我們打個賭如何？如果柳擎宇到早上沒有啟動機場建設項目，那麼我會親自去瑞源縣找柳擎宇談三省合作事宜；但是，如果柳擎宇啟動了機場建設項目，那就由你前往瑞源縣，說服柳擎宇重新啟動三省樞紐項目，放棄機場項目，你看怎麼樣？」楚國材很有自信地說。

陳志勤聽了一愣，楚國材竟然如此篤定，不過事情發展到這種局勢，他不得不答應楚國材的要求，只好說道：「好，如果我輸了，我就自己去找柳擎宇，確保促成三省樞紐項目啟動。」

第二章

同是天涯淪落人

如果是在平時，柳擎宇肯定不會和沈弘文深談的，因為他們並不認識。但是今天的情況很特殊，他發現自己被流放到這個房間，看來這個室友也是一個失意之人，同是天涯淪落人，相逢何必曾相識，兩人算是難友吧。

這個夜晚，白雲省亦是風起雲湧。

新任省委書記譚正浩不禁喃喃道：「這個柳擎宇，真是到了哪裡都不安分啊。」

另一個無法入眠的是黃立海。黃立海立刻撥通老領導：白雲省省委常委、遼源市市委書記李萬軍的電話：「老領導，柳擎宇在吉祥省又搞事了，我準備趁這個機會把柳擎宇給拿下。」

李萬軍想了想，說：「嗯，這的確是一個千載難逢的機會，不過，你也不能操之過急，要隨時關注吉祥省的態度，只要吉祥省表現出興師問罪的意思，你就可以對柳擎宇出手了。這是你向譚書記表現自己能力的機會。很多時候，**真正的大領導不會看你說些什麼，而是看你做些什麼，看你做事的結果如何。**」

黃立海知道李萬軍是在告訴他，如果他這次能夠讓譚正浩滿意的話，很有可能會被重用，這對他來說絕對是難得的機會。他心中立時充滿了強烈的鬥志，決定以後要天天用放大鏡去觀察柳擎宇，找柳擎宇的毛病。

其實，黃立海過慮了，根本不用他拿著放大鏡去查看。

柳擎宇回到瑞源縣，下午便召開縣委常委會。

會上，柳擎宇指出由於三省樞紐工程項目阻力太大，暫時決定放棄這個項目，建議啟動機場建設項目，並且把這個項目的評估、考察等事交給了縣長魏宏林。

這個決定立時引起了諸多非議，不過柳擎宇說得十分明確，這個項目是否真正上馬，仍須看最終的評估結果，等評估結果出來後再進行討論。

在柳擎宇有所讓步，而且又讓魏宏林負責新項目的情況下，魏宏林那一邊並沒有窮追猛打，孫旭陽自然也不會提出什麼異議，不過眼底深處卻掠過一抹淡淡的笑意。

瑞源縣兩點半舉行縣委常委會，三點半散會，三點四十分左右，南華市的市委領導們便得知了柳擎宇的宣布。

黃立海聽到消息，頓時勃然大怒，狠狠一拍桌說道：「這個柳擎宇到底是怎麼回事，怎麼能夠朝秦慕楚呢，他這樣根本不可能把任何一件事情做好的，簡直是胡鬧嘛！」

隨即，立刻找到市委書記戴佳明反映這件事。

然而，戴佳明聽了卻是淡淡一笑，說道：

「黃市長，我看你的反應有些過度了，我們要對同志給予充分的信任嘛，柳擎宇不是說得很明白嘛，只是暫停三省樞紐工程項目，並沒有說一定停止，先暫時觀察一段時間再說吧，柳擎宇這個人做事你又不是不知道，一向後手很多。」

聽到戴佳明這樣說，黃立海冷靜下來，想起之前有好幾次自己都因為心急被柳擎宇弄了個灰頭土臉，事實證明，柳擎宇這個傢伙十分陰險狡詐，最好還是不要輕舉妄動的好。

黃立海便點點頭道：「嗯，這件事情的確得慎重，不過戴書記，我有言在先，三省樞紐工程這件事絕對不能任由柳擎宇胡作非為，這可不僅僅是瑞源縣的事，而是關係到我們南華市，甚至是整個白雲省的大事。」

「這個不用你說我自然清楚，我們就先觀察觀察再說吧。」

就在戴佳明和黃立海討論此事的時候，瑞源縣方面的反應自然也很快傳到了吉祥省。吉祥省省委書記楚國材立刻給省委秘書長常志平打了個電話：「志平，柳擎宇被栽贓的事調查出來了嗎？」

常志平回道：「楚書記，調查結果是出來了，不過，怎麼處理卻非常棘手。」

楚國材問：「說吧，到底是怎麼回事。」

常志平說道：「楚書記，那些員警是受到了派出所副所長的指示前往吉祥大酒店故意陷害柳擎宇的，但是，在那個副所長的背後，是趙志勇和省交通廳的一個處長指使的，這些人全都是趙家的人。」

楚國材臉色刷的一下沉了下來，問道：「那你找趙志勇談話了嗎，他們為什麼要這樣做？」

常志平搖頭說：「我剛剛才得知結果，還沒有來得及去進行下一步，不過從調查顯示，趙志勇是想拿住柳擎宇的把柄，逼柳擎宇在三省樞紐工程做出讓步。楚書記，這件事不好處理啊，如果處理得輕了，柳擎宇肯定不滿意；但是處理得重了，又怕會引起趙家強烈的抗議。」

楚國材嚴肅地說道：「常同志，我再次重申，這件事的調查我們必須要做到公平公正，我相信你不應該沒有聽說趙志勇和柳擎宇前段時間才在北京交過一次手吧，這是不是他對柳擎宇的報復行為也未可知。無論如何，涉案人員全部嚴肅處理，絕不姑息，趙志勇和那個處長就地免職，同時，對負責談判的松山市市委副書記和交通廳副廳長給予行政大過處分，立刻撤回兩人的談判授權。」

掛掉電話，常志平的腦門上可冒汗了，他看出來**楚國材明顯是打算藉由這次事件拿趙家開刀啊**，當初在常委會上，常務副省長芮國棟提議由鄭建仁和羅洪剛負責談判的時候，楚國材並沒有反對，當時常志平還很納悶，因為連他都知道鄭建仁和羅洪剛全都是芮國棟的嫡系人馬，相當於是趙家的人，這兩人擔任談判代表，肯定會儘量照芮國棟的意思去做，正常情況下，楚國材應該會堅決反對的，但是楚國材卻沒有這樣做。

隨著事情的發展，常志平才明白，原來楚國材玩的是一招**後發制人**，甚至是**欲擒故縱**，這一招玩得很狠啊，一次拿下了兩個實權的副廳級幹部，外加兩個正處級幹部，趙志勇更是直接被就地免職，這代表趙志勇今後不可能再在吉祥省任職了，就算是調到其他省去，這在他的政治生涯上也留下了一個污點。

常志平不得不承認，這位楚國材書記真的非常高明，眼光看得非常長遠，而且，這代表楚國材和陳志勤省長的打賭上，楚國材贏了。

可是常志平就鬱悶了，他是調查小組的組長，處理結果也得他來公佈，一旦公佈結果，趙家肯定要把自己給恨上了。然而，常志平也知道自己必須要立場堅定，否則早晚被清理出局，所以，在拿到了確鑿的證據，並對趙志勇等人進行問話取證之後，便召開了新聞發佈會，公佈了調查結果以及相關人員的懲處結果。

一時間，輿論譁然，事情的幕後竟是趙志勇主使的，有媒體記者便翻出了趙志勇和柳擎宇的恩怨過往，指出兩人在北京那一次狹路相逢的事，更加證明趙志勇是在對柳擎宇進行報復，手段又如此下流，抨擊這樣的人根本不應該擔任國家幹部，把趙志勇推到了風口浪尖。

就在這時候，吉祥省省長陳志勤搭飛機趕到了白雲省省會遼源市。

由於網路及媒體鋪天蓋地的聲討聲甚囂塵上，趙志勇不得不暫時選擇隱忍避讓，心中的憤怒卻無以復加，忍不住給趙志強打了個電話：「哥，我完了。」

趙志強安慰道：「你不要著急，等這件事平息後，家族會把你給調出吉祥省，換到其他省分，直接提拔你做縣委書記，所以你不用擔心；至於柳擎宇，你放心吧，家族不會放過他的，我已經和南華市的黃市長溝通過了，過不了多久，柳擎宇就會完蛋了，到時候好好給你出一口惡氣，我們再組團去羞辱他。」

趙志勇聽哥哥這樣說，心中好受不少，咬牙切齒地說：「哥，我就等著這一天了！」

此刻，吉祥省省長陳志勤已經到了白雲省，白雲省省委秘書長于金文前往接機，將陳志勤接到白雲省省委大院內，省委書記譚正浩親自接見了陳志勤。

會議室內，陳志勤滿臉含笑說道：「譚書記，我這次來，主要是想要和你們省談一談三省樞紐項目的合作問題，我們吉祥省會積極配合你們，搞好三省樞紐工程，同時，也會積極籌集資金，多了不敢說，但是一百億是沒有問題的。對於三省樞紐項目，我們吉祥省全體省委領導都十分重視，楚書記更是親自下令一定要全力配合……」

陳志勤洋洋灑灑說了一大堆，意思卻很直白，就是我們願意作為配角，輔助你們做好這個項目，不過希望你們能夠分給我們一部分政績，不過，我們希望和身分對等的人合作，柳擎宇這個同志脾氣不太好，很愛惹事，希望你們白雲省能夠換一個人來負責這個項目。

于金文當時內心就是一沉，這位吉祥省省長此次前來的目的雖然說是為了談合作，但是看來只是一個幌子，其真實目的卻是**想把柳擎宇從這個項目中排擠出去**。

雖然譚正浩之前一直強調這個項目是由瑞源縣發起的，項目的後續也應該由柳擎宇來負責，但是，有了陳志勤的介入，柳擎宇這個小小的縣委書記在如此重量級的大老面前，就顯得有些不值一提了。而且于金文早就看出來，譚正浩對柳擎宇把瑞岳高速公路的政績送給曾鴻濤十分不滿，心中一直很有芥蒂，他有預感，譚正浩早晚會對柳擎宇動手的。

譚正浩聽完陳志勤的話後，不置可否地說道：「陳省長，非常感謝你們吉祥省如此有誠意和大公無私的配合，不過，由於這個項目一直是由瑞源縣縣委書記柳擎宇同志主導，所以，要把柳同志排除出這個項目有些困難，我們需要討論一下，還請你理解。」

陳志勤笑道：「我理解，我理解，柳同志的確是一個很有能力的同志，對於這樣的同志，我們是應該照顧一下他的情緒的，這樣吧，我就在白雲賓館住下，等著你們的決定。」

陳志勤辦事沒有一絲一毫的拖泥帶水，事情說完，立刻前往白雲賓館等消息去了。

陳志勤離開後，譚正浩的臉色顯得有些凝重，一直沉默不語。

于金文默默地站在旁邊，沒有表示任何意見，因為他很清楚這位新任書記對自己並不信任，也許過不了多久，自己也該動位置了。

此刻的譚正浩到底在想些什麼，沒有人清楚。

這時候，譚正浩的手機突然響了起來。譚正浩拿出手機一看，是南華市市長黃立海的電話，立刻接通了：「小黃，什麼事啊？」

黃立海恭敬的說道：「譚書記，是這樣的，有件事我們南華市想要向您請示一下。最近這段時間，柳擎宇同志由於工作太辛苦，一直沒有時間休息，也沒有時間進修，正巧今天我們得到消息，說是省委黨校有一期廳處級幹部培訓班，所以想讓柳同志趁機去充充電，也放鬆一下身心。」

譚正浩的眉毛向上挑了挑，問：「這是你的意思，還是全體南華市市委常委們的意思，戴佳明同志是什麼態度？」

黃立海回道：「大部分常委們都認為應該讓柳同志有學習和充電的機會，最後，市委常委會上經過投票表決後，以十票贊成，三票棄權的結果通過了這個決定，戴同志則是棄權。」

譚正浩點點頭道：「既然這是你們常委們的一致決定，我們省委這邊也不會說什麼，不過，你們一定要好好安撫柳同志，要讓他理解到領導們的良苦用心，我不希望他又有什麼情緒化的行為，鬧得滿城風雨。另外，接替他的人也要慎選，要找個工作能力強、對瑞源縣的情況很熟悉、且聽從領導指示的同志來撐起整個項目。」

黃立海連忙道：「您放心，我們一定會做好所有工作的，您放心。」

掛斷電話，譚正浩立刻對于金文道：「于秘書長，你通知一下省長、省委副書記、組織部部長，半個小時後召開小型人事協調會，討論南華市市委書記的調整問題。」

半個小時後，省委人事協調會正式舉行。

在這次協調會上，幾位手握人事大權的省委領導們做出了以下的職務調動：

南華市市委書記戴佳明調到省工信廳擔任廳長，省工信廳廳長于正濤調到哼市擔任市長，南華市市長黃立海提為南華市市委書記，常務副市長孫曉輝則任命為南華市市長，南華市副市長陳大明調為常務副市長。

這波人事調令很快便在下午的常委會上獲得通過，戴佳明看到公文，臉色顯得異常難看，黃立海卻是興奮得整晚都沒有睡著。

就在黃立海上任市委書記的當天，另外一份有關瑞源縣的人事調整名單也公布了，免去柳擎宇瑞源縣縣委書記的職務，縣委書記一職由原縣長魏宏林接替，縣委副書記孫旭陽則接任魏宏林的縣長一職，縣委副書記由縣委宣傳部部長唐睿明擔任……

孫旭陽在看完名單後，長嘆一聲：「哎，柳擎宇這一走，瑞源縣再次成了魏宏林的天下、黃立海的後花園啊。柳擎宇剛搞成瑞岳高速公路，好不容易啟動了三省樞紐項目，眼看著這些政績就要落地了，這時候卻被調走，桃子都被魏宏林和黃立海給摘走了，真是太可惜了。」

正在辦公室裡思考如何協調項目進程的柳擎宇，看到宋曉軍放在他面前的免職文件和黨校入學通知書時，頓時呆立當場。看來這是有人要摘桃子，看著自己礙眼了。

宋曉軍看著柳擎宇驚詫的表情，同情地勸慰道：「柳書記，你不要難過，官場就是這樣，起起伏伏，誰也不知道自己下一步會走向何方；只要堅定本心，做好我們自己就可以了，我相信以你的能力，一定還會東山再起的。」

宋曉軍表面上是安慰柳擎宇，事實上又何嘗不是在對自己說！他曉得柳擎宇被調離，魏宏林擔任縣委書記，自己這個縣委辦主任也幹不長了，他已經做好了坐冷板凳的準備。

柳擎宇淡淡一笑，說：「曉軍主任，你不用安慰我，其實，從昨天知道戴書記被調到省裡、黃立海接任市委書記的時候，我就知道我在瑞源縣的時間不多了，只是沒想到黃立海竟然這麼心急，剛上任就把我給免職，看來他是準備全面摘桃子了。」

柳擎宇站起身來，開始收拾自己的東西，一邊說道：

「曉軍主任，我估計過不了多久，魏宏林就會對你動手，你不要著急，只要做好自己的分內工作，很多時候，**危機也意味著轉機**，同樣，**機會也意味著危機**，老子在《道德經》中有這麼一段話：『其政悶悶，其民淳淳；其政察察，其民缺缺。禍兮，福之所倚；福兮，禍之所伏。孰知其極：其無正也。正復為奇，善復為妖。人之迷，其日固久。是以聖人方而不割，廉而不劌，直而不肆，光而不耀。』很值得深思。」

最後這兩句，對柳擎宇更可以說是有如醍醐灌頂，以前，宋曉軍就想勸誡柳擎宇做事不要太過鋒銳，但是一直缺乏合適的機會，雖然柳擎宇因為行事鋒利，成功地達到他的目的，但同時也為日後的執政留下了很多隱患，因而忍不住說道：

「柳書記，恕我直言，其實我認為您更應該仔細品味一下這段話的含義，您在瑞源縣執政期間，所做的每一件事都是利國利民的好事，但是您得罪的人太多了，平時這些人或許因為各種原因潛伏不出，但是一旦他們找到機會，就會瘋狂反撲的，今天的結果很有可能就是因為那時候累積的仇怨造成的。」

柳擎宇點點頭：「你說得不錯，我說這段話的意思，也是希望咱倆共勉。我承認，我的作風太過強硬，因為我認為只要對人民有利的事，就應該堅定的執行，不能因為怕得罪某些利益集團就畏縮不前甚至放棄，那樣會愧對國家、人民對我的信任。不過，老子的話還是很有道理的，我的稜角的確該好好的磨一磨。」

柳擎宇抱起收拾好的東西，緩緩走出辦公室，在走廊遇到了一些縣委辦的工作人員。很多人以前看到柳擎宇，都會向柳擎宇問好，甚至會躬身讓路，然而今天，這些人卻是趾高氣揚的從柳擎宇面前走過，連看都不看一眼，嘴角一副不屑的樣子，更有人原本走在柳擎宇的身後，看到是柳擎宇後，立刻快走超過柳擎宇，冷冷地瞥他一眼，才得意的向前走去。

當柳擎宇正在電梯口等電梯的時候，原縣委宣傳部部長、現任縣委副書記唐睿明正巧在幾名手下的陪同下走了過來。

唐睿明旁邊的是縣委辦副主任、縣委副秘書長肖明遠。

肖明遠看到手中抱著紙箱的柳擎宇，不僅沒有上來幫忙的意思，反而走到電梯口，對柳擎宇說道：「這位同志，請讓一下，縣委唐書記要下樓。」

柳擎宇淡淡一笑，身體卻立在原地，一點動的意思都沒有。

這個肖明遠在柳擎宇擔任縣委書記之時，是縣委副秘書長中排名最靠後的一個，也是柳擎宇最沒有重用的人，因為柳擎宇在和他接觸幾次之後。發現此人雖然八面玲瓏，但是品德並不怎麼好，在縣委裡的名聲也很差，連下屬的獎金都會貪。由於柳擎宇沒有掌握直接的證據，也就沒有動他，但是把他打入了冷宮。

今天肖明遠直接無視柳擎宇的表現，更讓柳擎宇確認了自己的判斷，這個人果然是一個小人，這樣的人如果重用的話，絕對會是一個貪官。

這時，電梯門開了，唐睿明才假裝發現柳擎宇，虛情假意地伸手說道：「哎呦，這不是柳書記嗎？您先請。」

說話間，唐睿明臉上帶著不屑和蔑視，一聲「柳書記」更是叫的聲音十分大，其實是在暗示柳擎宇現在已經不是縣委書記了，顯然他的目的是想要柳擎宇給他讓道。

柳擎宇故意說道：「好，那我就不客氣了。」說完，便第一個走進電梯。

唐睿明的臉色沉了下來，肖明遠怒喝道：「柳擎宇，誰讓你進去的？還不快出來，讓唐書記先進去？知不知道要尊重領導啊？」

「尊重領導？你配說這句話嗎？」柳擎宇說完，抽出一隻手按下關門鍵，把唐睿明和肖明遠等一行人留在了原地。

肖明遠氣得說道：「這個柳擎宇，真是一點水準都沒有！」

唐睿明冷冷地的說：「夠了，咱們等下一部電梯吧。」

柳擎宇走出電梯，來到辦公樓外面，回身看了一眼這座自己工作了半年多的辦公大樓，心中無盡感慨。

他還有很多事情沒有做完，心中頗有些遺憾，不過讓柳擎宇感到很欣慰的是，隨著瑞岳高速公路和三省交通樞紐項目的啟動，瑞源縣的硬體條件已經足夠，今後不管是誰執政，只要稍微有些頭腦，瑞源縣要想走上高速發展的道路並不是難事，而且自己也給瑞源縣制定好了十五年的經濟發展規劃，並且下發到了各個部門，只要有一個縣委常委認可這份發展規劃，哪怕只採納其中的十分之一，瑞源縣發展都是不可阻擋的，瑞源縣老百姓便能走上脫貧致富的道路。

柳擎宇雖然遺憾沒能親手完成這份規劃，卻沒有任何留戀，轉身向外走去。

權力，只有在為老百姓辦實事的過程中才能算是真正的權力！

留戀權力，也是一種欲望！

柳擎宇走到大門處，看門老頭站在烈日下，滿臉尊敬地對他說道：「柳書記，我代表瑞源縣的老百姓謝謝您，您是一個好官，我能夠為您做的事不多，能不能讓我幫您搬一下箱子？」

柳擎宇連忙說道：「老人家，謝謝您，我年輕，還是自己搬吧，這個箱子也不重。」

然而，看門老頭卻執拗地說道：「柳書記，既然您說箱子不重，那就讓我為您搬一會兒吧。」

柳擎宇還想推辭，老頭已經伸手接過了箱子。

柳擎宇心中頗為感動，剛才因為肖明遠等人的落井下石和無理挑釁所帶來的不快漸漸消失，看門老頭的態度讓他明白了一件事，**身為官員，你應該關心的是老百姓怎麼看你，而不是別的官員應該如何對你。**

柳擎宇只能接受看門老頭的好意，跟在他的身後，在門口處攔了一輛計程車，返回宿舍。

看門老頭把柳擎宇送上車後，一直不斷地向著柳擎宇揮手，直到車子消失得無影無蹤了，老頭才收回手，長嘆了一聲：哎，**好官難當、庸吏當道、百姓無望啊！**

看門老頭搖著頭回到值班室，這時魏宏林的座車正從單位裡駛了出來，他打開車窗想要彈彈煙灰，不巧聽到看門老頭的這番牢騷，頓時怒火中燒，直接一個電話打給縣委辦副主任肖明遠：「明遠同志啊，咱們縣委辦看門的老徐頭是不是年紀太大了些啊，我看他的耳朵和眼睛好像都不太好使了。」

肖明遠聞言，善於揣測上意的他，馬上明白魏宏林的意思，順勢說道：「是啊是啊，老徐頭最近身體也不太好，我馬上安排別人接替他的工作。」

魏宏林點點頭，關上車窗，靠在汽車後座上，臉上寫滿了得意之色。

從現在起，他就是瑞源縣的一把手了，他終於可以在瑞源縣呼風喚雨、為所欲為了！

柳擎宇的時代徹底過去了。

魏宏林就任縣委書記的儀式，是由南華市市委組織部部長廖錦強親自下來宣布的，同時宣布的還有柳擎宇被免職的事。

在宣讀完公文後，廖錦強說道：「好了，在這裡，我先祝賀魏宏林同志、孫旭陽同志上任新的崗位，希望你們能夠為瑞源縣的發展貢獻自己的力量。」

魏宏林等人立刻信誓旦旦的表示一定會做好各方面的工作。

在過程中，不少人也紛紛向柳擎宇看了過來，有些人目光中充滿了同情，也有人目光中充滿了幸災樂禍。然而，柳擎宇始終從容的坐在那裡，臉上顯得十分淡定。

這時，廖錦強的目光落在柳擎宇的身上，臉色顯得有些嚴肅，聲音中還帶著一絲痛惜說道：

「柳同志，雖然你的縣委書記被免職了，我知道你非常傷心，但是身為你的領導，我還是要說你幾句，希望以後你在做事的時候，一定要考慮後果，以大局為重，你可知道，省裡、市裡讓你擔任三省交通樞紐項目的總指揮，是冒著多麼大的政治風險嗎？

「可是你呢？不思進取也就罷了，在吉祥省協調這個項目的時候更是問題頻出，還搞出什麼視頻直播，你當時是爽到了，但是你有沒有考慮到吉祥省的感受？你有沒有考慮到會對咱們白雲省造成的影響？或是對兩省合作所帶來的影響？如果這次不是人家吉祥省的領導大人大量，沒和你計較；如果不是咱們省裡、市裡極力的保全你；如果不是市委黃書記極力的推薦你，僅僅是追究責任就足以把你卸除職務了，連這次黨校學習的機會都沒有！

「所以，你必須要好好的感謝一下省委領導，感謝市委黃書記和各位領導！柳同志，我希望你在黨校學習期間，能夠好好反省一下自己所犯下的錯誤，好好學習，等你三個月的黨校學習結束之後，走上新的崗位，能夠重新做人，改變過去那些壞毛病。」

廖錦強又長嘆了一聲說道：「柳同志，我知道你不愛聽我說的這些話，但是，身為一個負責任的領導，我還是要說一說，這對你將來的發展很有好處，因為你還年輕，我相信只要你改正這些錯誤，積極進取，以後的前途一定廣闊無比。你說呢？」

說完，廖錦強盯著柳擎宇，等著他的回答。

此時，約有兩百多人參加的會議室內鴉雀無聲，眾人看向柳擎宇的目光更加複雜了，廖錦強這番話說完，大部分人都認為柳擎宇是犯了錯才被調離縣委書記崗位的。

柳擎宇聽完廖錦強這番看似十分真誠的表白和說教，臉上不僅沒有露出廖錦強想像中的憤怒，也沒有如魏宏林想像中的故意假裝知道自己錯了，讓所有人意外的是，柳擎宇淡淡的笑道：「廖部長，非常感謝您的苦口婆心，對我說了這麼多話，您放心，我絕不會認為您這是在落井下石，故意打擊我，我會把您的這番話全都珍藏在心底，時時反省。」

廖錦強很滿意，認為柳擎宇應該是徹底認識到自己的錯誤了。

然而，柳擎宇接下來的話，卻讓他勃然大怒。

「不過廖部長，我認為你剛才說的那番長篇大論，實在是太沒有營養了，甚至根本就是在歪曲事實！在吉祥省的協調過程中，我沒有一絲一毫的錯誤，我時時刻刻把瑞源縣老百姓的利益放在第一位，為老百姓爭取合理正當的權益，這一點，我相信如果你親自前往吉祥省調查的話，會有很多人可以證實我所說的話。

「至於你所說的視頻直播事件給吉祥省和白雲省帶來惡劣影響，我更是完全不認同，這件事的前因後果，吉祥省早已調查清楚了，結果也公佈了，起因是吉祥省的趙志勇對我私人懷有怨念，所以指使當地派出所的工作人員夥同夜總會小姐聯手對我進行栽贓陷害，我所採取的手段都是正當防衛，這個事件吉祥省已經提出了官方解釋，廖部長，難道你認為吉祥省的官方解釋不具有權威性嗎？」

一句反問，直接將廖錦強逼到了牆角，廖錦強咳嗽了一下，沒有說話。

柳擎宇又接著說道：「廖部長，恕我直言，大家都不是傻瓜，我為什麼被調整職務，和我犯了什麼錯誤沒有任何關係，而且我根本就沒有犯錯，不管任何時候，我都敢理直氣壯的這麼說。至於說讓我去黨校學習，我很願意前往，而且我也的確累了，需要好好調整一下自己。」

柳擎宇突然臉色一沉，聲音提高了好幾度，揚聲道：

「但是，廖部長，請您或某些人在下次想要對我落井下石的時候，最好能夠找到合理的理由，不要被我駁斥得體無完膚，自相矛盾，這樣只能說明你們的淺薄，讓我柳擎宇看不起。好了，我不打擾各位，先撤了，至於工作交接的事，我已經寫好相關的資料，都放在桌子上了，魏宏林同志有什麼不明白的，可以打電話問我。」

說完，柳擎宇瀟灑地轉身而去，留下滿會議室錯愕、震驚的目光。

誰都沒有想到，柳擎宇竟然敢在這個幾乎全瑞源縣幹部都在場的情況下對廖錦強發飆，直接駁斥他的言論，這傢伙的膽子也太大了些，**難道他不知道他所面對的人是誰嗎？這位可是南華市的市委組織部部長啊，哪個南華市的官員不禮讓他三分？但是，柳擎宇竟然直接讓廖錦強啞口無言，更令廖錦強顏面盡失，這事廖錦強還能夠不給柳擎宇記上？**

此刻，所有人都心知肚明，柳擎宇就算是黨校學習回來後，在南華市也不可能找到什麼好工作了，得罪了市委組織部部長，還想要當官？做夢吧！

一時間，會議室內響起了一片嘈雜的議論聲，大家都在猜測柳擎宇未來的結局會是什麼樣子。但是，**沒有一個人真正猜到了柳擎宇的結局。**

柳擎宇慷慨激昂地說完，留下眾人一片錯愕後，便直接前往車站，乘車往省會遼源市出發，同行的還有程鐵牛。

一路上，程鐵牛看出柳擎宇心情不好，所以也保持著沉默。

到達遼源市時，已經是晚上七點多了，柳擎宇和程鐵牛在新源大酒店安頓下來後，柳擎宇立刻帶著早就餓腸轆轆的程鐵牛找了家大排檔，好好的吃了一頓。

程鐵牛一個人輕輕鬆鬆幹掉了四大盤排骨，柳擎宇看到程鐵牛那狼吞虎嚥、風捲殘雲的吃相，原本憂鬱的心情突然之間好了很多，胃口也開了些，自己也吃了半盤排骨和一碗番茄雞蛋麵。

第二天，柳擎宇準時出現在省委黨校教務處。因為今天是這期培訓班報到的最後一天，所以柳擎宇到的時候，前來報到的人並不多。

負責報到的是一名三十多歲的男老師，戴著金邊眼鏡，看起來挺和善的，尤其是對待之前報到的學員，幾乎滿臉笑容。

輪到柳擎宇的時候，他也是笑著說道：「這位同學，請把你的錄取通知書、身分證件等資料提交上來。」

柳擎宇把相關的資料遞了過去：「吳老師，這是我的資料。」因為他聽其他報到的同學稱他為吳老師，也學得有模有樣。

吳老師接過資料，當目光落在柳擎宇身分證上的名字時，原本滿是笑容的臉上頓時一沉，皺著眉頭翻了翻資料之後，聲音冷漠的說道：「你交的照片數量不夠，少了四張。」

柳擎宇一愣，拿過錄取通知書又仔細檢查了一遍，納悶地說：「老師，我交的沒錯啊，這上面不是寫得很清楚嗎，一吋照片和兩吋照片各三張。」

吳老師拉著臉有些不耐煩地說道：「你是老師還是我是老師啊，我說讓你各交五張你就各交五張，廢什麼話啊！有沒有一點教養？」

說話間，他的臉色顯得十分難看，語氣也相當不善。

這一下可把柳擎宇給惹火了，本來他到黨校來學習，心中就十分不爽了，但是依然勉強用阿Q精神說服自己，讓自己把注意力放在學習上，同時告誡自己學習期間一定要低調，以免引火焚身，再次被人打擊。但是他沒有想到，報到的第一天就被故意刁難，這讓柳擎宇的倔脾氣再次爆發出來。

柳擎宇並不傻，所有報到的學生交的都是一吋照片和二吋照片各三張，這個吳老師毫不猶豫的就給對方註冊了，輪到自己的時候，卻要求要各五張照片，這分明是故意刁難，一般人一定都是按照通知書上的要求去準備的，沒事誰會多帶兩張照片啊。

所以，柳擎宇第一時間就斷定這傢伙是在刻意找自己麻煩。至於他為什麼這樣做，柳擎宇不得而知，但是柳擎宇可不是好惹的，冷冷回道：

「你是老師，的確有主導權，但是身為學員，我也有質疑的權利，之前報到的同學同樣交的是各三張照片，為什麼我要多交，你是不是想故意刁難我？」

柳擎宇當著面毫不留情的戳穿了對方的意圖，憤怒的看著對方。

吳老師早就料到柳擎宇會有如此反應，鎮定地說道：「每個人的情況不同，要求自然不同，柳擎宇同學，至於說為什麼你得交五張照片，這我並不清楚，因為我這裡的報到文件上是這樣要求的，這份文件是上級領導交給我的，如果你有什麼疑問的話，可以去找上級領導問個清楚，跟我在這裡唧唧歪歪的沒有用，我只是教務處的工作人員，按照規章制度辦事，你也別為難我！當然，如果你要在這裡給我來個直播的話，我也不怕，因為我是在按照工作流程辦事。」

吳老師的語氣中充滿了對柳擎宇的不屑，很顯然他知道柳擎宇在吉祥省搞了直播的事，而且對這件事極為排斥。

柳擎宇知道，吳老師一定是受到某人的指使，或者出於私心討厭他，所以故意如此。如果自己發飆的話，恐怕會被這傢伙給利用了，讓自己的仕途徹底毀掉。

柳擎宇雖然脾氣暴躁，但絕對不是沒有頭腦的人，他甚至有一種預感，弄不好今天這吳老師的刁難**很有可能是一個陷阱**，如果自己真的跳下去的話，結局真的很難預料。

想明白這些，柳擎宇便沉下心來問道：「請問，除了缺四張照片以外，其他的資料有沒有問題？」

吳老師見他沒上當，冷冷回道：「別的沒有什麼問題，就是缺了四張照片，你先去照相去吧。下一個。」

說著，便向站在柳擎宇後面等著報到的同學招了招手，準備要處理下一個人的報到了。

柳擎宇卻是老神在在地說：「吳老師，不要著急嘛，既然其他的資料沒問題，只缺四張照片，這非常簡單。」

柳擎宇從自己的手提包中拿出一個信封，從裡面倒出一堆一吋和兩吋的照片，挑出四張放在桌上，滿臉含笑地道：「照片齊了，這樣總可以給我辦理入學手續了吧？如果你要是再找理由刁難我的話，我可得找學校領導好好的說說了。」

吳老師這下無語了，決定暫時放棄刁難柳擎宇的想法，尤其後面已經排了七八個人，如果自己做得太明顯，反而會打草驚蛇，引起柳擎宇的高度警戒，同時也會為其他人所詬病，於是冷哼一聲，幫柳擎宇辦理了相關手續之後，拿出一張房卡，連同柳擎宇提交的證件和資料一起還給柳擎宇道：

「你的房間在四一四，拿著房卡直接過去就可以了，兩個人一間宿舍，吃飯的時候直接刷這張卡就行了。其他有什麼不明白的，可以仔細閱讀宿舍桌上的學員須知，上面說的非常清楚。好了，下一個。」

柳擎宇把房卡和資料放進手提包中，提著自己的行李箱向樓上走去。

柳擎宇一邊走一邊在心中盤算著，從這個房間號碼來看，這吳老師顯然是想要噁心自己一下啊，雖然柳擎宇並不迷信，但是這四一四號的數字的確不是很好。

想到此處，柳擎宇也有些納悶了，**他從來沒有和吳老師產生過任何衝突啊，他幹嘛要處處針對自己呢？自己都落魄到黨校學習來了，到底是誰想要對付自己呢？**

然而，讓柳擎宇更鬱悶的是，當他走到房間門口時，發現房間的斜對面竟然是公廁！

雖然黨校的廁所有人定期清掃，但走到附近，還是可以聞到一股刺鼻的氣味從裡面傳出來。

最讓柳擎宇氣悶的是，其他房間的房門明顯是新的，只有四一四號房的房門是舊的，偏偏上面還新裝了嶄新的電子門鎖，兩相對比，更顯得房門破舊不堪，真不知道裡面會是什麼樣子啊！

柳擎宇拿出房卡，在電子鎖上刷了一下，打開房門。

首先映入眼簾的，便是兩床白色被褥整齊地鋪在兩張大床上。其中靠左的大床旁，一個三十歲左右的中年人正坐在書桌旁看書，看得津津有味的樣子。

柳擎宇走進房間，仔細地打量了一下未來三個月他將要生活的環境。

這是一個廿五平米左右的房間，靠近北面窗戶處擺放著兩張床，床頭各放了一張書桌，書桌上看起來很乾淨，靠近窗口一側的陽臺上還晾著一塊抹布，抹布正往下滴水，顯然這個房間之前沒有現在這麼乾淨，肯定是這位先到的舍友清理的。

中年人抬起頭來，看到柳擎宇走了進來，微笑著站起身，先伸手接過柳擎宇的大包，放在柳擎宇的床頭，然後主動伸出手說道：「你好，我是來自遼源市的沈弘文，歡迎你入駐四一四宿舍。」

看到對方如此熱情，柳擎宇也笑著回道：「你好，我是來自瑞源縣的柳擎宇，非常高興和你一個宿舍。」

聽到柳擎宇的名字，中年人臉上露出震驚之色，興奮地說道：「好傢伙，原來你就是柳擎宇啊，我早就久仰大名了。」

柳擎宇老臉一紅道：「不會吧，我只是來自小地方的人。」

沈弘文笑道：「柳擎宇，你太謙虛了，你在吉祥省玩的那一手真是太漂亮了，我相當佩服呢。」

柳擎宇不好意思地說道：「沒有那麼誇張吧，我只是習慣性的留一招後手而已，沒想到竟然真的有人找我的麻煩，湊巧而已。」

沈弘文說道：「不管是有意也好，無意也罷，這件事情的最終結果我是相當佩服的，你能夠在別人的地盤上攪得天翻地覆，最後凱旋歸來，這不得不說是一個奇蹟，不過，你這次來黨校學習恐怕也是無奈之舉吧。」

沈弘文同情的看著柳擎宇，從他第一眼見到柳擎宇，就對柳擎宇產生了好感，因為他自信是一個極其擅長觀察別人的人，長期的檢察官職業，讓他對人的心裡能夠有幾分洞悉，他以專業的角度去審視柳擎宇，能夠感受到柳擎宇是一個內心坦蕩之人，所以，雖然和柳擎宇是初次見面，卻有一見如故的感覺。

如果是在平時，柳擎宇肯定不會和沈弘文深談的，因為他們並不認識。但是今天的情況很特殊，他發現自己被流放到這個房間，看來這個室友也是一個失意之人，同是天涯淪落人，相逢何必曾相識，兩人算是難友吧。

讓柳擎宇對這個沈弘文更產生好感的，是他把房間打掃得十分乾淨這個細節，柳擎宇見過太多各人自掃門前雪的人，沈弘文卻能一視同仁，把整個房間，連他的桌子都打掃得乾乾淨淨，足以說明此人的品行不錯。而身處逆境之中，還不忘看書修身養性，也說明此人很有上進心；而看到自己就主動幫忙提箱子，則代表這人喜歡幫助別人。

這些觀察，讓柳擎宇對他也不避諱，灑脫地道：「是啊，我的確是出於無奈才來的，我的縣委書記職務被免職了，現在是無官一身輕，放下所有的『偶像包袱』，專門來學習的。」

沈弘文見柳擎宇說話平靜自然，沒有絲毫憤恨和不滿，不禁拍了拍柳擎宇的肩膀說道：「柳擎宇，你的心態很好，既然已經被免職了，咱們就好好學習吧，從咱們房間的安排來看，恐怕咱們倆都得罪人了。」

柳擎宇好奇問道：「沈老哥，你怎麼會到這個房間來呢？」

沈弘文苦笑道：「我是遼源市長安區檢察院的副檢察長，我們的檢察長馬上就要退休了，如果按照正常流程，我是排名第一的副檢察長，應該可以順利接替檢察長位置的，但是盯著這個位置的人太多了，我是被人給陰了，不知道是誰動用關係，把我突然調到黨校來學習。」

柳擎宇聽了說：「這個其實不難推斷，只要看誰最終坐上了檢察長位置，很有可能就是此人在背後搗得鬼。」

沈弘文嘆息一聲道：「知道又如何呢，我也惹不起啊，人家可是市委書記李萬軍的遠房親戚啊。」

沈弘文這聲長嘆，迅速拉近了他與柳擎宇的距離，因為柳擎宇曾和李萬軍數次交手，知道李萬軍是個做事陰險同時考慮又十分深遠之人，沈弘文之所以有今天的下場，和李萬軍奉行打虎一定要打死的信念有關，因為打虎不死，遺患無窮。

此刻，換成是柳擎宇同情起沈弘文了，他相信，沈弘文的淒慘遭遇只是剛開始，日後一定還會遇到更多麻煩，不由得替他擔心道：「沈老哥，我斷定你就算是黨校生活也不會順利啊。」

沈弘文倒是早有覺悟，點點頭：「我不貪不腐，那些針對我的人找不到任何把柄，卻不放棄地想把我給拿下，以免我報復他們，哎，官場險惡啊。」

柳擎宇贊同地說：「是啊，咱們可真的患難之交了。」

沈弘文走到書桌旁，拉開抽屜，從裡面拿出兩瓶二鍋頭、一袋花生米，朝著柳擎宇晃了晃說：「柳老弟，有沒有興趣喝兩杯，為咱們的患難友誼慶賀一下。」

柳擎宇笑道：「好，沒問題。」說著，便搬過椅子坐到沈弘文旁邊。

沈弘文擰開酒瓶，遞給柳擎宇一瓶，說道：「來，東西準備的不齊，咱們就湊合湊合吧。」

「我不是那種挑剔之人，有酒喝，有花生米吃，就很夠了，來，乾杯。」說著，柳擎宇拿起酒瓶和沈弘文碰了碰。

兩人各自喝了一大口酒後，彼此間的感情再次升溫，兩人之前是難友，現在又成了酒友。

喝酒的時候，往往是談性最高的時候。又喝了幾口酒後，沈弘文眼神有些迷離的問道：「柳擎宇，我看咱們也別老哥老弟的叫著了，還是叫名字吧，這樣聽著比較順耳。」

柳擎宇點點頭：「沒問題。」

「你這次到黨校學習，明顯是有人想要摘你的桃子，你難道心中就沒有怨氣嗎？你甘心嗎？」

柳擎宇聳了聳肩說：「我不甘心又能如何呢，我只是一名處級官員，上級讓我來學習，我只能來，不能違抗上級的命令。人在官場，身不由己啊，說實在的，這是我人生中這一次遇到如此巨大的挫折。」

說著，柳擎宇的眼神也變得迷離起來，醉眼惺忪。

由於遽然被免職，又加上接二連三碰到的種種不如意，讓他的心情很糟糕，情緒也一陣失落。

酒入愁腸，愁更愁，醉意濃，語未休，淪落人，拼酒論愁。此刻，柳擎宇和沈弘都有了七八分的醉意。

沈弘文不禁感慨道：「咱哥倆真的很像啊，我當年從政法大學畢業進入司法界，只用了不到四年的時間，就從一名小小的檢查員做到副檢察長，凡是我所辦的每一個案子都是高效又準確的，絕對不會出現冤假錯案，我是靠著自己的能力衝到副檢察長的位置上，但是，等我真正做到副檢察長的位置之後才發現，原來官場並不是我想像的那個樣子。」

沈弘又狠狠的灌了一大口酒，抹了抹嘴道：

「我一直以為，只要我有能力、就能夠獲得領導的重視，然而，我的想法實在是太天真了。每當我查到某官員貪污舞弊，正準備深入挖掘，找出幕後那條大魚的時候，領導就會告訴我，小沈啊，這案查到這裡就可以了，適可而止吧。

「一開始我還不服氣，總是和領導爭論，領導總是要我顧全大局，說什麼不能一棒打死一群人，那樣不利於組織的團結，其實我知道，那全都他媽的扯淡。」

說到這兒，沈弘突然嗚嗚的哭了起來：「你知道嗎，自從我當上副檢察長的這三年來，我查了兩百多件案子，真正能夠查清楚的卻不超過三十件，其他的要麼是點到為止，要麼是當我調查到了關鍵證據後，案子被轉給別人，我真鬱悶啊，我很不解為什麼他們不讓我查下去，我有信心把每件案子都查個水落石出啊。」

柳擎宇知道他肯定是憋屈了許久，內心深處壓抑了不甘和憤怒，須要有個發洩的出口，便順著他的話問道：「為什麼他們不讓你查呢？」

沈弘猛的一口把瓶裡的酒全部灌下，把酒瓶往桌上用力一放，大聲說道：「直到前段時間我才知道，原來，檢察長也是那個關係網的一員，他也是個貪污分子，但是他馬上就要退休了，我只能眼睜睜地看著他全身而退，我卻被調到黨校學習來了，就連副檢察長的位置也被別人取代，除了保有一個副處級的級別之外，啥都沒有了。

「我真的很不甘心啊，我只是想做點事，為什麼就那麼難呢，做一個公正廉明的檢察官是我的理想啊，嗚嗚嗚……」

沈弘哭得涕淚橫流，哭著哭著，便靠在椅上睡著了。

看到沈弘哭得如此傷心欲絕，柳擎宇才發現，**原來仕途上失意之人並不只有自己！**

他奮力把他弄到了床上，隨後也不支地倒在床上呼呼睡去。

就在這對難兄難弟沉沉睡去的時候。

遠在千里之外的北京。

劉飛正在處理公文，諸葛豐推門走了進來，臉色顯得十分凝重。

「老大，擎宇被免職，安排到黨校學習去了，而且第一天就受到刁難。」諸葛豐一一報告著。

劉飛放下手裡的文件，臉色沉了下來，皺著眉道：「這是怎麼回事，擎宇在瑞源縣的工作不是做得挺好的嗎，三省樞紐工程也在他的推動下啟動了。」

諸葛豐壓抑著怒氣說道：「正是因為三省樞紐工程項目馬上就要啟動了，擎宇才有此劫難的，他被人聯合起來算計了。」

劉飛眼睛微微瞇了起來。諸葛豐就知道，這是老大心情不爽的徵兆。

諸葛豐沉聲道：「老大，事情的詳細經過我已經調查清楚了，擎宇被安排到黨校學習，表面上看是南華市現任市委書記黃立海搞的鬼，實際上，背後隱隱有三股勢力若隱若現。」

聽到諸葛豐提到三股勢力，劉飛的臉色一下子凝重起來，問道：「怎麼回事？」

「第一股勢力是以趙家為代表，他們之所以針對擎宇，主要有兩個原因，第一個是因為擎宇與趙家弟趙志強、趙志勇之間結下的私人恩怨，擎宇接連在幾次將趙家兄弟打敗，尤其是趙志勇直接被吉祥省就地免職，這不僅讓趙志勇仕途黯淡，更讓趙家顏面盡失；第二個原因我猜想就是針對你，隨著巔峰競爭時間越來越近，各方勢力都在摩拳擦掌，趙家很有可能想通過打擊擎宇從而擊敗你。」

劉飛又問：「那第二股勢力呢？」

諸葛豐道：「這第二股勢力是沈家，老大，你應該不會忘記你在滄瀾省時的老對手沈鋒吧？」

劉飛點點頭：「自然不會忘記，沈鋒是沈家的中堅力量。」

諸葛豐分析：「沈家當時和劉家較勁敗下陣來，實力受損不少，但是這些年，沈家臥薪嚐膽、韜光養晦，加上沈鋒掌權沈家後，實行合縱連橫的策略，最近幾年實力漸漸恢復，吉祥省省長陳志勤就是沈家最近崛起的代表性人物。

「這次三省樞紐項目，楚國材和陳志勤在常委會上打賭，說是誰輸了誰就去找擎宇談判三省樞紐項目，陳志勤輸了，但是他沒有去找擎宇，而是直接找了白雲省新任省委書記譚正浩，向譚正浩表達合作誠意，卻要求擎宇不能出現在談判小組之中。」

諸葛豐嘆了一聲道：「不得不說陳志勤的眼光相當老辣，他這一招的確夠狠的，他看到了譚正浩剛剛到白雲省，急切需要證明自己來穩固他的權力和威望，同時也想要獲取政績，但是因為擎宇的存在，譚正浩不好明目張膽的搶奪柳擎宇的政績，而且他應該知道擎宇的身分，所以才會在視察瑞源縣時表現出對擎宇的支持。

「他這樣做完全是為了穩住柳擎宇，讓他盡心盡力的往前衝，他則坐收漁利。陳志勤正是看到了這一點，所以才故意直接找譚正浩，給譚正浩出手對付擎宇製造機會，而他則可以借刀殺人除去柳擎宇，為沈家下一代的成長製造更多的空間，減少一個強勁的對手。

「對譚正浩來說，陳志勤的到來讓他受益匪淺，他也就是我所說的第三股勢力！他到任白雲省後，肯定想要儘快掌控大局，如果能夠拿下三省交通樞紐項目，不僅能夠讓他獲得巨大的政績，還可以樹立威望，因為掌控了這個項目，就可以掌控很多官員的未來和利益，讓他們不得不跟著他走。

「不過譚正浩極有城府，因為顧忌你的關係，他不會自己動手對付柳擎宇，但是黃立海最近向他表示靠攏之意，急切地想表現他的能力，所以拿下擎宇成了黃立海的投名狀。本來按照黃立海的意思，乾脆直接開除擎宇，但是譚正浩暗示過黃立海，叫他事情不能做得太絕，而黨校培訓班的事恰恰是譚正浩上任後提議召開的，從時間點上來看，我研判是譚正浩早就做了相應的準備，為接手三省樞紐項目先安排好柳擎宇的去處。」

聽完諸葛豐的話，劉飛的眉頭緊緊皺起，沉思良久後，問道：「你說這事該怎麼辦？」

諸葛豐帶著幾分怒意說道：「老大，我看這一次你該出手了，否則沈家和趙家的人肯定會認為你好欺負。」

劉飛再次陷入了沉思。

如果是以往，劉飛看到有人如此欺負自己的兒子，絕對會毫不猶豫的出手，然而，這一次，劉飛卻有著更深層的考慮。

思謀良久之後，劉飛沉聲道：「現在出手，時機還是有些不太成熟，而且即便是出手，恐怕趙家和沈家也不可能吸取教訓。」

諸葛豐一愣：「現在還不出手？那什麼時機出手才合適呢？」

劉飛眼中寒芒一閃，道：「你忘了擎宇超強的攪局能力了，這一點上，這小子還挺像我的。」

想到寶貝兒子之前的輝煌事跡，劉飛自己先笑了起來，隨即笑容收斂，聲音陰沉著說道：「擎宇這小子最近仕途太過於平順，加上曾鴻濤對他頗為信任，讓他有些得意忘形了，趁這次機會敲打他一番，讓他深思反省一下，倒也不失為一個好機會，這也有利於他的成長。」

「以我對這小子的瞭解，他對此事絕對不會善罷甘休的，三省樞紐項目可是他的心血啊，如此被人給摘了桃子，他怎麼可能甘心！我相信，只要給他一個合適的機會，以他的智商，一定能夠在白雲省掀起滔天巨浪。哼，譚正浩想要坐收漁利，恐怕他找錯對象了。」

諸葛豐頓時瞪大了眼睛：「老大，難道你還有高招？」

劉飛淡淡一笑，說了幾句話，諸葛豐聞言目瞪口呆。

柳擎宇和沈弘文這麼一睡就是好幾個小時，一直到晚上八點多才幽幽醒來。

等他們醒來，早已饑腸轆轆。

沈弘文看了看時間，說道：「現在這麼晚，估計食堂也沒飯了，我請你去外面吃點吧，我對黨校附近很熟的。」

柳擎宇也不客氣，點點頭。

因為學校規定晚上十點前必須歸校，兩人便在學校外面找了家速食店，各自吃了點東西，便急匆匆的返回學校。

第二天上午九點半，開學典禮正式舉行，省委副書記、省委黨校校長關志明親自出席了開學典禮，並做了重要講話。

在講話進行到最後的時候，關志明臉色突然沉了下來，目光落在柳擎宇的臉上，語帶暗示的說道：「同志們，這期的黨校學員中，有一些同志是因為犯了錯誤，或是因為處事不當，所以才被領導發配到黨校來進行學習的，我希望這些同志們在黨校學習期間，能夠痛定思痛，遇事三思後行，千萬不要再到處惹事，甚至讓領導指名道姓的要把他排除在重大項目之外。希望同志們都努力的學習，儘早磨練成對國家、對人民有貢獻的官員。」

在場的人不禁順著關志明的目光看了過去，立即明白他這番話針對的是柳擎宇。

第三章

第五縱隊

周教授說道：「第五縱隊最早見於美國作家海明威的劇本，講述當時西班牙一叛軍將領揚言有四個縱隊圍攻馬德里，同時城內有一批同情者將配合部隊裡應外合，命名為第五縱隊。泛指隱藏在對方內部、尚未曝光的敵方間諜。」

柳擎宇對眾人投射而來的目光淡定以對，關志明見他此舉沒有激怒柳擎宇，心中有些失望，便收回目光，結束了講話。隨後，黨校副校長、學員代表等人也紛紛進行了講話。

等到大部分人都講完後，關志明眼珠轉了轉，看向柳擎宇說道：「我提個建議，請我們本期學員中最為優秀的、全省甚至全國最年輕的正處級幹部柳擎宇同志來為我們講講話，展現一下新一代年輕幹部的風采。」

關志明說完這番話，現場氣氛為之一緊，一片靜默。

誰也沒有想到關志明會突然提議讓柳擎宇發言，柳擎宇自己也沒有想到，他本來找了一個最偏僻的角落落座，卻沒想到關志明接二連三的找上了自己，讓柳擎宇頗感意外。

雖然柳擎宇不理解關志明為何一再針對自己，卻不能不接招，從容不迫的站起身來，邁上講臺，環視了一下眾人，隨即笑道：「非常感謝關書記以這種突襲的方式讓我發言，給我這個在大家面前露臉的機會，我感到非常的激動，同時也有些不知所措，如果哪裡講得不好，還請關書記和各位領導、同志們見諒。」

柳擎宇說完，全場就是一陣哄笑聲，雖然關志明也在淡淡的微笑，心中卻頗訝異，當著這麼多人的面，柳擎宇竟毫不怯場，思路也非常的清晰。

其實剛才關志明的那番話**暗藏玄機**，他說柳擎宇是全省最優秀的年輕幹部，很有故意挑起其他年輕幹部較勁的意味，使這些人對柳擎宇充滿了不滿和敵意。

柳擎宇接著說道：「剛才關書記說我是全省最優秀的幹部，我可擔當不起，如果不是考慮到關書記這麼崇高的身分，我還以為關書記是要捧殺我了，因為如果我要是全省最優秀的年輕幹部，就不會出現在今天這個場合了。剛才關書記也不點名的批評我，說我不顧全大局，對於關書記的批評，我虛心接受，在黨校的這三個月時間裡，我會努力的學習，虛心的改造自己的。

「我很欣賞魯迅先生的一句話：『**真正的勇士敢於直面慘澹的人生，敢於正視淋漓的鮮血**』，我希望做一個**官場上的勇士**，用百折不撓的戰鬥精神為老百姓做些實事，哪怕是被人摘了桃子我也不後悔，只要最終能夠讓老百姓受益，我就心滿意足了。當然，如果老百姓沒有得到實惠，那麼我也絕對不會善罷甘休，寧可粉身碎骨，也會拼盡全力。

「謝謝大家，謝謝關書記給我的這次機會。」

全場寂靜無聲，冷場，絕對的冷場。

全場的學員愣住了，全場的老師教授愣住了，就連關志明也愣住了。

關志明點名柳擎宇講話的背後，原來竟藏著這麼多的玄機。

沒有誰是傻瓜，柳擎宇剛才雖然言語幽默，以自嘲的開場白開始了自己的演講，但是幾句話間，就以一種反諷的方式淋漓盡致的揭開關志明的意圖，膽子之大讓關志明和在場眾人都沒有想到。

柳擎宇後面的話更顯霸氣十足，直接化解了關志明捧殺自己的意圖，使原本對柳擎宇心存嫉妒的人聽了這番話後，心中平衡不少，不再那麼敵視柳擎宇了。

此刻，關志明眉頭緊緊皺了起來。

關志明不滿的並不是柳擎宇前面的這些話，因為柳擎宇能夠巧妙機智的化解自己出的難題，關志明也不禁很欣賞柳擎宇的急智。

真正讓關志明不滿的是柳擎宇後面這半段話。從柳擎宇的後半段話聽來，柳擎宇對於被調整崗位其實是有著相當大的怨氣，而且表明了一種態度，那就是一旦三省交通樞紐項目不符合柳擎宇心中的要求，那他便會拼死去反擊，這才是關志明最為在意的。

關志明並不清楚柳擎宇的真實身分，他是從柳擎宇到了白雲省後一連串的動作，感受到柳擎宇這個人膽大包天，無所顧忌，對官位根本不在乎，天生就是一個反骨、異類的人。

在全場安靜了足足有二十多秒鐘後，眾人才在關志明的帶領下，稀稀落落的鼓起掌來，開學典禮也就差不多結束了。

關志明興致不高的離開了黨校，返回省委。

回去之後，他第一時間來到省委書記譚正浩的辦公室內，把今天黨校發生的事簡單的向譚正浩進行了彙報，尤其是提到柳擎宇在三省樞紐項目上的態度。

譚正浩聽了，臉上波瀾不驚地說道：「**不在其位，誰能謀其政？誰敢謀其政？**」簡單的一句話，將譚正浩的強硬態度展露無遺。

關志明聽譚正浩這樣說，心中暗暗的笑了：「柳擎宇啊柳擎宇，你一個小小的正處級怎麼可能在我們白雲省掀起水花呢？」

在關志明想來，雖然柳擎宇在開學典禮上表現出他的戰鬥力，但這點力量對關志明來說，簡直可以忽略不計，再加上他在譚正浩面前給柳擎宇上了一點眼藥，他相信柳擎宇今後無論如何都不可能再有崛起之日了。

當天下午兩點半，第一堂課正式開始。

負責這堂課的是黨校老資格的哲學教授馮夢輝。馮教授的講解不僅深入淺出，而且很多觀點都有獨到之處，讓柳擎宇聽完馮教授的這堂課後，感覺收穫非常大。

第二天，第二堂課是由另外一個老資格的經濟學教授——田毅超主講，講的是有關壟斷的題目。

田教授先闡述了壟斷產生的原因和發展，接著說道：

「世界各國都在針對所謂的壟斷進行打擊，針對這個話題，我們大家可以自由討論。

「我先說一下我的觀點，我認為，反壟斷沒有問題，但是，我們不能把反壟斷行為進行得太過於激進，應該循序漸進，比如我們目前正在積極展開針對汽車的反壟斷調查，這簡直是在自掘墳墓，照這個樣子調查下去，早晚會觸怒外企，影響到外資企業對我們的投資。大家有不同的意見都可以提出來討論。」

柳擎宇立刻站起身來，說道：「我對田教授的觀點不敢苟同，我認為我們現在採取的反壟斷調查是非常合適的，甚至現在才採取行動都有些晚了。

「田教授，不知道你曉不曉得，進口車在中國的售價，比別國要高出三四倍到五六倍之多，除去關稅因素，身為經濟學教授，你認為這個現象合理嗎？除了汽車，在民生用品方面，同樣一款七百五十毫升的洗髮精，在中國要賣到七八十元，但是在美國只有三四美元，您認為這合理嗎？

「我不知道你懂不懂得成本分析，據我的瞭解，七百五十毫升的洗髮精一般成本不超過五元，就算加上廣告費，最多也就是十元好了，同樣的洗髮精在美國只賣三四美元，大約二十元人民幣，這還是因為美國的人力資源成本比較高，為什麼在中國低廉的人工成本和物料成本的情況下，反而在國內的售價比美國要高出好幾倍呢？這樣畸形的價格合理嗎？」

接連問完幾個問題後，柳擎宇目光直接與田教授對視著。

田教授淡淡一笑，說道：「毋庸置疑，這當然是不合理的。但是考慮到中國本身的通貨膨脹問題，以及市場競爭成本、管道成本等因素，這樣的價格是可以接受的。為什麼這樣說呢？因為中國人有自己的國情，實行的是分級分銷的制度，同樣一款洗髮精，每一個銷售環節都會扣留一部分的利潤，自然售價就高了。這種多級分銷的制度大大增加了我們的就業機會，所以價格雖然不甚合理，但是卻有其合理性。」

柳擎宇反駁道：「田教授，不知道你有沒有做過市場調查，就算是考慮到各級分銷制度，所有扣留的利潤加在一起也不會超過成本的一倍，也就是說，一款洗髮精的售價不應該超過四十元，這樣已經是相當高的利潤了，之所以會出現這種情況，根源在於**外資對市場壟斷所造成的**。正是因為外資企業佔據壟斷性地位，他們由此也掌握了市場的定價權，這種畸形的價格已經在很多領域引起了連鎖反應。

柳擎宇頓了一下，接著沉痛的說道：「田教授，你知道現在麵粉是多少錢一斤嗎？才一塊多一點，但是泡麵呢？重量只有七八十克的桶裝泡麵的價格竟高達四塊多，而且，泡麵還不是純正的麵粉做成的，裡面添加了許多添加劑以及玉米澱粉等東西，為什麼要加這麼多的東西？說白了還不是廠家為了降低成本嘛？還不是因為日本在控制價錢……」

田教授聞言，大聲打斷了柳擎宇的話：「你簡直是在胡說八道，你沒看到兩大速食麵巨頭正在掐架嗎？甚至是掐得你死我活的！」

柳擎宇冷笑道：「以您這麼大的一個經濟學教授，不應該連這麼一點小把戲都看不出來吧？掐得你死我活？兩大巨頭的幕後控股人都是日本吧，舉個簡單的例子，如果你有兩個兒子，這個兩個兒子真的要掐得你死我活了，你身為家長會不出面加以制止嗎？

「但事實上，你看日本出面制止了嗎？沒有！這兩大巨頭依然今天你出一招、明天我出一招，彷彿爭得『你死我活』的！但是仔細看，兩家企業爭得越兇，媒體炒作得越是厲害，那麼最終這兩家企業的市場分額就會越大，國有企業的生存空間也就越來越小，最終的結果，就是他們將會繼續依靠其壟斷地位牢牢控制住定價權，使得商品的價格越來越高！

「當眾多外資企業將那些與民生有關的商品價格推得越來越高的時候，與之相對應的是農產品的價格始終在低價徘徊，尤其是農藥、種子資價格不斷上漲，農民的收益越來越小，導致農民種糧的意願越來越低，加上轉基因種子大量進入，最後將會使得進口食品的數量越來越大，糧食的安全性越來越惡劣，進而威脅到整個國家、整個民族的生存！

「**這是一個環環相扣的陰謀！這是一個巨大的陷阱！**田教授，我很納悶，你身為經濟學家，身為一個名教授，為什麼會連這些都看不出來？還是有什麼其他的原因？我不得不說，我對您真的非常失望。」

柳擎宇這番話說完，整個教室頓時鴉雀無聲，柳擎宇竟然敢直接頂撞教授，這傢伙也太刺頭了！

只見田教授被氣得臉色蒼白，雙手顫抖著，憤怒地看著柳擎宇。

然而，讓所有人跌破眼鏡的是，面對氣憤填膺的田教授，柳擎宇並沒有停止批評，又再度開炮說道：「田教授，不曉得您知不知道一件事，那就是美國曾經提出過一個『第五縱隊』的概念，而且早在幾十年前就開始在國內進行佈局了，他們通過金錢、美女、威逼、利誘等多種手段，腐蝕拉攏了一大批各個領域的名人、學者、專家、教授來為他們服務，指使這些人鼓吹美國文化、鼓吹美國的意識形態，從而瓦解國人的意志。田教授，你說這是不是很可惡？他們算不算是漢奸呢？」

此刻，所有人都明白過來，柳擎宇雖然沒有指名道姓，但是意思卻再明白不過，那就是：我高度懷疑你是美國第五縱隊的人，我認為你是漢奸！

田教授的臉色由白轉紅，他萬萬沒想到，柳擎宇如此囂張的打自己的臉，自己好歹是資深教授，地位不是一般教授能比的，這個柳擎宇實在太囂張了。

田教授用手指著門口的方向怒聲道：「出去！你給我出去！」

柳擎宇不屑道：「出去？我憑什麼出去？田教授，是你要大家可以自由討論的，既然是自由討論，就應該允許學生表達自己的觀點，身為一名教授，僅僅因為學生的觀點和你不一樣，僅僅因為學生對你提出質疑，你就要趕學生出去，這就是省委黨校教授的素質嗎？身為教授，難道就只能像山野村夫那樣遇到問題就咆哮謾罵嗎？

「田教授，我不知道是你的素質有問題，還是我的問題太尖刻了，亦或是我的觀點戳中了你內心深處最為隱秘的東西，不管怎麼樣，你今天的表現真的太讓我失望了。說實在的，如果沒有黨校的學習紀律的話，不用你說，我轉身就離開教室了。因為我認為你不夠資格來教我們！你的立場已經偏離一名黨員幹部應該有的正確觀點了，請你不要用自由言論的論調去掩飾你的真實內心，我看著就厭惡和噁心！」

說完，柳擎宇直接坐了下去。

柳擎宇這番話比之前的那番話還要犀利，田教授聽了，被氣得腦門上青筋狂跳，雙眼噴火，他狠狠瞪了柳擎宇一眼，拿起公事包，忿忿地向外走去。

當田教授的背影消失在門口時，教室內一下子沸騰起來，無數雙目光再次聚焦在柳擎宇的身上，所有人都對柳擎宇指指點點。

今天在課堂上，大家終於見識到柳擎宇的囂張和大膽，也明白為什麼柳擎宇在瑞源縣做出了那麼大的成績還被安排到黨校來學習的原因了，任何一個領導都不願意手下有這麼不聽話，甚至這麼較真的下屬啊。

有人悄悄議論道：「看到沒，做人千萬不能像柳擎宇這樣啊，真是不知死活！田教授可是黨校的資深教授啊，得罪了田教授，柳擎宇想順利畢業是沒戲了。」

「是啊，哪裡有學生質疑老師的，尤其是柳擎宇居然指責田教授是第五縱隊的人，這小子是不是膽子也太大了點啊，田教授甚至可以告他誹謗的。」

「嘿嘿，這一點你可說錯了，田教授絕對無法告柳擎宇誹謗的。」

「為啥？」

「因為柳擎宇根本就沒有直接指名道姓的說他是第五縱隊的人啊，只是在暗示他是而已，這一點是不能作為證據的。柳擎宇這傢伙也是挺狡猾的，而且，你沒有看到柳擎宇和田教授辯論時說話是多麼謹慎嗎？田教授根本就沒有辦法抓住任何把柄，但是柳擎宇的話卻是句句帶刺，不得不說，這柳擎宇還真是人才啊！而且是黨校歷史上第一個把教授氣走的人！」

隨著眾人的議論聲，整個教室內一片嘈雜，猶如菜市場一般。

就在這時候，教室的門被推開了，負責學員報到的吳老師從外面走了進來，目光在教室內掃了一眼，最終落在柳擎宇的身上，衝著柳擎宇點了點，指名道：「柳擎宇，請你到教務處一趟，陳主任有請。」

聽到「陳主任有請」幾個字，那些來過黨校的人臉上頓時露出了幸災樂禍的表情，低聲說道：「看著吧，柳擎宇要倒楣了，你們記住啊，在黨校內，惹了教授不要緊，但是千萬別被教務處的陳主任給惦記上，尤其是最好不要聽到『陳主任有請』這幾個字，因為這時候就代表有人要倒楣了。陳主任在歷屆學員中有一個特別響亮的名號——學員殺手！凡是被他請去的學員，很少有誰能夠順利從黨校畢業的。」

就在所有人充滿憐憫的目光中，柳擎宇隨著吳老師來到教務處主任辦公室。

主任辦公室面積十分寬大，足足有六七十平米，分裡外兩間，陳主任的辦公室在裡面那間。

房間內，一個五十多歲、臉頰瘦削，頭頂微禿的男人正在看著一份資料，聽到柳擎宇他們進來，連眼皮都沒有抬，仍是繼續在看著資料，吳老師也沒有說話，只是默默的等待著。

兩人足足等了十多分鐘後，他才緩緩抬起頭來，一雙猶如老鷹般鋒利的眼睛從柳擎宇的臉上掃了一眼，的放下手中的資料，冷冷地說道：「你就是柳擎宇？」

柳擎宇點點頭：「是的。您是陳主任吧？」

陳主任冷哼一聲道：「知道為什麼找你過來嗎？」

「不知道。」

陳主任鷹眼猛的睜開，兩道犀利的寒光直射而出，落在柳擎宇的臉上：「你不知道？你剛剛把田教授氣走你不知道？」

柳擎宇依然平靜地說道：「陳主任，田教授並不是我氣走的，他是自己走的。」

陳主任一拍桌子：「胡說八道，田教授剛給我打電話，說是由於這期學員中有你這麼一位不尊敬老師的學員存在，他決定暫時不來教課了，他說，要麼學生中沒有你，他才來教課，要麼有你沒他。你認為我應該怎麼做呢？」

柳擎宇笑道：「您怎麼做我猜不到，也沒有必要去猜測，但是有一點我要說清楚，當時在課堂上，田教授說得非常清楚，那就是讓學生們自由討論，既然是自由討論，我身為學生，是不是有權利發表我的觀點？這應該沒問題吧？就算是我的觀點和田教授的觀點不同，也有和田教授辯論的權利吧？而且據我所知，黨校一向宣導學術自由，大家可以自由表達觀點，相互辯論。既然如此，我和田教授之間的辯論只是學術辯論而已，根本談不到什麼氣不氣的，田教授要生氣，這只能說明一點，那就是田教授沒有容人之量！」

柳擎宇說完，陳主任一下子沉默下來。

陳主任在教務處幹了二十多年，什麼樣的學員沒有見過，但是像柳擎宇這樣口才如此厲害、膽子如此大的還是第一次見到。最重要的是，陳主任發現柳擎宇似乎根本就不認為自己有絲毫的錯誤。

陳主任冷冷地道：「柳擎宇，你知不知道我在學員中有一個綽號？」

「知道，有人說您是學員殺手。」

陳主任點點頭：「沒錯，就是這個綽號，我之所以得到這個綽號，就是因為有不少不遵守黨校紀律的學員都被我以雷霆手段給處理了，沒有能夠結業，最終鍍金之旅變成了滑鐵盧之旅。」

「嗯，既然是在學習中犯錯，受到處罰是應該的，您沒錯。」

柳擎宇的話，讓陳主任愣住了，柳擎宇竟然支持自己?!他錯愕的看了柳擎宇一眼：「難道你不怕我處理你嗎？」

柳擎宇回道：「不怕，因為我相信既然您是學員殺手，肯定鐵面無私，我犯了錯誤，您處罰我理所當然，但是我沒有犯錯，您也不會處罰我的。這一點我有信心，否則，您不可能坐在教務處主任的位置上。」

一直板著臉的陳主任聽到柳擎宇這番話後，罕見的呵呵笑了起來，端起茶杯喝了口茶後，這才說道：「柳擎宇，沒想到你這麼狡猾，好吧，你說對了，我雖然有學員殺手的綽號，但是我做任何事絕對公平公正，我已經調取了教室的監控錄影，你的確沒有任何錯，只是在課堂上進行學術觀點討論，田教授被氣走是因為他氣量狹小所致。」

說到這裡，陳主任走到房門外，對外間辦公室的吳老師說道：「小吳啊，你去檔案室一趟，給我找個十來份我之前處理過的學員檔案。」

吳老師聽從領導的吩咐離開了，陳主任把外間的房門關好後，這才返回辦公室，關好房門後說道：「柳擎宇，我不得不說，你在課堂上的分析和我對田教授的判斷極其相似，雖然田教授的經濟學觀點有其獨到之處，但是我認為，田教授的名氣相比於他的真實才學有些過大，而且我總感覺到，**似乎有一股勢力在暗中替田教授進行炒作和包裝**。

「雖然我只是一名黨校的教務處主任，但是我也有愛國情操，從三年前田教授在經濟危機中宣導的一種觀點開始，我就對他有些懷疑了，尤其是最近這段時間，我發現他常常會對國家的一些措施提出質疑，甚至誤導輿論。雖然黨校宣導學術自由，但是，田教授卻在頂級經濟學家的光環下，提出很多似是而非的觀點，由於我的身分，我不能直接對他提出什麼異議，而你卻在今天的課堂上替我狠狠的出了一口氣。

「我今天喊你來，是向你表示感謝的，你罵得好，替我出了一口氣，同時，你的拳拳愛國之心我也看到了，我們國家就需要你這樣時刻想著民族利益的官員！我非常欣賞你！所以，從今以後，只要我陳寒松待在教務處一天，我就不會讓其他人借著各種機會刁難你。不過，你自己也要多多注意，我得到消息，省裡已經有人放出話來要在黨校整你了。」

聽完陳主任這番話，柳擎宇瞪大了眼睛，看向陳主任的眼中充滿了驚訝之色。

沒想到，陳主任竟然表示支持自己！他不禁問道：「陳主任，那田教授的這件事怎麼處理？」

陳主任笑道：「這個很簡單，你沒有任何錯，田主任必須要回來上課，除非他以後不想在黨校擔任教授職務了，至於今後的課要怎麼上，我相信他應該心中有數，我相信從今以後，田教授不敢再搞這種自由討論的授課方式了。」

柳擎宇呵呵笑了起來，這個陳主任還真是一隻老狐狸啊！

這時，陳主任又道：「柳擎宇，我想交給你一個很艱巨的任務，那就是想辦法揭穿田教授的虛偽嘴臉，最好是用學術上的觀點來駁倒他。我們省一向對專家教授們十分重視，我感覺你很有膽色，也很有才華，希望你能夠揭穿田教授的嘴臉！怎麼樣，敢不敢接下這個任務？

「我得提醒你，一旦你和田教授在學術上開始論戰，很有可能會面臨多方巨大的壓力！尤其是美國第五縱隊之人從政治、經濟、甚至是人身攻擊！你的仕途和人身安全有可能時刻陷入危機之中。」

柳擎宇很有使命感地道：「陳主任，從我進入仕途的那天起，就已經做好為國家民族犧牲的決定了！有些人以為免了我的的職務、摘了我的桃子我就會消沉、就會一蹶不振，那他們可就大錯特錯了，我柳擎宇就像野草一樣，野火燒不盡，春風吹又生，至於我個人的仕途升遷與人身安全，我根本就不在乎，我只想在我有生之年能夠為國家民族、為我們的老百姓多做一些事。這個任務——我接受。**戰鬥，從現在開始！**」

柳擎宇渾身上下展現出了強烈鬥志。那番話也深深觸動了陳主任的靈魂！

當柳擎宇再次回到教室裡，所有的學員們都以異樣的眼光看著柳擎宇，等著看柳擎宇捲舖蓋走人的場景。

讓人意外的是，柳擎宇臉色卻異常平靜，他回到自己的座位上，一旁的沈弘文擔憂的問道：「怎麼樣，你沒事吧？學員殺手沒有為難你吧？」

柳擎宇道：「沒事。」

「真的沒事？」

柳擎宇笑道：「真的沒事！陳主任那個人做事很公平的。」

沈弘文聽柳擎宇這樣說才放下心來。

接下來整整一個星期的時間，每隔兩天都會有一堂田教授的課，就在所有人都認為田教授會將柳擎宇趕出教室時，眾人卻驚訝的發現，田教授進入教室後，連看都沒有看柳擎宇一眼，更沒有對柳擎宇說一句話，只是十分平靜的教課。

而且，課堂上再也沒有自由討論的機會，自始至終都是田教授在臺上講，學員們在台下聽，氣氛顯得十分沉悶，不過這樣做也有一個好處，那就是再也看不到柳擎宇與田教授針鋒相對、火星四濺的辯論了。

有了田教授的教訓，其他的講課老師在講課時，也十分謹慎，大部分都以講課為主，討論為輔的方式，把討論時間進行了壓縮，尤其是對討論的話題，更是避開那些比較敏感的話題。

只有一位教授例外，就是教授國際政治課的周炳奇教授，周教授講課極其有特點，每次上課，都會先就某個話題介紹一下目前的國際形勢，隨後便讓學員們進行討論，等學員們討論完後，再說出自己對國際時局的判斷。而且周教授十分謙虛，不會像田教授那樣要求學生接受自己的觀點，只表示自己的觀點僅供大家參考。

在其他教授的課堂上，柳擎宇就彷彿不存在一般，默默的聽著課，有時候還會走神，但是在周教授的課堂上，柳擎宇的表現截然相反，學生們再次看到了柳擎宇鋒利的一面。

柳擎宇幾乎每堂課都會和周教授就國際局勢進行一番爭論，柳擎宇會使用縝密的邏輯推理和現實形勢來佐證自己的觀點，來說服周教授認可他的觀點，雖然周教授從來沒有對柳擎宇有絲毫讚譽之詞，但是每堂課都會點名讓柳擎宇發言的態度，已經將他對柳擎宇的欣賞表露無遺。

由於柳擎宇與周教授之間的互動，周教授的課成了所有學員們最愛上的課。

南華市青峰縣。

縣委書記辦公室內，趙志強正在與堂弟趙志勇通電話。

趙志勇說道：「哥，我聽說柳擎宇在黨校最近日子過得十分安逸啊，除了剛開學的時候和田教授有針鋒相對的辯論之外，竟然沒有再惹事，照這樣下去，要想把柳擎宇給趕出黨校恐怕有些困難啊。哥，我就不明白，為什麼柳擎宇都把田教授給氣走了，黨校怎麼還不給柳擎宇任何處罰呢？」

趙志強苦笑道：「這件事我也瞭解了一下，據說，黨校的副校長的確提議要給柳擎宇警告處分，卻被教務處的陳主任堅決抵制了，陳主任證明柳擎宇只是和田教授在進行學術辯論，所以處理柳擎宇的事只能不了了之，我們當初想要借陳主任的手除去柳擎宇的算盤算是失算了。」

趙志勇長嘆一聲：「是啊，那時我們就是看重陳主任對學生要求嚴格，沒想到此人竟然如此包庇柳擎宇，該不會柳擎宇和他有什麼關係吧？」

趙志強搖搖頭：「這個肯定不會，在柳擎宇去黨校前我就做過調查了。不過咱們也不用擔心，我相信以柳擎宇的個性，早晚還是會招惹是非的，否則他就不是柳擎宇了。」

趙志強的分析完全正確。

就在所有人都認為柳擎宇會低調過完三個月的學習時間時，一個重磅消息突然出爐。

先是在華夏日報上，柳擎宇以一篇實名署名文章對當前學術界的歪風邪氣進行了強烈的批判，尤其對一些學者教授為了金錢數典忘祖，成為美國、日本的代言人和傳聲筒，甚至被招募為第五縱隊的一員，在國內部進行各種破壞，與敵人裡應外合，不擇手段，意圖破壞國家安定團結的局面。

柳擎宇在文章中強烈呼籲國家必須要對這些人高度重視，在文章的最後更直接指名道姓的指出白雲省省委黨校的教授田毅超，說田毅超身為黨校教授，早期在經濟學領域的確有著很深的造詣，但是近年來，他的很多主張往往與國家的主流價值觀相違背，刻意迎合美國所宣傳的東西。

尤其是田教授的兒子、兒媳婦、女兒、女婿、妻子都已經移民美國，還在美國買了一棟豪華別墅，價值八百多萬，柳擎宇直接提出一個大大的問號：身為一名教授，工資獎金都是固定的，哪裡來的錢在美國買別墅？你的親人為什麼要全部移民呢？

柳擎宇這篇文章一出來，頓時引起一片譁然。

柳擎宇再次成為媒體和輿論的焦點。在微博、論壇裡，攻擊柳擎宇的言論甚囂塵上。

柳擎宇很清楚，自己是以一個人的力量抗衡美國在中國第五縱隊整個團隊，對方不僅實力強悍，其中更加不乏掌握極大發言權的重量級人物，卻也沒料到會面臨如暴風雨般鋪天蓋地的圍攻，這種程度的圍攻大大超出了柳擎宇的想像。

自從柳擎宇發表文章後，黨校再次沸騰起來，每次上課，都會有無數雙眼睛時不時的看向柳擎宇，就連周教授上課時都開了句玩笑：

「我們這期的柳擎宇同學很有才華嘛，隨隨便便一篇文章就引起了軒然大波，這麼有才華的人不進入核心決策圈實在是太可惜了。」

現場立刻響起一片哄笑之聲。

在隨後的課堂上，周教授乾脆把第五縱隊的話題拿了出來：

「同學們，既然柳擎宇同志提到了第五縱隊，那麼今天我們也針對這件事情來討論一下，有沒有不知道第五縱隊概念的同學，請舉手。」

周教授說完，現場有三分之一的人舉起了手。

周教授笑著說道：「那麼我就來給大家簡單介紹一下第五縱隊的概念。第五縱隊最早見於美國作家海明威在西班牙內戰期間在炮火中寫出的劇本，該劇本以馬德里保衛戰為背景，講述當時西班牙一叛軍將領揚言有四個縱隊圍攻馬德里，同時城內有一批同情者將配合部隊裡應外合，他命名為第五縱隊。在國際上，尤其是在西班牙，**第五縱隊泛指隱藏在對方內部、尚未曝光的敵方間諜**。」

周教授又看向柳擎宇：「下面，請柳同志為我們談一下他的觀點，大家等柳擎宇同志說完後，也可以發表自己的意見。」

柳擎宇站起身來，凝視著大家說道：

「我知道在座很多人對第五縱隊的概念並不是十分明確，我要說的是，第五縱隊不僅已經在中國紮根壯大，而且已經到了十分嚴重的程度。美國著名政治學者杭廷頓在《變化社會中的政治秩序》一書中曾經說過一句話：『對一個傳統觀社會穩定來說，構成主義威脅的並非來自外國軍隊的侵略，而是來自外國觀念的侵入，印刷品和言論比軍隊和坦克推動得更快、更深入。』也許有人對此不以為然，但是大家只需要想一下當年蘇聯是怎麼樣解體的，對這句話就會有深刻的認識了。

「想當年，蘇聯是多麼強大啊，強大到處處敢和美國爭霸天下，但是結果呢？最終在美國的忽悠下，在美國文化和美國思想觀念的侵蝕下，最終還是解體了。這就是意識形態的強大威力！這也是為什麼我要寫下那篇文章，對國內日益嚴峻的形式提出警示的原因。」

一個同學站起身說道：「柳擎宇，我不贊同你的觀點，你所說的什麼第五縱隊，根本就是無形的東西，大部分應該是屬於臆測之事。我承認，你的出發點是為了我們國家好，你也絕對是熱愛國家的，但是，就我所知，美國人所宣導的意識形態就是普世價值觀，這種觀念到哪裡都是正確的啊，這一點在美國的電影中表現得淋漓盡致。」

柳擎宇笑道：「這位同學，你所說的，恰恰是美國人的狡猾之處，也是美國文化侵略的一部分手段。」

又有一名同學發言反駁：「我認為，電影屬於藝術的一環，藝術是沒有國界的，這是為什麼美國片風靡世界的原因。」

柳擎宇回道：「這位同學，我贊同你剛才的那句『藝術是沒有國界』的觀點，我之所以說美國電影是文化侵略的一種手段，是因為我對美國電影的深刻瞭解。美國片一向以最新的特效、技術，在娛樂的包裝中弄得五彩繽紛，讓影片傳遞的美式生活及意識形態潛移默化的灌輸到你的腦袋，化為你的思想及行為。」

說到這裡，柳擎宇頓了一下，聲音中透出一絲無奈道：

「各位，我相信大家都知道，美國是一個奉行霸權主義的國家，其在經濟上的強勢地位，導致其價值觀念在傳播能力上占有強勢地位，以電影、電視、流行音樂以及網路的高科技手段，正在大舉向世界各國進行滲透。」

「各位同學，大家回憶一下，在你們所看過的美國片中，有幾個中國人的形象是正面的？那些在國內紅得發紫的巨星們，到了好萊塢的電影中所扮演的角色有幾個是好的？不是毒販就是黑社會老大、地痞流氓，當邪惡勢力或者災難威脅人類的時候，總是有美國英雄成為救世主！很多人為了出名，為了鈔票，寧願去扮演醜化民族的角色。這就是美國人的智慧！市場、名利、金錢，財大氣粗的美國人總有辦法讓你向他們屈服！稀里糊塗的就幫他們實現了其文化侵略！因為他們很善於利用商業的力量！」

柳擎宇這番話猶如晨鐘暮鼓，醍醐灌頂。

柳擎宇又說道：「美國人素來以國際刑警的姿態在外國耀武揚威，維持所謂的國際秩序，大家可以看看，凡是美國人搞起戰爭的那些國家，敘利亞、伊拉克，有哪個國家的人民真正過上了美國人許諾給他們的和平與美好？而美國電影在娛樂性的包裝下，影片無處不在展示著各種各樣的極端利己主義思想，向青少年灌輸憤世嫉俗的觀念，標榜好逸惡勞、追求物質享受更是很多電影的主題。」

雖然有些人還是不太認同柳擎宇對美國電影的觀點，卻不得不承認柳擎宇剛才的話大部分內容都是極其寫實的。

周教授帶頭鼓起掌來，稱讚道：「柳同志講的非常精彩，姑且不論柳同志的話是否客觀，但是他鮮明的觀點、堅定的立場、充足的論據是值得我們學習的，對柳同志的觀點，誰還有不同意見嗎？」

有一個同學起身挑戰道：「現在社會是一個國際化的社會，如果凡事以自我為主，得罪了那些歐美國家，對我們國家十分不利，難不成我們要閉關鎖國，回到清朝時代嗎？」

柳擎宇笑道：「這位同學，你理解錯我的意思，我並不是說要閉關鎖國，也不是要無視國際合作，而是在經濟紛爭中，不要對那些所謂的國際法和各種規則抱有太大的期望，該強硬的時候必須要強硬。因為沒有真正的世界政府，也沒有真正的世界員警和世界軍隊，所以，國際法的裁決是否真的落實，還是得看強者的態度，最終淪為強者的遊戲。

「我舉個例子，美國人掌握了智慧手機核心技術，所以每支手機有相當一大部分成本來自我們支付給別人的專利費用，導致不少手機企業利潤微薄。然而，很多電子產品中必不可少的稀土資源，價格卻極其低廉，最近世貿組織還裁定我們不出口都不行，好啊，那我們大幅度抬高售價不就可以了嗎，他們不買可以啊，去向別的國家購買吧。所以，很多時候，我們必須要堅持以我為主的原則，不管是經濟上還是文化上。」

接下來，柳擎宇和其他同學又就不同話題進行了深入的探討，無一例外地，柳擎宇說服了每一個和他進行辯論的同學。

這讓在一旁觀看的周教授頻頻點頭，暗道：「好一個柳擎宇，辯才無雙，字字珠璣，立場堅定，這才是新一代官員的典型啊，如果每一個官員都能像他這樣心中時刻想著國家，想著人民，何愁中國不能強大！」

隨著這堂課的結束，柳擎宇以其雄辯之才，贏得了很多同學的好感，就連那些和他進行辯論的同學很多都主動和柳擎宇交換聯繫方式，柳擎宇在同學間的威望達到了空前的高度。

當天晚上，很多人紛紛邀請柳擎宇一起吃飯喝酒，看到人太多，柳擎宇乾脆把有意和自己結交的同學都聚集到一起，由柳擎宇買單，在新源大酒店內好好地大吃了一頓，席間對每一個來敬酒的同學都來者不拒，最終十分光榮的醉倒了。

這一晚，不僅僅是柳擎宇，絕大部分同學也都醉倒了，好在喝酒前柳擎宇就和酒店的工作人員打過招呼，由他們親自把大夥兒送回黨校。

從第二天開始，在華夏日報以及很多媒體上，陸續出現了支持柳擎宇，並對那些抹黑柳擎宇的人進行反擊的文章，這些文章大部分都出自這一期的黨校學員們。

能夠混到黨校學習的學員沒有幾個是庸才，最低級別的都是副處級，就算是本身不具備文筆的，身後也都有秘書、朋友，柳擎宇在酒店吃飯喝酒時的豪爽，給眾人留下了深刻的印象，誠心將柳擎宇視為自己的朋友，而朋友正被一群第五縱隊的小人們圍攻，身為同學和朋友，他們怎麼能不出面呢。

於是，在柳擎宇還沒有出手反擊的情況下，僅僅是這些黨校同學們的反擊便再次引起了媒體界的滔天巨浪。

然而，這波反擊僅僅是一個開始。

第四章

反擊聯盟

在劉小飛和劉小胖的牽頭號召下，組建了一個反擊聯盟，調查抹黑柳擎宇的所謂的「知識精英」，小魔女韓香怡笑說：「劉小飛，咱們可以把這些資料公布到網上，到時候，光是那些線民們的憤怒就足以燒死這幫漢奸們。」

當遠在蒼山市的秦睿婕得知柳擎宇竟然被很多人圍攻抹黑的時候，秦睿婕憤怒了。秦睿婕立時號召自己的朋友展開全面反擊。

曹淑慧也得到了這個消息，曹淑慧也怒了。

在曹淑慧高效的運作下，只用一天時間就查清楚了，隨後，曹淑慧向領導請了兩天假，一邊自己親自操刀撰寫反擊文章，一邊給好哥們好姐妹們打電話，請他們幫忙反擊。

曹淑慧一出手，風雲變色。無他，曹淑慧思維之縝密、文風之犀利，比之柳擎宇有過之而無不及，最狂的是，曹淑慧一天之間，分別在三大主流報紙、三大門戶網站上同時發表了六篇文章，文章用的並不是實名，而是筆名慧宇，取曹淑慧和柳擎宇名字中的最後一個字。

最讓所有人稱奇的是，六篇文章每篇都堪稱精品，而且每一篇的側重點全都不相同，分別針對六名各界名人針對柳擎宇的抹黑、批評採取了最為犀利的回擊，字字如刀，刀刀見骨，刀刀見血。

一時間，輿論界譁然，媒體界譁然，慧宇之名響徹大江南北，震撼文壇，甚至有人拿慧宇與魯迅相提並論。

而秦睿婕雖然沒有曹淑慧這邊聲勢浩大，卻是穩紮穩打，請出了老爸的大秘親自操刀，以其對國家政策的諳熟，對抹黑柳擎宇的人展開了口誅筆伐，他的反擊可謂綿裡藏針，鞭辟入裡。

與曹淑慧和秦睿婕大張旗鼓的支持不同，慕容倩雪竟然連露面都沒有，保持沉默。

小魔女韓香怡、劉小飛、劉小胖、小二黑、肖天龍等人，在劉小飛和劉小胖的牽頭號召下，組建了一個反擊聯盟，調查抹黑柳擎宇的所謂的「知識精英」，找到很多不為人知的秘辛。

小魔女韓香怡哈哈大笑說：「劉小飛，咱們可以把這些資料公布到網上，到時候，光是那些線民們的憤怒就足以燒死這幫第五縱隊的漢奸們。」

劉小飛卻搖搖頭說：「不行，那樣力道太弱了。」

劉小胖和小魔女等人都看著劉小飛，肖天龍臉上卻露出了若有所思的表情。

劉小飛賊笑著說：「如果只是在網路上公布，力道太弱，而且對那些第五縱隊的漢奸們來說，他們可不是一個人在單打獨鬥，身後一定有一個十分高明的團隊在替他們進行各種掃尾、脫責甚至是撈人的工作，所以，第五縱隊的後援團隊會通過網路水軍把咱們發的資料淹沒掉，甚至是倒打一耙。」

小魔女焦急的問：「那你說怎麼辦？」

劉小飛笑道：「咱們也可以寫文章啊，先往報紙媒體上進行投稿，然後把舉報資料送給各路媒體記者，尤其是電視台，同時，我們通過彼此的微博、微信等社交工具將這些人的資料公諸於眾，不過，我們公布的時機必須要掌握好。

「我看網路、媒體上替老大反擊的聲音正在逐漸增強，尤其是那位叫慧宇的，那六篇文章簡直是神作，我估計最遲明天到後天之間，第五縱隊那些人就會採取大規模的反攻，我們就選擇在後天中午十二點整發佈這些消息，我估計那時候，媒體記者應該也深入調查過了，我們配合他們一起公布所有的消息，足夠揭穿那些藏在各處的第五縱隊之人的醜惡嘴臉了。」

「好，那我馬上把這些資料發給那些媒體記者，這方面我有管道。」小魔女韓香怡毫不猶豫的說道。

劉小飛卻下指導棋說：「香怡，不要一下就把資料全都給那些媒體記者，給他們三分之一就可以了，因為他們不可能全部調查並且播放的，找那些證據特別充足、特別有代表意義的資料，然後我們自己留下三分之一確鑿的資料用來在報紙上發布文章，剩下的三分之一則公布到網上，這樣可以形成三波接連不斷的衝擊，這種疊加效果要比一下子全都公開效果好得多。」

肖天龍伸出大拇指，使勁的點頭說道：「飛哥，你真厲害，你這個哥們我服了！」

徐愛國、劉小胖、小二黑也頻頻點頭，對劉小飛的認可度直線提升。

這一次柳擎宇被免職，還被弄到黨校學習，處於人生的低谷，這時候，劉小飛主動聯繫了這些人，提出調查那些第五縱隊的漢奸們的建議，讓眾人看到劉小飛夠朋友的一面，再想到之前在蒼山市，也是劉小飛在柳擎宇最危急的時候，出手幫柳擎宇化解了難題，使得眾人完全認可了劉小飛。

劉小飛猜得沒錯，就在曹淑慧等人轟轟烈烈的展開反擊後的第二天，第五縱隊的那些精英、教授等進行了瘋狂的反擊，以無中生有的手段和編造的故事去佐證柳擎宇的「罪名」，說柳擎宇不僅道德敗壞，還貪污受賄，生活十分腐化，甚至說柳擎宇還有好幾個私生子，最大的都十五歲了等等荒謬的謠言。

當柳擎宇在黨校看到這一波對方的反擊時，臉色不禁陰沉下來。沉思良久後，他拿出手機撥通了諸葛豐的電話。

電話這頭，諸葛豐看到柳擎宇竟然會給自己打電話，感到十分訝異，在他看來，以柳擎宇的能力，不可能應付不了眼前這種小麻煩的。但是柳擎宇卻打來了，可見事情肯定不一般。

諸葛豐接通電話：「擎宇，怎麼想起給我打電話了？」

柳擎宇聲音沉重的說道：「叔叔，我想讓你向我爸轉達一件事。」

諸葛豐一愣：「你怎麼不直接給你老爸打電話啊。」

柳擎宇笑道：「這是工作上的事情，以我的級別，是不可能直接向他反映的，這個規則我還是要遵守。」

諸葛豐問：「什麼事啊？」

「叔叔，你有沒有注意到最近很多媒體刊登了一些對我不利的消息，而且幾乎都是憑空杜撰的。我在意的並不是這些人，而是隱藏在這些人背後的那些操控者，因為他們攻擊我是很正常的現象，畢竟我戳到了他們的痛處，但是，有些媒體卻還在縱容這些人的做法，那麼他們的立場可就有問題了，這些人會不會也是**隱藏在我們國家內部，同屬於第五縱隊裡面另外一個層次的成員呢**？所以我建議上面要加強對媒體的監管力度，對那些立場不堅定分子要高度重視。」

諸葛豐聽了柳擎宇的話後，臉色凝重起來，道：「你說的這個問題的確很重要，如果調查屬實的話，我會第一時間向你老爸進行彙報的。」

就在諸葛豐展開調查的同時，另外一場激烈的反擊戰也在逐漸打響。

第二天晚上，東海省電視台播出了一個記者臥底的視頻，通過這份視頻，有三名菁英分子的醜惡嘴臉徹底被揭穿，在視頻的末尾，主持人以十分沉重的語氣說道：

「這些人身上披著各種各樣的光環，貼著無數的燦爛標籤，卻在暗地裡做著蠅營狗苟的勾當，我想問一句，一個手持綠卡的人，憑什麼代表中國的老百姓，這些錢到底是從哪裡來的？」

節目戛然而止，但是，主持人最後的質疑，卻留給了廣大的電視觀眾思考的空間。

隨著電視節目播出，網上立時出現了一片強烈的質疑聲，這時候，劉小飛帶著劉小胖、肖天龍等一干兄弟們開始對東海省電視台的新聞進行了大範圍的擴散。

與此同時，北京市公安局隨即逮捕其中一名專家，罪名是涉嫌洩露國家機密，與境外敵特分子相互勾結等。緊接著，東海省、白雲省也將另外兩名曝光的教授進行逮捕。

這一下，不僅網路媒體震動，電視媒體也再次震動，很多重量級的電視台在新聞節目中直接報導了這個消息，將柳擎宇與這些第五縱隊之間的對抗推到了所有觀眾的眼前。

雖然沒有任何一方宣布柳擎宇在這次的輿論論戰中獲勝，但是所有人都知道，柳擎宇與他文章中所指出的第五縱隊之間的較量，柳擎宇暫時贏得先機。

第二天上午，華夏日報上再次刊登出一份重量級的文章。

文章中，一位筆名為「飛哥」的作者，在文中首先針對六名高知名度人士對柳擎宇的抹黑行為進行了反駁，還列舉了這些人的私人情況，指出這些所謂的精英們，不僅拿著國家給予他們的高薪待遇和福利，卻暗自接受來自美國和其他西方國家以各種方式給予的活動經費，在暗中充當對方代言人的角色，他們的立場已經發生了改變。

這篇文章一出來，頓時引起軒然大波，要知道，華夏日報可是十分具有公信力的報紙，會刊登這樣的文章，代表作者掌握了絕對可靠的證據。就在文章見報後的四個小時內，這六個人隨即被公安逮捕。

一時間，群情沸騰，內心顫慄。在短短三天之內，將近三十名第五縱隊的成員自首，有關部門再次採取打擊行動，鐵腕出擊，震懾了第五縱隊人員的囂張氣焰，輿論氛圍立時為之清明，往日那種群魔亂舞的局面得到了有效控制。

隨著這波整頓行動，柳擎宇的威望再次獲得提升，他的粉絲團瘋狂飆漲，很多人都對柳擎宇這種堅決和罪惡分子鬥爭到底的行為給予了高度讚許。在黨校裡，柳擎宇因為這次論證更是聲名鵲起，一鳴驚人，很多學員都對能和柳擎宇成為同期學員感到興奮不已。

然而，**風光的背後是危機**，隨著柳擎宇的聲名鵲起，他的危機也因此到來。

黨校會議室內，幾名主要領導臉色顯得異常凝重。

常務副校長張河強臉色嚴肅的說道：「同志們，我們這期的學員非常活躍啊，尤其是柳擎宇，最近一個多星期以來，輿論界可謂風起雲湧，柳擎宇更是出盡了風頭，我很懷疑，柳擎宇能夠有心情去學習嗎？更過分的是，在柳擎宇的帶動下，有二十多名學員捲入了論戰之中，據我所知，柳擎宇和這些學員們還曾經一起出去喝酒，深夜醉酒而歸，這種行為嚴重違反了校規校紀。所以，我提議立刻開除柳擎宇的學員身分，給予警告處分，以儆效尤。」

副校長馬雨菲、紀相奎、沈國棟紛紛表示贊同。

等他們表完態後，教務處陳主任卻語氣堅定的說道：「我不同意張副校長的意見，我認為，柳擎宇雖然參與了論戰，但是他本身並沒有任何違反校規校紀的地方，反而促進了有關部門調查第五縱隊的滲透力度，對國家起到了正面積極作用，他的勇氣值得我們肯定，而不是批評和指責，我認為，黨校應該給予學員自由寬鬆的氛圍，讓他們可以放心的表達自己的觀點，不應該扼殺學員的這種積極性，反而應該鼓勵才對。

「至於醉酒夜歸的事，他們的確有錯誤的地方，但是學員們都是成年人了，我們不能用管理小學生那種辦法去約束他們，而且他們並沒有鬧事，在規定的時間內回來，並沒有對學校造成任何負面的影響，所以，我認為可以口頭警告他們一下，但是不能開除柳擎宇！這件事我堅決反對！」

張河強詫異的看了陳主任一眼，他聽說陳主任曾經因為柳擎宇在課堂上頂撞田教授，把柳擎宇叫到辦公室狠狠的罵了一頓，怎麼今天反而為柳擎宇說話呢？

但是，不管陳主任出於何種目的，他絕對不能容許陳主任挑戰自己的權威，冷冷說道：「直接舉手表決吧，同意開除柳擎宇的請舉手。」

五人中有四人舉手表示同意，只有陳主任沒有舉手。

張河強立即說道：「好，立刻下公文宣布開除柳擎宇，並給予相關的處分以儆效尤，散會！」

張河強已經決定，接下來要想辦法把這個不聽話的陳主任拿掉，換一個聽話的人。

柳擎宇被開除的消息很快便公布到黨校的官方網站上。

與此同時，柳擎宇正在上周教授的課，教室房門被人推開，負責學員報到的吳老師一臉陰沉地走了進來，衝著周教授歉意道：「周教授，打擾一下，有件事情需要當眾宣布。」

周教授一愣，緊皺著眉頭滿是不悅之色，不過他知道吳老師是常務副校長的鐵桿心腹，也只好點點頭。

吳老師走上講臺，目光落在柳擎宇的身上，沉聲道：「柳擎宇，由於你近期的行為嚴重違反了校規校紀，經過學校黨組會議決定，將你從黨校開除，請你跟我去辦理一下手續吧！」

臺下立時一陣喧譁，很多人為柳擎宇鳴不平，更有人直接大聲質問：「學校憑什麼開除柳擎宇，他沒有犯任何錯啊！」「就是啊，學校這不是胡來嘛！」

吳老師耷拉著臉道：「大家都靜一靜，開除柳擎宇是黨組成員經過討論後做出的決定，大家有什麼意見的話，可以直接去找學校領導反映，我只是負責傳達的人。」接著看向柳擎宇：「柳擎宇，跟我走一趟吧。」

柳擎宇心知這是有人在背後不斷設計種種陷阱針對自己，因而只是微微一笑，臉色平靜的站起身來準備離去。

就在這時候，周教授卻抗議道：「吳老師，如果知道你要宣布的是這個消息的話，我真的不應該讓你進來，吳老師，請你記住，現在是我上課的時間，在這個時間內，一切行為都需要聽從我的支配，所以，你無權勒令我的學員去做任何事情，如果你有事情要找我的學員，請你下課之後再過來。現在請你立刻出去，我要接著上課了。」

說完，周教授再次站在講臺正中央，大聲說道：「好了，我們接著上課，下面，請柳擎宇同學繼續為我們談一談他對目前菲越局勢的看法。」

聽到周教授竟然為自己出頭，柳擎宇十分感動，他知道，周教授是在用這種方式對自己表示支持，對學校的決定表示不滿。

吳老師氣得幾乎吐血，卻也只能訕訕地暫時離開教室，在外面等著。

教室內的氣氛顯得十分壓抑沉重，這堂課竟是柳擎宇和大家在一起上的最後一堂課了。

柳擎宇雖然到了最後時刻，依然有條不紊的闡述著自己的觀點。很多人都被柳擎宇這種敬業、堅強的心態所感染。

周教授這次罕見的沒有和柳擎宇進行辯論，只是默默聽著柳擎宇闡述他的觀點，遺憾再也無法教到這麼優秀的學員了。

噹噹噹！下課鈴聲響起！柳擎宇的講述正好也到了尾聲，柳擎宇衝著周教授和所有同學們深深一鞠躬，道：「感謝周教授給我這個機會，感謝大家聽我闡述我的觀點，謝謝大家。我們後會有期。」說完，便邁步向門外走去。

「柳擎宇，等一下。」周教授拿出一張自己的名片遞給柳擎宇道：「柳擎宇，我對你非常欣賞，這是我的聯繫方式，有時間可以和我多多連絡。」

柳擎宇接過周教授的名片，十分珍重的放到自己的名片夾中，然後掏出自己的名片遞給周教授：「教授，這是我的名片，以後我一定會經常給您打電話向您請教的，還請您不要嫌我煩啊！」

周教授微笑著點點頭。

柳擎宇轉過頭看著眾位同學告別道：「各位同學，咱們有緣再見，祝大家在黨校的學習中天天開心快樂。」說完，柳擎宇沒有一絲猶豫的離開教室。

隨即跟在面色鐵青的吳老師身後到教務處辦理了退學手續，昂首挺胸的走出省委黨校的大門。身後，省委黨校幾個大字金光熠熠，流光溢彩，柳擎宇的背影卻顯得那樣孤寂、落寞。

外面，程鐵牛已經等候著，看到柳擎宇提著行李走了出來，程鐵牛一把接過，然後問道：「老大，咱們去哪裡？」

「去新源大酒店吧，現在我是無官一身輕，官位沒有了，黨校也被開除了，我可以好好的休息一段時間了。」柳擎宇自嘲道。

柳擎宇不知道，就在他被省委黨校開除，回到新源大酒店內，把自己關在房間內悶悶不樂的時候，**白雲省的政局也在悄然發生著變化**。

就在柳擎宇被開除的當天，在田教授為學員們上課的時候，省委黨校常務副校長張河強親自出席這堂課，並且在課堂上發表了熱情洋溢的講話。

首先，張河強對柳擎宇抹黑田教授的行為進行了嚴厲的批評，指出柳擎宇指責田教授根本就是無中生有的行為，當場對田教授進行了表揚和肯定，希望田教授能夠頂住壓力，做好教學工作。

然而，沒有想到是，就在這堂課還有五六分鐘就要下課的時候，幾名公安人員便推門闖進了課堂，直接將田教授銬起來帶走了。

張河強質問對方為什麼抓人，一名工作人員出示自己的證件後，臉色嚴肅的說道：

「這位田教授涉嫌接受境外勢力的資助，竊取國家機密……」

課堂上頓時響起了熱烈的掌聲，這是在向抓捕田教授的人員表示支持，也是在為柳擎宇的先見之明而鼓掌，只可惜柳擎宇已經不在課堂上了，但是同學們今天看到柳擎宇的遠見卓識，對他更加懷念了。

然而，事情遠遠還沒有結束，田教授被帶走只是今天柳擎宇離去的一個小插曲。

就在三天前，原省委組織部部長莊海東被調到省政協工作，而原省委組織部常務副部長秦猛正式擔任省委組織部部長。

這天下午，秦猛正在召開各省市組織系統大會，在會上，這位新上任的省委組織部部長以一種十分激昂的聲音說道：

「同志們，我們組織部的工作人員在進行考核、篩選幹部的時候，必須要把幹部的黨性原則、道德人品放在第一位，所錄用的官員必須要保證其政治立場堅定，要心中想著老百姓、想著國家，就像前段時間在網路上引起軒然大波的柳擎宇同志，他身為南華市的幹部，在省委黨校學習期間，能夠通過與黨校教授的一番課堂激辯，從而寫出那篇對國家具有重要意義的文章，並且通過這次輿論戰發現了一大批隱藏在各行各業的第五縱隊的間諜，為淨化國內的輿論氛圍起到了十分重大的作用。

「大家想想，如果柳同志不是心中想著國家和人民，怎麼可能在黨校學習的時間策動這麼大的事情？如果不是想著國家和人民，怎麼可能忍受那些第五縱隊的漢奸們肆意抹黑呢……」

坐在秦猛身邊的組織部第二副部長，同時也是秦猛的心腹錢天恆默默地拿出手機，看了一眼剛剛傳來的簡訊，臉色一下沉了下來，隨即把手機放在秦猛的面前。

在講話的同時，秦猛低頭看了眼手機螢幕上的簡訊，臉色也沉了下來，聲音戛然而止。

秦猛皺著眉頭道：「不好意思，各位同志，我剛剛看到一條簡訊，就在不久前，柳同志被黨校開除了，對這個消息我非常意外，沒想到柳擎宇這樣的學員竟然被開除了，如此看來，黨校真的是紀律嚴明啊！嗯，非常不錯，有時間我會去省委黨校調研調研的，算是對同志們的工作給予肯定嘛，下面，我們進入下一個話題。」

隨著下一個話題展開，秦猛講話的速度明顯提高，原本準備用三十分鐘講話的，不到一半時間就講完了。台下參與本次會議的各個地市的領導們也發現秦猛的臉色從那之後，就再也沒有笑過。

秦猛之所以臉色陰沉，是因為他看到手機上的簡訊是女兒秦睿婕發給錢天恆的，秦睿婕憤怒的指出柳擎宇被開除的原因已經接近莫須有了。

身為省委組織部部長，對於白雲省內的優秀幹部，尤其是年輕幹部十分關注，更不用說柳擎宇是女兒的心上人。除去女兒和柳擎宇之間剪不斷理還亂的感情關係，他對柳擎宇的個人能力、品德都相當欣賞，這一點，秦猛和曾鴻濤很相似，可以說是看著柳擎宇一步步從鄉鎮鎮長成長為如今的縣委書記，因而得知黨校竟然以莫名的原因開除柳擎宇，這讓秦猛難以接受。

能夠坐在今天這個大會議室參加會議的幹部，最差的都是各地市省委組織部的副部長，大家的眼力自然極其銳利，所有人都看出來，這位新上任的省委組織部部長對柳擎宇被開除之事顯然十分不爽啊。

幾分鐘前他還在誇獎柳擎宇呢，現在黨校卻把柳擎宇給開除了，這豈不是等於當眾打他的臉嗎，這讓秦猛的面子往哪裡放啊，難道秦猛看錯了人嗎，還是省委黨校開除柳擎宇錯了？很顯然，如果這件事不能有個結果的話，秦猛的威望肯定是要受到影響的。

會議結束後，秦猛在會議上所說的每一句話每一個字，都傳到了省委黨校常務副校長張河強的耳中。

張河強得知後，當下便坐不住了，身為省委黨校常務副校長，對於秦猛在白雲省的實力可是十分清楚的，秦猛在白雲省擔任了六七年常務副部長，門生故吏遍及白雲省各個地市，而且秦猛為人剛正不阿，頗為上級領導所看重，年紀又不是很大，前途無可限量，如果這樣的領導對自己不滿，自己這個常務副校長位置將會岌岌可危。

想到此處，張河強連忙給自己的老領導省委副書記關志明打電話。

電話接通，張河強焦慮的把自己得到的消息向關志明彙報了一遍，說道：「老領導，您說我現在該怎麼辦，秦猛部長剛剛上任，我擔心我會成為他新官上任三把火中的一把火啊！」

關志明聞言沉吟了一下，點點頭說：「秦猛這人我很瞭解，他為人剛正不阿，而且用人看人極其精準，輕易不會去表揚一名幹部，他表揚的幹部偏偏被你們給開除了，時機還那麼湊巧，以秦猛的為人，絕對不會善罷甘休，一定會把事情調查得清清楚楚！如果他錯了，他會向你道歉，但是如果是你錯了，他會毫不猶豫的把你拿下，所以我建議你好好思考一下，在這件事情上你有沒有什麼錯，如果有錯誤的話，儘快改正。」

關志明的話雖然並沒有直接給出答案，但是暗示的十分明顯了。

張河強聽完後那叫一個鬱悶啊，因為他之所以敢收拾柳擎宇，就是因為關志明的秘書暗示他，領導對柳擎宇不爽，但是現在關志明卻說出這樣一番話來，絲毫沒有為他出面的意思，這讓他感到十分失望。

不過張河強也是個官場老油條了，知道關副書記是不想在秦猛剛上任的時候就和對方交惡，尤其是人事問題上，如果因為這麼一點小事得罪了秦猛，那麼關志明的很多人事佈局就無法得到落實，這對關志明十分不利。

想明白其中關節，張河強只能苦澀說道：「好的，老領導，我會想辦法儘快彌補這個問題所帶來的影響。」

張河強心情抑鬱的掛斷電話，拿出菸來狠狠地抽了幾口，掐滅菸頭，隨即撥通了柳擎宇的電話。

「你好，我是柳擎宇，哪位？」柳擎宇的聲音有些低沉，心情明顯很低落。

「柳同學，我是省委黨校常務副校長張河強啊，我給你打電話，是想要通知你一聲，你可以回到黨校上課了，校黨委決定撤銷開除你的處分。」張河強勉強擠出真誠的聲音說道。

聽到是張河強，柳擎宇不由得眉頭一皺。

雖然在自己被開除的過程中，張河強都沒有露過面，但是柳擎宇很清楚，自己之所以會被黨校開除，肯定和這位副校長有著脫不開的關係，然而自己已經被開除了，張河強為什麼又親自打電話給自己，讓自己恢復學員身分呢？

柳擎宇立刻意識到，張河強可能是受到某些壓力，否則對方萬萬不可能要自己復課。

柳擎宇是個相當有個性的人，也不是一個受了委屈就隨便忍氣吞聲的人，所以，他沒有任何猶豫便開口說道：「張校長，不好意思啊，我已經不打算再回去上課了。」

張河強一聽就知道事情要壞，肯定是柳擎宇對被處分的事心中不滿，連忙說道：「柳擎宇啊，開除你這件事的確是校方做得有些草率了，我已經嚴厲批評了提議要處罰你的有關領導，並且撤銷針對你的一切處分。而且由於你在對第五縱隊的輿論戰中贏得了勝利，學校還準備大力表揚你，評你為本期最優秀學員，柳同志，周教授和好幾名老師都對你十分欣賞，你的同學們對你也十分想念啊，你就快點回來上課吧。」

張河強不但**許之以利，又誘之以情，可謂用心良苦**。

只是柳擎宇心意已決，沉聲道：「對不起，張校長，你的好意我心領了，不過我一向奉行好馬不吃回頭草的原則，既然黨校已經把我開除了，我就不會再回去了，我還有事，就不和你聊了。」說完便掛斷了電話。

柳擎宇之所以掛斷電話，是因為他看到自己的好兄弟、新收的小弟加頂級幕僚秦帥走了進來。

秦帥平時十分自由，柳擎宇並不加以任何約束，因為他知道秦帥是個玲瓏剔透之人，做任何事都有自己的原則和底線，當你需要他的時候，他絕對會及時出現，這才是一個頂級幕僚的實力。

看到秦帥進來，柳擎宇因為心情不好一直沉著的臉終於露出一絲笑意。

張河強那邊，副校長紀相奎正坐在他的身邊，默默聽著張河強和柳擎宇之間的對話。看到張河強滿臉憤怒的掛斷電話，不禁問道：「張校長，柳擎宇到底是什麼意思？」

張河強狠狠一拍桌子怒道：「這個柳擎宇真是不知好歹，我好心解除對他的處罰，他竟然說什麼好馬不吃回頭草，不想回來上課，真是氣死我了。」

紀相奎聽到張河強這樣說，臉色也顯得十分凝重，說道：「張校長，我看柳擎宇肯定是猜到這件事情後面有您的影子，所以才對你的要求直接拒絕了，既然如此，我們可以找那些和柳擎宇關係比較好的學員去說服柳擎宇，柳擎宇就算是不給您面子，怎麼著也得給他的朋友面子吧，我聽說和柳擎宇同個宿舍的沈弘文和柳擎宇關係相當莫逆，幾乎無話不談，就連上課的時候，兩人也大多數坐在一起，不妨讓沈弘文去勸勸柳擎宇。」

張河強皺著眉道：「萬一沈弘文不願意呢？」

紀相奎嘿嘿一笑：「這件事我親自和他談吧，對付他這種人，我有的是辦法。」

離開張河強辦公室，紀相奎立刻給吳老師打了個電話，讓他把沈弘文喊到自己的辦公室內。

沈弘文聽說副校長喊他，就是一愣，心中狐疑道：副校長找自己做什麼啊。

懷著一肚子疑問，沈弘文來到紀相奎辦公室。

「校長您好，聽吳老師說您找我？」

紀相奎點點頭：「是啊，這邊坐。」

說著，紀相奎走到沙發，和沈弘文面對面的坐著，以顯出他對沈弘文的重視，這讓沈弘文的懷疑更深了，他可不相信自己有什麼值得紀相奎如此重視的地方。

落座後，紀相奎笑道：「沈同學，我看過你的簡歷，知道你是一個有抱負有理想的年輕人，對你十分欣賞，不過，在你來之前，你們遼源市的一些人專門給學校方面打過招呼，說你需要重點照顧一下，這也是為什麼我們把你安排到條件相對來說比較差的四一四號房間的原因……」

沈弘文心中疑惑更深了，這種事就算不用腦袋也能夠猜得到啊，他看向紀相奎說道：「紀校長，有什麼話您就直說吧，我不喜歡拐彎抹角。」

紀相奎一笑：「好，那我就直說吧，你是不是和柳擎宇關係不錯呢？」

沈弘文點點頭：「沒錯，我和柳擎宇是好朋友。」

「學校想讓你去找柳擎宇，勸他回到黨校來上課，黨校已經撤銷對他的所有處罰了。」紀相奎道出原委。

沈弘文這才恍然大悟，原來紀相奎說了這麼多話，繞了這麼大個彎，是想要自己去勸柳擎宇回來啊！顯然紀相奎之前那番話的目的是告訴自己，如果自己不去的話，他就會採取更加狠辣的措施對付自己，誰讓遼源市方面有人「關照」過了呢，自己去的話，就沒有什麼問題了。

沈弘文頓時沉思起來。

紀相奎見沈弘文猶豫不決，淡淡暗示道：「有成員接到舉報，說有天晚上你和柳擎宇醉酒歸來，那位成員建議對你採取處罰措施，我正在積極和那位成員溝通，為你說好話。」

這是赤裸裸的威脅，沈弘文心中暗罵道：「奶奶的，紀相奎，你這老傢伙就繼續演吧，這根本是你自己編排出來的，太陰險了！」

沈弘文是個聰明的人，他知道這時候如果自己不答應的話，真的有可能再次落入困境之中，他不想自己的仕途就這樣葬送在這群小人手中，因為他的內心深處還藏著遠大的抱負。

想到此處，沈弘文故意做出一臉無奈的表情說道：「好，我這就給柳擎宇打電話，過去勸勸他，不過，我不敢保證能夠把他勸服了，但是我會盡力的。」

紀相奎很是滿意：「好，那就辛苦你了。」

沈弘文便當著紀相奎的面拿出手機撥通了柳擎宇的電話：「我是沈弘文啊，你還在遼源市嗎？我想過去看看你，咱們兄弟好好聚一聚。」

柳擎宇高興地說：「好啊，你過來吧，我住在新源大酒店一二一八號房。」

掛斷電話，沈弘文看向紀相奎說道：「紀校長，那我出發了，我會盡力勸說柳擎宇的。」

紀相奎滿意的點點頭：「去吧。」

此刻，柳擎宇房間內，秦帥說道：「柳老大，恐怕來者不善吧。」

柳擎宇淡淡說道：「不出意外的話，沈弘文應該是學校請來說服我回去上課的。」

秦帥道：「是啊，常務副校長都請不動你，只能採取友情攻勢了，柳老大，你準備怎麼接待你這位老同學呢？」

柳擎宇笑道：「這得看沈弘文的表現了。」

柳擎宇眼底深處不禁露出一絲淡淡的無奈和苦澀，每個人都為了自己的生存而努力，有的人甚至可以為了金錢、地位、權勢出賣自己的良知和尊嚴。

沈弘文到底是一個什麼樣的人呢？他會為了自己的前途出賣靈魂嗎？

二十分鐘後，沈弘文出現在房門口，敲響了房門。

柳擎宇打開房門，道：「弘文啊，趕快進來。」

沈弘文邁步走進房門，立即開門見山的說：

「你放心，我不是來做說客的，紀相奎逼我當著他的面答應過來說服你回學校，我只能照他的意思做，在他面前裝裝樣子，為了對他有個交代，我就過來了，不過，我其實是來和你敘舊的，同時勸你千萬不要再回去上課。說實在的，除了周教授的課以外，我認為有價值的課不多，而且我還聽說，好像是省委組織部的秦部長聽說你被黨校開除的消息，十分不高興，所以紀相奎才會找你回去的。」

沈弘文坦誠交心的一番話，將柳擎宇心中對沈弘文的種種猜忌全都沒有了，表明此人的確是一個十分真誠又有擔當的人。

柳擎宇笑道：「弘文，你的確是個猛人啊，夠朋友！來，我給你介紹一下我的這位朋友，他叫秦帥，也是我的救命恩人，我的好兄弟。」又對秦帥說道：「這是我在黨校的室友，也是難友沈弘文。」

兩人互相握了握手。

直到此刻，沈弘文也看出來，柳擎宇絕對不是普通人，從他的表現來看，他大概早就猜出了自己過來的真實意圖，也有考究自己的意味在裡面，不禁問道：「黨校這件事你是怎麼想的？」

「如你所說，我是絕不可能再回去了，剛才我一直在和秦帥討論這個問題，秦帥給我的建議是姜太公釣魚，默默等待，我基本同意這個建議。」

沈弘文點點頭，看向秦帥的眼中充滿了欽佩之色，他原本心中想給柳擎宇的建議也是等待。他使勁點點頭說：「這個主意非常好，現在省裡的局勢錯綜複雜，瞬息萬變，最終走向何方猶未可知，尤其最近傳出沉寂許久的曾書記可能會有新的任職消息，所以我認為，曾書記去哪裡任職，對咱們白雲省的局勢將會有極大的影響。」

沈弘文話說完，秦帥的眼中也閃出了驚豔之色，看向沈弘文的目光中多了幾分欣賞。他之所以給柳擎宇提出等待的建議，也是基於對目前白雲省局勢的分析，其中秦猛的履新，和曾鴻濤即將重出江湖的消息對白雲省大局影響深遠，沒想到沈弘文不過是一個副處級幹部，也能夠有如此眼光，看來此人很有政治頭腦，最重要的，他願意把他的想法與柳擎宇一起分享。

柳擎宇自然也不是傻瓜，知道沈弘文是真正的為自己著想，這個難友真是不錯的朋友。

柳擎宇點點頭說：「是啊，目前白雲省局勢的確有些撲朔迷離，我只要默默等待就好了。至於黨校那邊，現在明顯有人一直在背後想要搞我，回去反而容易被那些人抓住機會針對我，現在我賦閒在家，誰還能把我怎麼樣！

「據我所知，秦部長是一個為官剛正不阿，行事殺伐果斷之人，我想這一次，夠黨校領導們操心了，黨校真的不應該成為鬥爭的舞臺，而是一個真正讓學員們好好充電的地方啊。」

沈弘文心中一動，柳擎宇的話明顯充滿了對黨校領導們的不滿，而柳擎宇身為一個小小的縣委書記，如何知道秦部長的性格呢？是聽別人說的，還是他原本就與秦部長是熟識的呢？

不過，沈弘文沒有多想，和柳擎宇聊了一些黨校同學們對柳擎宇的想念後，便離開了。

沈弘文離開之後，秦帥評論道：「柳老大，看來你又遇到一個人才啦，這個沈弘文我看很不錯呢。」

柳擎宇笑道：「是啊，此人的確是個人才，而且很有眼光，最重要的是人品端正，有機會的話，真是可以扶他一把。」

沈弘文回去之後，告訴紀相奎，說自己好說歹說，柳擎宇就是不肯回黨校，紀相奎也只能無奈的放沈弘文走了。他也清楚，柳擎宇連省委黨校常務副校長張河強的面子都不給，更何況是沈弘文呢，他讓沈弘文出馬也只是死馬當活馬醫罷了。

就在柳擎宇被開除後的第二天，省委組織部便有風聲傳了出來，說是省委組織部正在物色一名某地常務副市長的人選，張河強已經被列入了考察對象。

張河強聽到這個消息又驚又喜又擔心，驚的是沒有想到自己會入選；喜的是一旦自己能夠到地方執政，一下子就當上常務副市長的話，前途看好；擔心的則是這次風聲放出來的時間有些不太對勁，按理說這時候秦猛應該對自己十分不爽才對，為什麼偏偏要對自己進行考察呢，會不會裡面有什麼貓膩啊。

第三天，省委組織部幹部處的一名處長帶著三名工作人員來到了省委黨校，分別和黨校的幾名副校長、各個處室的副主任進行談話，包括張河強也被進行了約談。

省委組織部幹部處的人在黨校待了整整一天，一直到下午五點多才離開，連張河強請他們吃飯也直接拒絕了。

隨後，張河強心中便猶如長了草一般，焦慮不安卻又充滿期待的等待著。

白雲省省委書記辦公室內。

省委書記譚正浩坐在寬大的辦公桌後面，正在聽取秘書楊天慶向他彙報近期的工作動態。

彙報完正常工作後，楊天慶說道：「譚書記，我剛剛得到一個消息，省委組織部對省委黨校常務副校長張河強進行了考察，前兩天，省委組織部秦部長在會議上曾經提到過黨校……」

楊天慶這是在暗示譚正浩，這次省委組織部對張河強的考察可能存在著疑點。

譚正浩聽了淡淡說道：「如此看來，這位秦部長還真是一個鐵腕之人啊，如果不出意外的話，恐怕張河強要倒楣了。」

楊天慶一愣，不明白譚正浩這話是從哪裡得出來的。

這時，譚正浩又說道：「雖然我不喜歡柳擎宇的做事風格，但是我對柳擎宇的才華卻十分欣賞，而柳擎宇也絕對是一個可堪重用之人，曾鴻濤敢用他，我自然也敢用他，當初柳擎宇被調到黨校學習，我之所以沒有干涉，是想要借此敲打一下柳擎宇，讓他以後做事的時候收斂一下張揚的性格。

「我本來打算等他黨校畢業後給他一個副市長幹幹呢，卻沒有想到有些人竟然借此機會對柳擎宇打擊報復，意圖毀去柳擎宇的仕途，這樣的人真的是非常可惡啊！」

說話間，譚正浩的語氣十分嚴肅，臉色也顯得很難看。

楊天慶再次一愣，他本以為譚正浩不喜歡柳擎宇，想打壓柳擎宇呢，沒想到譚正浩竟是想要柳擎宇去幹副市長。

似乎看出楊天慶心中的不解，譚正浩笑道：「小楊，你是我直接帶過來的秘書，所以有些事我得點撥你一下，你要記住，身為領導，眼界、心胸、格局千萬不能小家子氣，尤其是對於像柳擎宇這種真正能夠幹事的人必須要重視，像他這樣的人才，可以借一些機會磨練他的心性，但是如果有合適的機會，該重用還是要重用，因為柳擎宇是能夠幹事的人，要想取得成績，絕對離不開像他這樣的人才，這也是為什麼柳擎宇那麼愛惹事，曾鴻濤卻始終為他撐腰他的原因。」

楊天慶再次愕然，直到此時，他才明白為什麼譚正浩能做到如今這個位置，手段、心胸一樣都不能少，尤其是心胸必須要豁達！楊天慶心中暗道：「看來這一次，有人要倒楣了。」

第五章

與狼共舞

「你們第九監察室在向東市可謂步履維艱，所以，你們一方面要積極的和向東市的市委領導層積極接觸，同時任何事都要多留幾個心眼。」

柳擎宇若有所悟的說：「我明白您的意思了，您這是要我們第九監察室與狼共舞啊！」

張河強自從省委組織部的人離開後，心中一直期待著自己能夠在眾多競爭者中脫穎而出，為此，他甚至專門跑到老領導關志明那裡活動了一下。

然而，第二天上午，他沒有等來省委組織部的任何通知，卻等來了三名省紀委的工作人員。

為首的是省紀委第三監察室的主任柯雲飛，當柯雲飛帶著工作人員出現在張河強省委黨校的辦公室時，張河強心頭就是一沉。他知道這位監察室主任出馬，必定會有人落馬。

張河強勉強擠出一絲微笑看向柯雲飛道：「柯主任，你今天怎麼有空跑到我們黨校來啦，是不是有什麼工作上的指示啊？」

柯雲飛只是冷冷的看了張河強一眼，直接從公事包中拿出一份文件，放在張河強的面前，沉聲道：「張副校長，我們接到上級指示，要我們根據民眾的舉報對你展開調查，在我們調查期間，請你配合我們的工作，不要進行無謂的反抗。」

張河強心頭一驚，聲音有些顫抖地說：「何主任，能不能讓我打個電話？」

柯雲飛鐵面無私地說：「我們有一定的程序和規矩，當我出現在你面前的時候，你所有的通訊工具必須上繳，由我們進行保管，如果事後查明你沒有問題，我們會把所有東西完好無損的還給你。」

說完，便有兩名工作人員走到張河強面前，將張河強帶到等候在黨校大院中的公務車上。

另外的工作人員則是在張河強的辦公室內架設了三台攝影機，確保整個辦公室可以無死角進行監控，這才和柯雲飛一起對張河強的辦公室進行搜查。

不到一小時，辦公室便搜查完畢，讓工作人員感到無比震驚的是，僅僅是在張河強的辦公室內，就發現了三張字畫，五件翡翠玉件，三本存摺，共計價值六百多萬。

隨後，在柯雲飛的帶領下，眾人又趕到了張河強的家中，在長達兩個小時的搜查後，他們再次發現令人震驚的場面，在張河強睡覺的床內，搜出了一千三百萬現金，十八萬美金，護照兩本，銀行卡五張，裡面存款超過兩千萬。

誰都想不到，一名省委黨校的常務副校長竟然能夠擁有這麼多錢，這實在太誇張了。

當柯雲飛把調查報告提交上去後，省紀委書記韓儒超很快批覆，直接對張河強進行雙規。

在隨後的省委常委會上，韓儒超提出了張河強的調查結果，省委書記譚正浩表示贊同和大力支持，並且表示，在白雲省，不管任何人，只要犯了法，絕對嚴懲不貸。其他常委也紛紛表態支持韓儒超的處理。

就連關志明也不得不表態支持，誰讓韓儒超證據確鑿呢，這時候，誰也不敢包庇張河強。

等大家都表態完，韓儒超說道：「譚書記，我們省紀委近期工作特別忙，尤其是最近，隨著反腐工作力度的加大，各地腐敗案件呈現爆發趨勢，我們的人手嚴重不足，所以，我想要臨時成立一個紀檢監察室，從下面各地市借調一些精銳力量到我們省紀委來暫時幫忙，等我們忙完這段時間後，省紀委會根據他們表現的好壞決定去留，當然，我們也會尊重他們的意願。」

譚正浩點點頭：「好，沒問題，只要你們能夠把工作做好，我這邊無條件支持。」

「那真是太感謝譚書記了。」說到這裡，韓儒超看向關志明道：「關書記，我原本打算向你們借調柳擎宇的，但是現在柳擎宇被黨校開除了，我只能向南華市進行借調了，不過，如果我想要借調黨校其他人員的時候，還請關書記您這邊多多配合啊。」

關志明臉色顯得有些尷尬，一把手譚正浩已經表態要支持韓儒超了，他總不能和一把手唱反調啊，於是質疑道：「韓同志，我有一個問題，你們省紀委的工作到底有多忙，難道八個紀檢監察室還不夠用嗎？臨時增加一個紀檢監察室可是很耗費精力和資源的事，其中還涉及到多方面的協調，有沒有這個必要啊？」

韓儒超淡淡說道：「當然有這個必要，可能關書記您對我們省紀委的工作關心得比較少，我這樣跟您說吧，到目前為止，我們省紀委八個紀檢監察室的大部分同志都已經連軸轉了最少兩個多月了，甚至有的同志一直出差，連回一次家的機會都沒有，實在是太忙了。」

關志明皺了皺眉頭，韓儒超一直強調他們省紀委很忙，他也沒有辦法，但是當他聽韓儒超要借調的人包括柳擎宇的時候，心中那叫一個不爽啊，他聽得出來，韓儒超這是在向他表示不滿，**更是一種當面打臉的舉動**，讓他相當不滿。

關志明故意說道：「韓同志，借調別人我沒有任何意見，不過柳擎宇是個很能惹事的人，黨校之所以開除他，就是因為他在黨校期間表現十分不好，到處惹是生非，這樣的人到你們省紀委，恐怕將來麻煩會不少。」

韓儒超反駁道：「關同志，我不知道黨校為什麼會開除柳擎宇，但是我要說的是，每個人有每個人的用人標準，我們省紀委要的不是那種不管什麼時候都對領導的指示唯唯諾諾，沒有任何主見的應聲蟲，我們需要的是那種品德端正、有主見、敢獨立任事、能力夠強的人，這一點，柳擎宇很符合我們的用人要求。

「柳擎宇雖然喜歡惹事，但是他所做的每一件事都是站在國家利益和人民利益的高度去做的，別人怎麼看他我不管，但是我非常欣賞他這種心胸和氣度，我願意為他背書。」

韓儒超說得斬釘截鐵，說得義正詞嚴，讓關志明沒有任何還嘴的理由。

就在這時候，關志明的手機震動了幾下，他拿出手機看了一眼，頓時臉色一緊，隨即說道：「好，既然你要用柳擎宇，那我沒話可說，不過，你要記住你今天說過的話，柳擎宇惹出任何事來，你要承擔責任。」

韓儒超毫不猶豫的點點頭，韓儒超今天就是要借此機會告訴所有常委們，**你們不用柳擎宇，我韓儒超卻偏偏要支持他！你們黨校開除他，我省紀委就收留他。**這是一種全力支持的態度。

散會後，韓儒超給柳擎宇打了個電話：「擎宇啊，你還在遼源市吧，如果在的話，收拾收拾東西，準備直接到我們省紀委報到吧。」

柳擎宇乍聽為之一愣：「韓叔叔，我去你們省紀委報到做什麼啊？難道你有什麼指示不成？」

韓儒超笑道：「你說成是指示也可以，哦，對了，忘了跟你說了，我們省紀委暫時成立第九紀檢監察室，你則是第九監察室的主任，級別還是正處級，我已經讓省紀委辦公室給你們南華市發借調函，把你暫時借調到我們省紀委工作了。」

「啊，第九紀檢監察室主任?!」柳擎宇瞪大了雙眼，不敢置信地說。

韓儒超聽著柳擎宇話中的驚訝，感到有些心酸，柳擎宇在南華市做出了那麼大的成績，卻被黃立海等人一腳踢出瑞源縣，踢出三省交通樞紐項目，然而，即便是到了黨校也不安寧，依然被人算計，真是命運多舛啊！

韓儒超微笑著解釋道：「擎宇啊，你沒有聽錯，我就是準備把你借調到我們省紀委，擔任新成立的第九監察室主任，人手呢，算上你暫時有七個人，不夠的，你可以自己挑選，也可以向省紀委申請，由省紀委為你配備。當然啦，如果你有優秀的人手推薦的話，省紀委可以為部分人員解決一下級別問題，算是對你無私奉獻的回報。」

柳擎宇聽到韓儒超的解釋，知道韓儒超確定要借調自己到省紀委去了，既然如此，柳擎宇也就再也沒有任何心理負擔，反正瑞源縣肯定是回不去了，既然省紀委這邊可以做事，而且做的還是**打老虎拍蒼蠅的好事，自己又有什麼理由好拒絕的呢？**

這時，柳擎宇的大腦開始飛快的轉動起來，隨即說道：「韓書記，既然您這麼說，我就不跟您客氣了，我打算把黨校的同學沈弘文給弄過來，經過這段時間的觀察，沈弘文性格堅毅，人品正直，能力又強，而且長期從事檢察官的工作，對於紀檢辦案的流程相當熟悉，有他做我的副手，我可以省不少的心。」

韓儒超爽快地答應道：「這個沒問題，我馬上讓省紀委辦公室下借調函，還有其他的要求嗎？」

柳擎宇嘿嘿一笑：「那個，我還想再借調一個人過來，此人是我在蒼山市關山鎮工作時的紀委幹事，現在是關山鎮鎮委書記，他的工作能力非常強，不過級別是正科級，我想把他調過來擔任我的第二副手，他的級別問題麻煩您看能不能給解決一下。」

韓儒超笑道：「這肯定沒問題，我讓省紀委直接給他下借調令借調過來吧，同時也把級別問題給他解決了，如果他要是在省紀委期間表現良好的話，我們可以直接把他給留下。其他四個工作人員你有什麼想法嗎？」

柳擎宇說道：「這個很簡單，我直接從瑞源縣縣委辦那邊借調四個人吧，這四個人以前因為跟我走得比較近，魏宏林上臺後都被邊緣化了，不過他們四個能力相當不錯，雖然沒有什麼紀委工作經驗，但是我相信在沈弘文和孟歡的帶領下，他們絕對能夠很快出師的。」

韓儒超滿意地說：「好，沒問題，這樣吧，你把這些人的名字、單位都給我列一份清單，我馬上讓省紀委辦公室下調令，爭取這兩天就把這些人給調過來。我可告訴你啊，省紀委的工作很忙啊，等你上任之後可不許喊苦，進入第九監察室後，出差是家常便飯，甚至隨時都可能面臨生死威脅，你可以就這一點跟這些人打個招呼，讓他們有個心理準備，如果不願意來的話可以不來，但是如果來了，在任務沒有結束前可不許退出。」

柳擎宇拍胸脯保證道：「這一點您放心，我既然挑選了這些人，對他們的人品還是很有信心的。」

柳擎宇說得沒錯，當柳擎宇把借調到省紀委的事跟沈弘文、孟歡以及瑞源縣縣委辦的四個嫡系手下說了之後，這些人沒有一個搖頭，全都表現出了極大的興趣。

尤其是沈弘文，感動的說道：「柳擎宇，不，現在應該喊柳主任了，非常感謝你伸手拉兄弟我一把，別的話我也不多說了，看我的工作表現吧。」

此時，沈弘文已經把柳擎宇看成了自己仕途上的貴人，雖然他對仕途前程並不是特別熱衷，但是，誰都希望自己的能力能夠得到上級的認可，而挑撥重用就是認可。

在黨校這些日子，沈弘文想了很多，知道自己是因為過於堅持正義，不懂得妥協退讓，才會有今日的困局，正在煩惱黨校學習結束後，自己該何去何從呢。現在卻不一樣了，省紀委第九監察室成立，柳擎宇擔任主任，自己擔任副主任，雖然是副的，但是以柳擎宇的為人，他絕對會對自己給予充分的信任和自主權。

至於瑞源縣縣委辦的四個人，包凌飛、李常林、彭衛翔、趙貴四個人，全都是副科級工作人員，能力非常強，但是魏宏林上任後，直接被丟到了黨史辦，來個眼不見心為淨，所以，當四人聽到柳擎宇要借調他們到省紀委工作的時候，儘管柳擎宇跟他們強調了紀委工作的特殊性和危險性，但是他們都毫不猶豫的答應下來。

得到幾人肯定的回答後，省紀委這邊很快就把借調函發了下去，這些人的工作單位一看這些人要被借調到省紀委，自然不敢阻攔，紛紛放行。

就在柳擎宇這邊緊鑼密鼓的籌建第九監察室的時候，省委大院內，省委副書記關志明的辦公室裡。

李萬軍不解的看向關志明道：「關書記，我看您的臉色有些不太對勁啊？」

關志明嘆息一聲道：「你看看這條簡訊就明白了。」說著，關志明把自己的手機遞給了李萬軍。

李萬軍拿過手機一看，頓時臉色大變，聲音顫抖著說道：「什麼？曾鴻濤要被安排到北京去擔任市委書記，這豈不是說他即將高升嗎？這怎麼可能呢？」

關志明愁眉不展地說道：「是啊，這一點誰也沒想到啊，自從他卸任咱們白雲省省委書記到現在，將近一個月左右的時間了吧，期間一點風聲都沒有，現在卻突然傳出這個消息，如此看來，曾鴻濤的能力獲得了大領導的欣賞啊。不過想想也是，曾鴻濤在任期間，不僅讓白雲省的經濟實力提高了幾個層次，而且柳擎宇搞出來的那個三省樞紐項目也的確很有震撼力！」

李萬軍擔憂地說：「關書記，那我們以後怎麼辦？」

關志明皺著眉頭說：「雖然曾鴻濤再上一步，但是他主政的地方離我們這裡很遠，短時間內還不至於會對我們產生影響，不過以後我們行事最好低調些吧，千萬不要在這個時候去觸霉頭，省得他記住我們。」

李萬軍驚道：「那柳擎宇的事，恐怕我們已經得罪他了。」

關志明奸詐的一笑：「柳擎宇的事是你幹的嗎？不是吧？那是黃立海幹的，與我們何干！而且現在黃立海似乎有向譚正浩靠攏的跡象，這跟我們就更沒有關係了。」

李萬軍眼前一亮，微微點頭。

此刻，回到辦公室的譚正浩也得到了曾鴻濤即將高升的消息，他的表現卻十分平靜。和關志明、李萬軍的態度恰恰相反，他還給曾鴻濤打電話表示祝賀，曾鴻濤則謙虛的表示正式公告還沒有出來，自己不敢慶賀。同時，向譚正浩表示希望三省樞紐項目能夠順利展開，以確保白雲省的長遠發展。

譚正浩毫不考慮的表示沒問題，而且還提出了自己的觀點，曾鴻濤未置可否，只說自己已經離開了，白雲省今後如何發展，主要看譚正浩的思路，只要譚正浩能夠心懷國家人民足矣，同時把自己在任期間對於白雲省發展的一些構想資料發給了譚正浩，供他參考。

和曾鴻濤的這一番溝通，使譚正浩對曾鴻濤的評價高了幾分。曾鴻濤的胸懷的確很寬廣，尤其是對白雲省發展的建議更是讓他十分欽佩。

第三天上午，省紀委第九監察室的辦公室內，柳擎宇、沈弘文、孟歡、包凌飛、李常林、彭衛翔、趙貴七個人全部到齊，第九監察室第一次工作會議正式舉行。

白雲省因為省紀委第九監察室的成立，再次風起雲湧，波詭雲譎！

這次第九監察室的內部會議，引起了以省紀委書記韓儒超為首的省紀委全體主要領導的關注，省紀委書記韓儒超、紀委第一副書記王達飛、省紀委副書記李國雄、省紀委副書記胡海燕、省紀委副書記馬正義等一正四副五位紀委領導全部出席這次會議。

在會議上，五位領導先後發表了熱情洋溢的講話，對第九監察室的同志們給予了高度評價和期許，不過柳擎宇看得出來，並不是每一個省紀委領導都對第九監察室十分重視，有些領導的講話一聽就是應付差事，不過柳擎宇沒有多說什麼，畢竟他只是被借調到省紀委，他的打算是只要做好本職工作就可以了。

會議結束後，柳擎宇來到省紀委書記韓儒超的辦公室內。

「韓叔叔，我看省紀委內部也不是鐵板一塊啊。」柳擎宇笑道。

「那是當然的，任何地方都不可能鐵板一塊，都需要靠權力制衡，否則，**沒有制衡的權力極容易導致腐敗**，就拿我們省紀委來說吧，王達飛是關志明的人，胡海燕是崔省長的人，李國雄和馬正義則和我走得比較近，所以，在省紀委內雖然是我主導大局，但是我做任何事情也是要受到制約和監督的。

「所以呢，說到這裡，我也得提醒你一句，雖然你們第九監察室都是被借調到省紀委來工作的，但是你們必須要遵守省紀委的各種工作規範和流程，一定要把工作做好，不要出紕漏，否則肯定會有人站出來指責你們的，如果你們被對方抓住把柄的話，我到時候也沒有辦法回護你們。」韓儒超語重心長地說道。

柳擎宇點點頭：「韓叔叔，這一點請您放心，我對我們第九監察室的人有信心，這些都是我精挑細選出來的人，不會做出出格的事情來，韓叔叔，我們第九監察室的主要職能和任務是什麼啊？」

韓儒超道：「你們第九監察室算是我們白雲省很獨立的省級巡視組，可以針對全省各個省直單位、各個地市的違法腐敗行為進行巡視，發現問題在請示彙報後進行追查。」

韓儒超的臉色顯得又嚴肅了些，稱呼也變了：

「柳擎宇，你們是新成立的監察室，戰鬥力如何是需要經過實際檢驗的，如果你們能夠完成這次交給你們的任務，那麼今後你們將會有更為艱巨的任務，尤其是南華市部分領導涉嫌嚴重腐敗的問題，這一點我相信你肯定會非常感興趣，因為根據我們省紀委目前掌握的情況，之前你搞起來的瑞岳高速公路項目好像有些失控，南華市正在想辦法加強對這個項目的控制；而三省交通樞紐項目現在前期土地拆遷工作已經展開，其中存在的腐敗問題讓人觸目驚心，只不過現在由於某些原因，省紀委暫時還不方便出面查處，以免打草驚蛇導致功虧一簣。

「我之所以把你借調到省紀委來，一方面是因為對你被人設計陷害十分不滿，另一方面，是因為我們省紀委需要一名像你這樣敢打敢拼，敢於和腐敗分子做鬥爭，能力又強的紀委幹部，雖然我們紀委內部也有這樣的人，但是由於他們多少還是有些後顧之憂，所以這種超大案子暫時不適合接管，得要像你這樣敢打敢拼沒有後顧之憂的人來擔任。

「在接手南華市這個大案子前要測驗你們的**第一個考題**，就是**向東市副市長邱文泰的自殺案**。」

聽了韓儒超這番話，柳擎宇的臉色立即嚴肅起來。

剛才韓儒超說得十分清楚，南華市的腐敗大案涉及的絕對不會是一般人，至少是市委常委級別的人，柳擎宇混了這麼久的官場，自然明白到了市委常委這個級別，可不是說查就查的，畢竟誰的上面都會有些靠山和依仗，如果查辦不利的話，不僅辦不了腐敗分子，反而會打草驚蛇，甚至弄不好會把自己的小命都搭進去。

想到其中的艱險，柳擎宇內心深處不禁升起了熊熊的火焰，他下定決心，一定要全力通過第一次查案的考驗，爭取去南華市查案，因為**他不希望自己辛辛苦苦弄出來的瑞岳高速公路成為某些人腐敗的溫床，更不希望自己費盡心血搞出來的三省交通樞紐項目成為某些蛀蟲撈取好處的地方！**

沉思片刻後，柳擎宇緩緩抬起頭來，態度堅定地看向韓儒超說：「韓書記，能給我說說向東市的事嗎？」

韓儒超點點頭：「向東市是我們白雲省的一個經濟大市，幾年前其GDP在全省排名前三，實力相當不俗，不過近幾年卻發展遲滯，現在則是掉到了第五名，而且還有持續下滑的趨勢。一個星期前，向東市副市長邱文泰突然從五星級大酒店『泰康大酒店』頂樓掉下來摔死了，兩天前，向東市給出的調查報告，說邱文泰是自殺。」

柳擎宇眉頭皺了皺：「邱文泰的死和向東市GDP下滑有關係嗎？」

韓儒超面色凝重地說道：「雖然表面上看沒有關係，但是根據我們掌握的資料顯示，近幾年來，向東市的腐敗現象十分嚴重，尤其是土地、房地產、礦業資源、官商勾結等問題十分嚴重，有些地方官員似乎根本就沒有把精力放在如何發展地方經濟、造福老百姓的事情上，反而精心算計，處處撈取好處，甚至買官賣官，導致了向東市官場人心向背，沒有人真正的把心神放在工作上，幾乎都在想盡各種辦法撈取好處。

「就在邱文泰『自殺』的前一天，我們省紀委的工作人員剛剛秘密和邱文泰談了三個多小時，經過我們一番勸說，他已經有悔改之意，不過還是極為猶豫，所以經過討論，我們決定給邱文泰兩天的時間去考慮，希望他能夠把向東市腐敗問題的根源和他所掌握的情形向我們省紀委進行交代。

「當時，為了不打草驚蛇，我們並沒有對邱文泰採取任何禁足或者雙規措施，只暗中實行監控，想要玩一招引蛇出洞，看看到底有誰會和邱文泰進行接觸。然而，我們千算萬算，沒有算到犯罪分子竟然如此狠毒，邱文泰突然墜樓身亡。

「可以說在邱文泰墜樓一事上，我們省紀委也負有一定的責任，所以必須把這件事調查清楚，一是給邱文泰家屬一個交代，同時也要**找出邱文泰背後的那群腐敗分子，將他們繩之以法，以維護我們省紀委的威嚴，維護法律的正義**。柳擎宇，這次向東市之行，你們第九監察室可說是任重道遠啊。」

雖然韓儒超說得很簡短，但是柳擎宇可以感受到韓儒超內心深處所含的滔天怒意。顯然邱文泰墜樓絕對**不是一起簡單的意外**，背後應該**隱藏著一個龐大的利益鏈條**，邱文泰的死可以斬斷紀委伸向這個鏈條進行深入查處的手。

柳擎宇慎重其事地說道：「韓書記，請您放心，不管邱文泰死亡的背後到底有多少貓膩，既然省紀委把這個任務交給我們第九監察室，我們會和公安機關配合，把事情調查得清清楚楚，揪出這件事幕後的腐敗分子，還向東市老百姓一個乾淨的天空。」

韓儒超對柳擎宇的表態十分滿意，交代道：「柳擎宇，這次省紀委派你們第九監察室去向東市調查這件事，表面上看是追查邱文泰死亡一案，實際上，是讓你們調查向東市存在的嚴重腐敗問題，而腐敗問題一旦發生，尤其是出現邱文泰死亡這種事件，**說明向東市的腐敗絕對不是一兩個人的行為，很有可能幕後存在著一張巨大的黑網**。

「你們第九監察室在向東市可謂步履維艱，所以，我給你一個建議，那就是到了向東市後，你們一方面要積極的和向東市的市委領導層積極接觸，爭取多方面瞭解向東市的事，同時也要注意一點，那就是對向東市任何人、任何事都**要多留幾個心眼，要善於發現隱藏在每個人面具下的真實想法**。」

柳擎宇若有所悟的說道：「韓書記，我明白您的意思了，您這是要我們第九監察室**與狼共舞啊！**」

韓儒超聽了哈哈大笑道：「好，『與狼共舞』這個詞用得好啊，紀委部門要想把工作做到家，有時候就必須**要有與狼共舞的勇氣和魄力！**柳擎宇，好好幹，給那些總是對你進行設計、陷害的人看一看，你柳擎宇是絕對不會被任何困難給打倒的！」

柳擎宇使勁的點點頭，雙眼之中鬥爭在熊熊燃燒著。

雖然這次被借調到省紀委擔任第九紀檢監察室主任的位置十分突然，但是柳擎宇並不是沒有幹過紀委的工作，所以他對這份工作並沒有什麼無從上手之感。相反的，他對這份工作十分感興趣，因為只要搞定向東市的問題，他就可以去南華市查案了，這是他動力的來源。

回到自己的辦公室，柳擎宇略微整理了一下思緒，便立刻把其他人召集到自己的辦公室來。

眾人看到柳擎宇，都心照不宣地微笑起來，雖然彼此間並不熟悉，但是他們都清楚，能夠坐在這裡的人絕對是柳擎宇的心腹，現在這個團隊是一個**有著超強凝聚力的團隊**。

柳擎宇和眾人一一對視了一下，隨即讓大家彼此進行了自我介紹，然後說道：「各位弟兄們，從今以後，我們就要在一起工作了，希望大家能夠團結一致，把上級交給我們的任務做好。」

眾人立刻表示沒有問題。

柳擎宇接著說道：「省紀委現在交給我們一項十分艱巨的任務，那就是以向東市副市長邱文泰自殺案為理由，前往向東市調查該市存在的嚴重腐敗問題。我可以斷言，此去危險重重，大家如果誰有顧慮的話，可以申請不去。」

孟歡馬上說道：「我願意去。」

沈弘文也說道：「我不怕。」

包凌飛等四人更是斬釘截鐵地說：「柳書記，您把我們從瑞源縣撈出來，今後不管是刀山火海，您到哪裡，我們就打到哪裡。」

柳擎宇微笑著說道：「嗯，很好，既然大家都願意接受這個任務，那我就直接分配了，沈弘文，你帶著李常林、彭衛翔、趙貴三人前往『泰康大酒店』，去調查邱文泰自殺前後的情況，暫時以私下調查為主，不要打草驚蛇。包凌飛和孟歡跟著我，咱們去向東市，和向東市的市委領導們接觸接觸，看看他們到底是什麼態度。」

沈弘文說道：「主任，向東市的市委書記廖治民是一個鐵腕式的人物，此人作風十分強硬，在向東市一言九鼎，和你們南華市完全不同，在向東市，很多幹部都說廖治民就是向東市的大家長，他說什麼就是什麼。而且此人性情孤傲，一般人很難和他打交道。所以，我奉勸你和他接觸時，一定要小心些，否則，恐怕他不會配合你的。」

像廖治民這樣的鐵腕式人物，柳擎宇並非沒有見過，因此淡淡說道：「嗯，我倒是真想見識見識鐵腕式的人物到底是什麼樣子的，如果他真的非常鐵腕的話，為什麼向東市會出現那麼嚴重的腐敗行為呢？」

柳擎宇語氣中充滿了對廖治民的懷疑，這並不是柳擎宇先入為主，而是柳擎宇以常理來進行分析推斷，他不相信廖治民對下面的腐敗行為一無所知，**如果他知道了卻不去約束，說明他有問題，至少是御下不嚴，如果他不知道，那則是說明了他根本就不合格。**

不過，這只是柳擎宇內心的想法，他自然不會表現出來。

任務分配完，柳擎宇又談了一些細節，會議便正式結束，大家便分頭行動。

第一天下午，當其他監察室的人想要過來拜會一下柳擎宇的時候，卻發現整個第九監察室已經空無一人，這使得整個省紀委大感訝異，沒想到這個新借調來的監察室主任行動效率竟然如此之高。

省紀委第一副書記王達飛很快得到了第九紀檢監察室空無一人的消息，心中不爽地暗道：「這個柳擎宇動作挺快的啊，這小子看起來應該是韓儒超的人馬，上任後連自己這個第一副書記都不來拜訪一下。」

想到此處，王達飛撥通了關志明的電話：「關副書記，我這邊得到消息，柳擎宇和他的組員已經出發去調查邱文泰墜樓一案了。」

關志明接到電話，表明：「嗯，知道了。」

向東市市委書記廖治民的辦公室內。

廖治民臉色嚴峻的看向市委秘書長楊正松：「老楊，你對柳擎宇這個人你瞭解多少？」

楊正松略微回憶了一下說道：「根據我的瞭解，柳擎宇此人十分囂張，做事很有手段，而且膽大心細，前段時間因為接連在瑞源縣、吉祥省和黨校惹事，最後被省紀委書記韓儒超給弄到了省紀委，擔任第九紀檢監察室主任一職。」

廖治民立即說道：「柳擎宇來我們向東市了。」

楊正松一愣，「他今天不是才剛剛上任嗎？」

「是啊，這小子剛上任就跑到我們向東市來調查邱文泰墜樓事件了。正松啊，我估計這小子來了肯定會想要見我一面，你就說我很忙，不見他了。

「他在來之前已經通過省紀委發了公文過來，說是要和我們向東市成立聯合調查小組，調查邱文泰墜樓一案，你讓市委辦主任孫凱文加入這個調查小組，另外讓市紀委出一個副書記也進入這個調查小組，有什麼事讓他們及時向我進行彙報。

「省紀委也真是的，我們都已經交出調查報告說邱文泰是自殺的，省紀委竟然還要搞什麼聯合調查小組，真是多此一舉，我可沒有時間陪他們瞎胡鬧！」

當天下午三點左右，柳擎宇帶著孟歡、包凌飛一起來到向東市市委大院內，見到了市委秘書長楊正松。

楊正松便按照廖治民的吩咐，告訴柳擎宇說市委書記現在很忙，沒有空見他，同時聯合調查組的人已經準備好了，分別是市委辦主任孫凱文和市紀委副書記江義華，以及從市委辦、市紀委各抽調的兩名工作人員。

柳擎宇聽到這個消息，並不感覺意外，在楊正松的安排下，在市委會議室內與孫凱文、江義華碰了頭，開了第一次召集會議。

孫凱文大約四十多歲，長得白白胖胖，江義華五十歲左右，身材瘦削，表情嚴肅。當兩人看到省紀委派出的第九紀檢監察室主任竟然只是個大學生模樣的年輕人時，臉上都露出了不屑之色。

由柳擎宇主持會議。

看到一左一右兩個向東市的幹部，一個蹺著二郎腿在抽菸，一個拿著指甲刀在剪指甲，再看看兩人的表情，柳擎宇便曉得這兩人對自己根本就瞧不起啊，更談不上任何的尊重了。

柳擎宇心中暗暗冷笑了一聲：「哼，看不起我，等著吧！」

柳擎宇不慌不忙的拿起桌上的水杯假裝喝水，端到最高點的時候，故意把手一鬆，同時微微用力向外一彈，水杯便向著正在修指甲的孫凱文方向掉了過去，隨即噗通一聲掉在桌上，杯子倒了，裡面滾燙的開水帶著茶葉灑濺出來，潑到孫凱文的手上。

這下子動靜可不小，尤其是被滾燙的開水燙到了手，孫凱文頓時便是一聲慘叫：「哎呀，我的手……」

柳擎宇充滿歉意的站起身來，對孫凱文大聲道：「哎呀，孫主任啊，真是對不起啊，這水太燙了，我一時間沒有拿好杯子，你燙到沒有，要不要送你去醫院？」

其實，柳擎宇尺度把握得非常好，水杯雖然灑了，但是真正濺落到孫凱文身上的水十分有限。

柳擎宇身高馬大，往孫凱文身邊一站，猶如山一般，孫凱文被柳擎宇的威勢一嚇，再想到曾經聽過有關柳擎宇的傳聞，只能咬著牙說：「沒事，我沒事，讓人收拾一下開會吧。」

很快，便有服務人員過來收拾好現場，又給柳擎宇倒了杯水後便離開了。

這一次，柳擎宇沒有把杯子放在右邊，而是放在靠近向東市市紀委副書記江義華的那一邊，喝水的時候，柳擎宇也不用右手，而是用左手拿著。

看到柳擎宇喝水的動作，江義華心頭就是一顫，不由自主的把身體往旁邊挪了挪，好離柳擎宇遠一些，他算是看出來了，柳擎宇絕對是故意的。

由於兩人都害怕再次被柳擎宇給燙到，所以不得不停下手中的雜事，專心的看向柳擎宇。

看到兩人把注意力放在自己身上，柳擎宇這才不慌不忙的輕咳了一聲說道：

「好，現在開會吧，孫主任，江副書記，你們既然是向東市派來負責聯合調查的，先談談你們對這次邱文泰同志墜樓事件的態度吧。」

孫凱文說道：「柳主任，邱文泰副市長自殺這件事，我們向東市市公安局、市紀委做過十分詳細的調查，最終得出的結論是邱副市長可能是由於工作壓力過大，所以才跳樓自殺的。」

柳擎宇問道：「你們向東市市委市政府對於這個結論怎麼看？」

「我們市委市政府很認可調查小組的調查結果，而且我們已經把這個結果向省裡進行了彙報，柳主任，我有一點不明白，省裡為什麼要派你們省紀委下來再調查此案呢，難道是省裡不相信我們的調查結果嗎？」

聽孫凱文這樣問，柳擎宇不由得心中冷笑一聲，這個孫凱文還真不是一個善類，三言兩語間就想要從自己這邊打探消息。

柳擎宇笑笑道：「省裡是怎麼想的，我也不太清楚，不過我接到的指示是巡視全省，順便瞭解一下有關邱副市長墜樓的經過，查明真正死因，我也是上面指派才過來的。」

柳擎宇又轉頭看向江義華道：「江副書記，你是市紀委的副書記，我相信對邱同志這件事你也應該知道一二吧，你怎麼看？」

江義華道：「我的觀點和孫同志完全一致，因為我也參加了市裡的聯合調查小組，全程參與了調查過程，從我所看到的資訊來看，邱同志應該是自殺，根據我們調查小組的走訪調查結果顯示，在自殺前，邱副市長認為自己犯了一些原則上的錯誤，感覺對不起組織多年的信任，感覺有愧於民，所以跳樓自殺了。

「而邱副市長所謂的原則性錯誤，不過是幫自己的兩個親戚在市裡安排了工作而已，還有就是他的妻子曾經收取一名商人送給他的兩箱茅臺。其實，在官場上安排個人、收點菸酒這都不算是原則性的問題，可能是邱副市長對自己的要求太嚴格了，想法上鑽了牛角尖，所以才做出這樣的決定的，我們市委市政府的領導都挺替邱副市長惋惜的。」

柳擎宇聽了，不禁皺起眉頭，江義華這番話根本就是大事化小，小事化無，直接將邱文泰的死輕描淡寫的抹去了，這是一種十分不負責任的態度。

柳擎宇沉著臉說：「江同志，我不知道你們市紀委掌握的是什麼資料，但是我要說幾點我認為很可疑的地方，第一，如果僅僅是安排了兩個人，收取了一點點賄賂，邱文泰身為一個副市長，不可能不知道這樣的行為根本不足以獲罪，甚至不會受到任何處罰，他為什麼要自殺呢？不要跟我說什麼他內心有愧，這根本就是糊弄三歲小孩子的說辭，都混到副市長這個級別了，不可能他的抗壓性這麼差。

「第二，我剛剛瞭解到一個情況，邱文泰在自殺前曾經向單位請了兩天假，說是要陪老婆去西松坡旅遊，就連機票都訂好了，那麼問題來了，既然邱文泰都做了出遊的準備，這說明他根本就沒有自殺的打算，又怎麼可能突然自殺呢，這個結論於情於理都解釋不通。」

聽柳擎宇列舉的兩個疑點，江義華和孫凱文臉色都有些難看。

孫凱文辯解道：「柳書記，你說的這兩個疑點雖然聽起來挺可疑的，但是我認為這只是你單方面的揣測而已，因為據我的瞭解，在官場上，有些同志，尤其是像邱副市長這樣的老同志，他們對自我的要求非常高，往往一點小事都會記在心中，尤其是邱副市長平時就是一個對自己要求特別嚴格的官員，從來不多拿國家一分錢，不貪圖人民一點便宜，一向以清官海瑞自居，也許正是如此，他才會想不開的，所以我們的結論是站得住腳的。

「至於你說的度假問題，雖然邱副市長向上級提出請假，但是假條是他的秘書代寫的，機票也是他的秘書代訂的，所以從這一點上，並不能證明邱副市長是真正想要去度假，所以，也可以證明邱副市長自殺並不突然。」

柳擎宇雙眼頓時一亮，孫凱文的話很有說服力，而且從孫凱文這麼快就給出了看似合理的說法，這只能說明一件事，那就是**向東市對邱文泰自殺這件事似乎做好了充足的準備**，他們肯定掌握了很多「證據」可以證明邱文泰是自殺的。

想到此處，柳擎宇微微笑道：「嗯，孫主任說得很有道理，這樣吧，你把你們的調查報告給我一份，包括詳細的證據資料，我好好的研究一下，畢竟我們這次的任務是巡視全省，第一站就在你們向東市，我們做事不能馬馬虎虎，必須非常謹慎才行，不能冤枉一個好人，但是也不能放過一個壞人，你們說是不是？」

孫凱文立即說道：「沒問題，我們接到的指示便是配合你們的工作，這樣吧，我們把資料好好的整理一下，今天晚上送到你們下榻的酒店，對了，柳主任，你們住在哪裡？」

「我們就住在泰康大酒店一一〇五號房間。」

聽到這句話，孫凱文和江義華眉頭就是一皺，因為在邱文泰墜樓前，泰康大酒店一一〇四號房間是邱文泰的長期包房，而一一〇五就在一一〇四對面，柳擎宇他們選擇在一一〇五號房顯然是別有用心的。

會議結束後，雙方各自散去。柳擎宇帶著孟歡、包凌飛回到自己的房間內。

其實柳擎宇的房間並不是在一一〇五號，而是在一一〇六號，就在一一〇四的隔壁。

柳擎宇回來時，沈弘文和其他三人已經坐在房間內等著他了。

「主任，我們本來想要對邱文泰自殺的天臺進行實地調查，但是通往天臺的門已經被鎖住了，為了不打草驚蛇，我們沒有上去。不過我們通過當地的一些報紙和網路媒體，查到了有關邱文泰自殺時的圖片和新聞。」

說著，沈弘文拿出一張列印出來的照片說道：「主任，您看，這是我們從網上找到的照片。」

柳擎宇接過照片仔細看了看，不由得說道：「邱文泰死亡的地點離頂樓邊緣的垂直距離是不是有點遠啊！」

沈弘文點點頭說：「是啊，這是一個十分可疑的地方。如果邱文泰是自殺的話，直接往下跳就可以了，不可能還要跳得這麼遠！看這距離足有兩米多了，有些誇張。」

沈弘文又指著照片說道：「主任，你看這裡，從這張圖片可以看出來，邱文泰死亡的時候，身體是橫躺著的，而且是仰面朝天。這個動作有些怪異，因為正常來說，人從樓頂往下跳的時候，應該是腳先著地，雖然因為重心的不同會導致人摔在地上的方向不同，但是不應該是橫向躺著，即便是躺著，也應該是身體向後、頭部向著樓的方向，如此一來，又一個疑問出來了，他為什麼會以這種方式著地呢？按照邱文泰死亡的姿勢來看，他像是被兩個人搭住了手腳，從樓頂上給扔下來的，而且扔的人，力度還挺大的。」

沈弘文的分析，令柳擎宇不禁點頭，沈弘文不愧是資深檢察官出身，對事情的分析絲絲入扣，層次分明，很有邏輯。

這時，沈弘文又拿出報紙說道：「我還發現了一個十分詭異的現象，那就是在邱文泰自殺當天，網路上先是出現了很多有關他自殺的新聞，但是很快這些新聞就被刪除一空，很難找到。而第二天的各大報紙上，也只是簡簡單單的發了一條不到一百字的新聞。按照一般的情形，要想控制這件事，至少需要兩三天時間。

「理由很簡單，邱文泰的自殺是發生在晚上七點半左右，這時候很多機關單位都已經下班了，領導們也不在崗位上，當新聞發到網路上的時間，正值網民上網高峰，所以討論度極容易發酵醞釀和擴散，我調查了當晚的搜索流量曾經達到好幾萬，但是在幾個小時內便歸於零！對此，讓人不得不懷疑，什麼時候向東市的工作效率有這麼高了。

「與這件事形成鮮明對比的是，向東市在半年前曾經出現一起強拆事件的新聞，八戶城中村老百姓的房子被強拆，造成兩人死亡八人受傷，這個新聞持續了半個多月的時間才逐漸平息下去，而其他類似的負面新聞報導平息的時間最快也要五六天的時間，這才是向東市正常的工作效率！

「但是，這次邱文泰自殺這麼嚴重的新聞事件，竟然在兩個小時內網路上的報導就刪除一空，實在太令人值得懷疑。更奇怪的一點，邱文泰自殺的當晚，向東市並沒有及時把這件事向省裡進行彙報，是第二天才彙報的。」

柳擎宇眉頭緊皺起來，從沈弘文的分析就可以斷定，邱文泰的死絕不是一起簡單的自殺事件。

但是讓柳擎宇看不懂的是，向東市市委市政府的主要領導們似乎已經取得了一致意見，基本上確認邱文泰是自殺的結論。對於他們想要壓下這件事，減少這件事對向東市政局衝擊的思路，柳擎宇是可以理解的，畢竟誰也不希望自己的轄區內出現重大事件。

問題在於，就算是**普通老百姓都能看出這不是單純的自殺，難道向東市的市委領導們看不出來嗎？為什麼他們還接受所謂的內部調查小組所作出的自殺結論呢？**

柳擎宇心裡在快速地分析背後的種種可能。

自從進入官場後，柳擎宇擔任了多個職位，一把手、二把手，甚至是三把手的位置他都待過，他非常清楚很多人身處不同位置時的諸多顧慮。

但是，柳擎宇更清楚一個問題，**那就是原則**！

柳擎宇始終堅信一點，不管身處何種位置，原則錯誤絕對不能犯！但是現在，向東市的市委領導們卻都犯了原則性的錯誤——不能實事求是的面對邱文泰的死亡，這裡面到底有什麼貓膩？

隨後，柳擎宇又讓眾人分別發表自己的意見。柳擎宇對於大家的意見都十分重視，如果認為是重點，就會直接記在筆記本上。

在經過眾人的討論後，柳擎宇最終拍板確定了今後查案的方向——從外圍入手，逐漸向核心逼近。

第二天，柳擎宇亮出了省紀委監察室主任和聯合調查小組組長的身分，對泰康大酒店的頂樓進行了現場勘查。

讓柳擎宇鬱悶的是，當他們來到樓頂時，樓頂早被收拾得乾乾淨淨的，幾乎一絲痕跡都看不到，地上還殘留著擦過的痕跡，顯然現場已經被人為破壞了。

最讓柳擎宇氣結的是，當柳擎宇讓孫凱文和江義華一起來勘察現場時，兩人竟然都推脫有事沒有來，而且兩人所承諾的調查卷宗也沒有送過來。

柳擎宇臉色顯得十分難看，他看出來這兩人根本就不配合他們的工作。然而，這兩人不知道，他們的不配合反而激起了柳擎宇強烈的鬥志，越是在困境的時候，柳擎宇往往越會迸發出超強的意志力。尤其是這次案件查辦的好壞直接關係到柳擎宇能否前往南華市挽回三省交通樞紐項目。

現在的柳擎宇可謂是心急如焚，因為他從瑞源縣嫡系人馬傳來的消息得知，整個項目還沒有正式啟動，但是瑞源縣卻在連拆遷補償都沒有和老百姓達成協議的情況下就直接進行拆遷，讓當地百姓情緒很是激動，紛紛群起抗爭。

這是柳擎宇絕對不願意看到的事！也是柳擎宇最為擔心的事情！

柳擎宇當時之所以採取先籌集到資金再開工的模式，就是要先確保老百姓的拆遷補償金要先到位。

因為要想完成三省交通樞紐建設項目，瑞源縣有五個鄉鎮、數百個村子涉及到拆遷的問題，其中有一個鄉鎮，按照規劃甚至高達五百多戶村民需要集體搬遷，這筆資金相當高額，柳擎宇當時的規劃是先把補償金給付到位，然後把新的住所給老百姓蓋好，確保老百姓在沒有任何後顧之憂的情形下進行搬遷。

即便如此，都還要擔心有些老百姓因為故土難離，不願意搬遷，現在瑞源縣在魏宏林的帶領下，竟然在資金沒有到位的情況下進行強制拆遷，這將會引發多大的衝突?!

但是令柳擎宇不能接受的是南華市市委領導對此並沒有反對，甚至採取支持和縱容的態度，完全不顧百姓的死活和感受，所以柳擎宇暗下決心，一定要儘快查完向東市的案子，隨後立刻帶著第九監察室的人馬即刻轉戰南華市。

然而向東市的人竟然一點都不配合他們監察室的工作，整個調查工作一下子陷入了困境之中。

怎麼突破眼前這種困局呢？柳擎宇開始深深的思考起來。

柳擎宇沉思了足足有十分鐘的時間，臉上突然露出了一絲淡淡的笑意。

孟歡見了說道：「主任，是不是有什麼好辦法了？」

柳擎宇笑道：「咱們一開始的思路就出現了問題，這是我決策的失誤。咱們一開始把精力放在對整個案件現場的勘察上，這恰恰是我們最不擅長的東西，因為我們是紀委，我們最擅長的是和人打交道，而不是和現場打交道。更何況，既然向東市認為邱文泰是自殺，那麼他們一定會做好充分的準備，甚至有可能會製造一些假象去迷惑我們。

「如果我們一直順著這個思路走下去，只能把查案之路越走越窄。既然如此，不如暫時先放下對於所謂自殺證據或者他殺證據的查找，直接去找人，去找和邱文泰關係不錯的人，先去找邱文泰的妻子，我相信，不管邱文泰到底是怎麼死的，他的妻子肯定會知道一些內幕的。」

在柳擎宇說話的時候，誰也沒有注意到，在天臺入口處，有一個人影一晃，悄然下樓，把柳擎宇和孟歡等人的對話聽得清清楚楚。

他們又聊了一會兒，坐電梯走到樓下，上了車。

由於保密性要求，這次他們並沒有安排司機，而是由包凌飛負責開車。

柳擎宇和孟歡上車後，包凌飛發動了引擎。然而，正當包凌飛剛剛準備上路時，卻被柳擎宇從後座上一把按住了他的手，制止道：「小包，立刻熄火，趕緊下車。」

聽到柳擎宇這樣說，包凌飛二話不說，按照柳擎宇的話操作完畢，一行人各自拉開車門快速走下車。

就見柳擎宇臉上充滿了殺氣和憤怒。

孟歡趕忙問道：「主任，怎麼回事？」

柳擎宇咬著牙說道：「我們的車被人動過手腳了。」

孟歡臉色一沉，包凌飛立刻開始檢查起來。

過了一會兒，包凌飛腦門上冒著冷汗，心有餘悸地說道：「主任，剎車系統遭到破壞，如果我們開車上路的話，恐怕就死定了！這他奶奶的到底是誰幹的啊？這不是想要置我們於死地嗎?!」

柳擎宇立刻拿出手機，撥通了留在泰康大酒店的沈弘文的電話：

「弘文，咱們的車被人動過手腳，剎車系統被破壞，你直接亮出身分，到酒店內去查看一下錄影系統，看看到底是誰動的手腳，能不能查出來。」

說完，柳擎宇對孟歡和包凌飛說道：「走，咱們搭車去。」

正說著，一輛計程車緩緩行駛過來，搖下車窗，司機露出一張笑臉說道：「幾位，要搭車嗎？」

柳擎宇搖搖頭，帶著包凌飛和孟歡一起步行向外走去。

看到柳擎宇和孟歡他們不上車，那司機臉色不爽的離開了。

走出去五十多米後，包凌飛詫異的問：「主任，您不是說搭計程車嗎？怎麼有車又不坐呢？」

柳擎宇眼中閃過一道寒芒道：「那輛計程車有問題。」

「有問題？」包凌飛臉上露出震驚之色。

孟歡附和道：「是啊，我們剛發現剎車系統出問題，需要搭車，那輛計程車就適時的出現，而且還問我們搭不搭車，這一點非常值得懷疑！這也就算了，那輛計程車司機也很奇怪，因為他開車的時候竟然還戴著帽子，這是疑點之一。

「疑點之二，是計程車司機的口音有問題，並不是本地口音。

「疑點之三，是計程車前面的空車指示燈並沒有亮起，而且這哥們主動搭訕的語氣也顯得有些生硬，沒有一般計程車司機應有的語氣。一般的計程車司機在五星級酒店門口拉客的時候，往往會先問對方要去哪裡，如果去的地方遠他們就拉，近的話，他們就接著等其他客人。所以，綜合以上幾個疑點，可以斷定此人有問題。」

包凌飛吐了吐舌頭：「我的天啊，這是誰想要整我們啊！」

柳擎宇面色顯得異常嚴峻地道：「不清楚，不過可以斷定，我們在這邊的查案肯定引起了某些人的不滿，他們正在用這種方式向我們示威，目前還只是恫嚇，如果我們真要是查到了什麼敏感證據的話，不排除他們會採取更加狠辣的手段。」

包凌飛聽了說道：「他們越是不讓我們查，說明邱文泰的死因越是有問題，也證明向東市的問題十分嚴重，我們非得把這件事情查清楚不可，雖然我們只是借調到省紀委，但是只要我們在這個位置上幹一天，我們就得做好我們的工作。」

柳擎宇點頭嘉許道：「沒錯，身為紀委紀檢監察室的人，我們查處任何貪官污吏絕不手軟！」說到這裡，柳擎宇眼中閃著強烈的殺氣，道：「這些人最好不要把我惹急了，否則的話……」

他揮舞著拳頭，心中暗道：「我本無心動武，只想公事公辦，不要逼我，逼急了我，我就讓你們這些人知道知道，我柳擎宇的拳頭可不是好惹的！」

就在這個時候，沈弘文打來電話，聲音中帶著憤怒道：「主任，我剛剛找到酒店監控室查了一下，他們說負責監控停車場的三個監視器在幾個小時前壞了，沒有任何監控錄影可以調取。」

柳擎宇聽到這裡，臉色更加難看，說道：「嗯，知道了。你先帶人去修車吧。」

掛斷電話後，柳擎宇沉聲道：「我們現在真的是四面楚歌了，幾乎所有的人都在針對我們，不配合我們。」

孟歡一笑：「那又如何呢？我還就不信了，朗朗乾坤下還找不到一個清靜點的地方，主任，要不咱們換一家酒店吧？」

柳擎宇搖搖頭：「不，如果我們換酒店的話，就等於向對方妥協了，他們見到我們退讓，下一步出手肯定更加沒有底限，我們就是要住在這裡，要用這種方式告訴對方，不管他們用什麼陰狠毒辣的手段，我們第九監察室的人絕不妥協！」

「主任，那我們下一步去哪裡？」包凌飛問道。

「市委辦。」柳擎宇說道。

「啊？去市委辦？您不是說去邱文泰家找他的妻子嗎？」包凌飛不解的說道。

柳擎宇嘿嘿一笑，說道：「我那是說給別人聽的，就在天臺上我們說話的時候，一直有個人在樓梯口那裡偷聽，去邱文泰家我是故意說給他聽的。」

包凌飛更不懂了：「這樣說有什麼好處嗎？」

柳擎宇笑道：「當然啦，這一招叫**打草驚蛇**。因為我不知道邱文泰的妻子在這件事情中牽扯有多深，甚至我們連邱文泰妻子住在哪裡都不知道，所以，我想用這件情測試一下幕後針對我們之人的反應，看看他們會怎麼做，到時候，從他們的做法中我們會判斷出很多事情。」

包凌飛聽完才恍然大悟，不過他更加佩服的是柳擎宇竟然發現有人藏在樓梯口那裡偷聽，當時他們和柳擎宇一起站在那裡，卻渾然不知有這件事。

第六章

關鍵密碼

柳擎宇並沒有去陶紅豔家去搜查，因為陶紅豔和邱文泰如果真的藏有相關的證據和金錢的話，肯定不會放在家裡，否則陶紅豔就不可能隨身攜帶著這樣一張小紙條了。顯然這是破解那些證據放在哪裡的關鍵密碼。

當柳擎宇和孟歡、包凌飛三人突然再次回到市委辦的時候，市委辦主任孫凱文顯得非常吃驚，不明白柳擎宇他們為什麼又回到這裡來。

孫凱文露出十分虛偽的嘴臉寒暄道：「柳主任，哪陣風又把您吹來了啊？有什麼需要我配合的嗎？」

柳擎宇開門見山的說道：「孫主任，我還真有點事需要你配合一下，我想請你帶我去司機班做些調查，請你陪我們去一趟吧，我相信這點時間你應該可以抽得出來吧？」

這一次，柳擎宇採取了十分強硬的方式逼孫凱文表態，不給他一點否定的機會。

孫凱文也發現柳擎宇的語氣相當不善，看樣子自己要是不同意的話，恐怕這小子真會發飆了，他不敢把柳擎宇給惹急了，只好苦笑道：「好的，要不這樣吧，我先讓人帶你們過去，我這邊安排一下馬上過去。」

柳擎宇擺擺手說：「不用那麼麻煩，孫主任，我們不會佔用你太多時間的，只要你陪著我們到司機班，把司機們召集到一起你就可以離開了，咱們走吧！」

聽到柳擎宇這樣說，孫凱文也只能跟著柳擎宇他們一起來到司機班。

司機班共有七名司機，因為沒事，大家各自坐在辦公桌前或玩著手機，或看報紙喝茶。

看到孫凱文帶著人進來，這些人嚇了一跳，紛紛放下手中的東西，站起身來和孫凱文打招呼。

孫凱文問道：「胡科長，你們司機班的人都在這裡嗎？」

胡科長是一個三十歲左右的男人，聽到孫凱文問話，連忙回道：「孫主任，司機班一共有十二個人，其中五個人出車了，剩我們七人正在等候任務。」

孫凱文點點頭：「嗯，不錯，我給你們介紹一下，這位是……」

這時，柳擎宇接話道：「孫主任，我直接來個自我介紹吧。各位，我是省紀委第九監察室的主任柳擎宇，我這次來主要是和大家聊聊天，大家也不用有什麼壓力，只要跟我們實話實說就可以了。下面請大家先按照我的要求，把每個人的通訊工具部關機放在桌子上。」

眾人皆是一愣，紛紛看向孫凱文。

柳擎宇也冷冷的看著孫凱文。

孫凱文見狀，只能沉著臉道：「都照柳主任的意思去辦。」

等眾人做完這一步後，柳擎宇看向孫凱文道：「好了，孫主任，謝謝你的配合，這裡沒有你的事，你可以去忙自己的工作了。」

孫凱文只能鬱悶的離開。

司機班是一個裡外間的辦公室，外間是辦公室，裡間是休息室。

柳擎宇讓孟歡和包凌飛和眾人在外間辦公室等著，他則隨手點了一個司機進入休息室和對方談話。每個人柳擎宇都會聊上十分鐘左右，問一些有關向東市的資訊。

輪到一個三十歲左右，身材有些瘦削的中年男人時，柳擎宇臉上露出了嚴肅的表情。這位才是他今天過來的真正目的，其他人都不過是陪襯而已，因為此人就是邱文泰生前使用的司機——凌大海。

凌大海在柳擎宇面前坐下，看向柳擎宇的眼神顯得有些閃爍。

柳擎宇沒有任何繞彎，劈頭說道：「凌大海，我們省紀委第九監察室今天過來的主要目標是你，希望你能夠坦誠交代，配合我們，交代你所知道的事，這對你只有好處，沒有壞處。」

凌大海眼神一縮，隨即裝出一副鎮定的神態說道：「柳主任，我不明白你到底是什麼意思，你想要讓我交代什麼。」

柳擎宇沉聲問道：「你之前是邱文泰副市長的司機吧？」

凌大海點點頭。

「根據我們掌握的情況，你給邱文泰擔任司機有兩年多的時間，邱文泰對你很重視，甚至還幫你解決了編制的問題，這一點我沒有說錯吧？」

凌大海神情一凜，點頭道：「沒錯。」

「凌大海，在邱文泰出事前，你有沒有發現他哪些地方有些異樣？」柳擎宇問。

凌大海使勁的搖頭說道：「我不清楚。」

自始至終，柳擎宇一直都緊緊盯著凌大海的眼睛，當他看到凌大海說話時神神閃爍，便知道他在撒謊。

柳擎宇誠心地說：「凌大海，我知道你沒有跟我說實話，或許是因為你有所顧慮，或許是因為你有什麼不得已的苦衷，但是我要告訴你的是，經過今天的談話之後，不管你有沒有跟我說什麼，你認為那些背後對邱文泰下黑手的人會相信你什麼都沒有說嗎？就算你親口告訴他們你什麼都沒有說，你覺得他們會相信嗎？

「要是他們認為你真的知道什麼的話，你以為他們會放過你嗎？對那些人來說，什麼樣的人對他們威脅最小？死人！因為只有死人是不會說話的！

「凌大海，你好好想想吧，邱文泰到底是因為什麼而死的？難道真的是自殺嗎？跟我說實話，我可以保你一命，如果不說的話，恐怕你將會隨時面臨著生死危機啊！好了，時間有限，我就說這麼多，你自己好好想想吧！」

說道這裡，柳擎宇看了看手錶說道：「你還有五分鐘的時間，為了防止別人懷疑，五分鐘後我就得放你出去了。」

說完，柳擎宇開始閉目養神。

時間一分一秒的過去，凌大海的臉上神情變幻不定，豆大的汗珠順著他的額頭劈裡啪啦的往下掉。

對於柳擎宇剛才所說的那番話，凌大海深有同感。他雖然只是一名司機，但由於跟在邱文泰身邊的時間不短，對於官場上的事情他都看在眼中，記在心裡，恐懼在夜裡。

一分鐘，兩分鐘！

當時針指向第三分鐘的時候，凌大海咬著牙抬起頭來看向柳擎宇說道：「柳主任，如果我跟你說了，你能夠保證我的安全嗎？」

柳擎宇說道：「我不能承諾百分之百保證你的安全，但是我會安排你去省會遼源市住上一段時間，到時候會安排兩名員警隨時保護你的安全，我能夠做的只有這麼多。」

凌大海點點頭：「好，那我說！一個星期前，邱副市長自從知道省紀委在調查他的時候，一直悶悶不樂，心情十分煩躁，經常發脾氣，差不多是三四天前吧，邱副市長接到了一通電話，自己開車出去了一趟，那次他喝酒喝多了，有人通知我過去把車開回來，把他送回家。

「在我送他回去的路上，我聽到邱副市長自言自語說著話，他說『你們這幫王八蛋太不夠意思了，當時撈錢的時候讓老子在前面打頭陣，現在老子被省紀委調查了，你們卻一句話都不說，還要老子承擔所有的責任，你們這他媽的是想要把我往死裡整啊，憑什麼要我承擔所有的責任啊，憑什麼你們把錢拿了大頭，到頭來卻讓只拿一點甜頭的我去吃槍子啊，哼，如果你們想要整死我的話，我也不會讓你們好過的。別以為老子就知道撈錢，老子也留著後手呢！』」

凌大海解釋道：「這些話他是斷斷續續說的，但是彙總起來基本上就是這個意思。」

柳擎宇聽到凌大海這樣說，頓時心頭一震，立刻追問道：「邱文泰說完之後，還說什麼了嗎？」

凌大海略微回憶了一下說道：「說了一些，不過那個時候他醉得很厲害，到底說什麼我也聽不清楚，只聽他含含糊糊的說什麼手提包、筆記本什麼的，其他的就不知道了。」

柳擎宇聽完，滿意地說：「嗯，可以了，凌大海，你一會出去之後先不要輕舉妄動，等到下班的時候我會給你打電話，你讓你的親人下班後到市委辦門口等你，到時候我會準備一輛車把你們全家都接走。如果你想起什麼的話，可以直接給我打電話。」

說著，柳擎宇拿出一張自己的名片遞給凌大海，便讓凌大海出去了。

隨後，柳擎宇一一和其他司機們談完之後便離開了。

等柳擎宇離開後，司機班胡科長立刻找眾人談話，問了問柳擎宇問他們的問題，見大家的問題都大同小異之後，立刻向孫凱文進行了彙報。

孫凱文聞言，交代道：「你多注意一下凌大海，最好和他單獨談談，看看柳擎宇有沒有問他其他的問題，要多注意他的一舉一動，確保我們市委市政府上下意見的一致性。」

胡科長立即找來凌大海。凌大海十分自然，胡科長和他談了十多分鐘後，發現凌大海沒有什麼破綻，也就不再問了。

柳擎宇他們離開市委辦之後，立刻乘車趕往邱文泰的家。

邱文泰並沒有住在市政府的宿舍內，而是在距離市政府很近的海悅天地社區買的福利房。

柳擎宇他們趕到海悅天地八號樓一八〇八房外的時候，正看到一名婦女滿臉憤怒的站在門口打電話，質詢道：「你們公安局的人到底是幹什麼吃的？我都報警這麼長時間了，怎麼還沒有人過來？我們家被偷了！整個家裡到處都亂糟糟的！」

柳擎宇他們站在門口就可以看到敞開的房門裡，客廳內到處都是亂七八糟，沙發被掀翻在地，甚至地板都被撬了起來，明顯是遭了賊的樣子。

柳擎宇眉頭緊皺起來。他想到了他們在樓頂談話時閃過的那個人影，很有可能是那個偷聽的人把他們的談話內容向某人進行了彙報，這才有了邱家鬧賊的事，如果真是這樣的話，看來對方很有可能猜到邱文泰手中握有一些證據！邱文泰被謀殺的可能性更大了。

想到此處，柳擎宇邁步向那個婦女走了過去。

柳擎宇剛走近，那個婦女臉色便是一變，眼神中露出警惕之色，戒備地道：「你是什麼人？來做什麼？」

柳擎宇拿出自己的工作證遞給婦女道：「你是邱文泰的妻子胡月娥吧？我是省紀委第九紀檢監察室主任柳擎宇，這些是我的同事，我們是來向東市調查邱文泰墜樓一案的，希望你能為我們提供一些線索。」

胡月娥聽到柳擎宇是省紀委的人，先是一愣，隨即情緒立刻激動了起來，把柳擎宇的工作證狠狠往他的身上一丟，隨即尖聲說道：

「省紀委的人？你們就是害死我丈夫的真正兇手，如果不是你們省紀委調查他，他會走到今天這種地步嗎？你們這些吃人飯不辦人事的東西，沒有一個是好人，你們就知道欺負老實人，你們有本事去調查廖治民去啊，他才是真正的大貪官！你們調查我丈夫做什麼啊?!你們這不是專挑軟柿子捏嗎？不就是看我丈夫沒有後臺嗎？你們都不是什麼好東西！滾！都給我滾！」

胡月娥嗚嗚的哭了起來，一邊隨手拿起身邊散落的鞋子丟向柳擎宇他們。

柳擎宇等人只能微微向後撤。

柳擎宇等對方哭鬧過，發洩了一番之後，這才再度走上前去，說道：

「胡月娥，邱文泰涉嫌巨額財產來源不明，至於其他人是否涉嫌貪污，只要我們省紀委掌握了確鑿的證據，絕對不會放過任何一個腐敗分子。當然，如果你能夠提供充足的證據，我們會立刻去調查你所舉報之人。我們這次來，就是要調查他的死因的，希望給家屬一個交代，給向東市老百姓一個交代。

「如果你真的想要還他清白，為他的死討回一個公道的話，最好配合我們，我答應你，只要我們掌握了確鑿的證據，不管這件案子涉及到誰，我們都會將其繩之以法。」

胡月娥眼中閃過兩道狐疑的目光：「你們能嗎？你們不是一向聽上級領導的指示嘛？不是上級領導讓你們查誰，你們才查誰嗎？上級不讓你們查的人，打死你們恐怕你們也不會查的！有背景的人你們都不敢查！」

柳擎宇淡淡一笑：「胡月娥，我柳擎宇是省紀委第九紀檢監察室主任，別人怎麼做我不管，但是，只要我還在這個位置上，我們紀委查案就不會受到任何人的干擾，我的名字你可以上網搜尋一下，我柳擎宇什麼時候向腐敗分子有過任何的妥協?!」

柳擎宇臉色堅毅，句句強硬，胡月娥一時間被柳擎宇這番話給鎮住了。

胡月娥半信半疑的說道：「你真的能夠查明我丈夫的死因？」

柳擎宇點點頭：「我柳擎宇說到做到。」

胡月娥打開房門說道：「請進來說吧，房間內有點亂。」

眾人進入胡月娥的家，胡月娥憤怒的說道：「你們看看，我們家被賊給翻得一團糟，我給警方打電話，他們到現在都還沒有人過來，都過去一個小時了，效率真的是太差了，這就是人走茶涼啊，我們家文泰沒死的時候，稍微有點事，只要一個電話，五分鐘之內就會趕到。」

柳擎宇苦笑道：「你們家丟東西了嗎？賊到底在翻什麼呢？」

胡月娥咬著牙道：「東西倒是沒有丟，我猜對方肯定是在找我丈夫所留下來的那些證據和錢財。哼，這些王八蛋真不是東西，我偏偏不讓他們如願！」

「我丈夫曾經在一次醉酒的時候跟我嘮叨過，說他有很多很多的錢，但是為了我好，不能把那些錢財放在我的身邊，怕害了我。」胡月娥回憶著道：「其實，我知道文泰這個人還是有點良心的，我們兩個是患難夫妻，在他還沒有發跡前我就跟著他了，後來他當了副市長，有錢也有地位了，三天兩頭不回家，我知道，他在外面包養了一個小三，那個小三還給他生了個兒子，但是他每個月還會回來兩三天和我團聚，沒有和我離婚。」

說到這裡，胡月娥抹起了眼淚。

柳擎宇勸道：「你也不用傷心，畢竟一切都過去了，從你說的來看，他沒有把錢財等物品放在你這裡，的確有為你的安全考慮的意思在裡面。」

胡月娥抹了把眼淚說道：「你不用勸我了，我知道文泰的心思，現在人都死了，我也不想再去爭風吃醋，那個小三就住在離我們社區一公里外的春江花園社區，五號樓三單元八〇三號房。你們可以去找她瞭解一下，如果不出意外的話，我丈夫應該是把所有的東西都放在了她那裡。」

說完，胡月娥遞給柳擎宇兩張照片，上面是一個容貌年輕豔麗的少婦和一個小男孩。

柳擎宇對胡月娥表示了感謝，並且叮囑對方要注意安全。

從胡月娥家裡出來，柳擎宇和孟歡等人立刻找了輛計程車直奔春江花園社區。

當他們來到春江花園社區的時候，太陽正漸漸向西而去，落日的餘暉將整個社區染成了金色。

金色的陽光下，社區的氛圍顯得十分和諧，老人們在散著步，學生們背著書包往家趕。

來到五號樓附近，柳擎宇的目光立即落在便道上的一對母子身上，一個女人正逗弄著一個蹣跚學步的小男孩，小男孩剛剛學會走路，步履蹣跚，走兩步便有些害怕，女人鼓勵地說道：「樂樂最勇敢了，來，自己到媽媽這裡來。」

小男孩裂開小嘴，搖搖晃晃的向著女人走去。整個場面看起來十分溫馨。

這對母子正是胡月娥給他照片裡的女人——陶紅豔。

然而，就在這時候，一輛黑色賓士車猛的從陶紅豔身後的方向疾馳而來，向著陶紅豔的後背狠狠撞了過去。

此刻，陶紅豔距離小男孩只有不到兩米半的距離，只要汽車撞上了陶紅豔，小男孩肯定無法倖免於難。

柳擎宇也沒有想到會發生這種情況，就在這一瞬間，柳擎宇的大腦飛快的轉動著，突然想起就在幾十秒前，這輛賓士車就停在路邊五十米外的地方。

這是謀殺！這是十分明白的威脅和恐嚇！很顯然，這是邱文泰死亡幕後的黑手在用這種方式警告自己不要再繼續調查下去了！

柳擎宇徹底被對方給激怒了！對方也太囂張！太目無王法了！

此刻，柳擎宇距離小男孩有差不多四五米遠的距離，憤怒之下的柳擎宇展現出了超強的爆發力，他一個箭步衝到小男孩的身邊，一把抓住小男孩的衣服把他順勢摟在懷中，與此同時，又用手拉了陶紅豔一把，希望把她從車頭正中間拉開。

然而，柳擎宇的動作還是稍慢了些，因為汽車一直處於加速中。當柳擎宇抱著小男孩翻滾著從地上站起身來，陶紅豔已經被賓士車撞飛出去五六米遠，賓士車一路疾馳離去，陶紅豔的身下一片血漬。

柳擎宇抱著小男孩來到陶紅豔的身邊，小男孩哇的一下哭了出來，小手不斷撥弄著陶紅豔的臉頰，奶聲奶氣的抽泣著說：「媽媽，媽媽……媽媽……」

柳擎宇趕緊撥通了急救電話，隨後又撥打了一一〇報警電話。

此刻，柳擎宇和陶紅豔身邊圍了一堆人，眾人交頭接耳，議論紛紛。

十五分鐘後，陶紅豔被送上了救護車。

救護車上，柳擎宇焦急的看著陶紅豔幾乎沒有一點血色的臉頰，看到她胸口處汩汩流血的傷口，心中充滿了焦慮之色。

柳擎宇久經戰場，一看陶紅豔的傷勢，就知道她已經被重創了內臟，恐怕不能夠堅持到醫院了。

就在這時候，一直躺著的陶紅豔突然睜開了雙眼，用顫抖的手指了指柳擎宇，又指了指自己的口袋。柳擎宇一愣，看向陶紅豔說道：「你是在讓我去掏你口袋裡的東西嗎？」

陶紅豔艱難的點點頭。

柳擎宇把手探進陶紅豔的口袋，從裡面摸出了一張小紙條，他沒有去看上面到底是寫什麼，直接把紙條捏在了手中。

這時，陶紅豔向柳擎宇招了招手，示意他靠近自己，柳擎宇把耳朵湊到陶紅豔身邊，陶紅豔十分艱難的說道：「謝謝你救了我家樂樂，請幫我報仇……」

說到這裡，陶紅豔的聲音便戛然而止，脖子一歪，魂歸西天。

小男孩從柳擎宇的懷中掙扎著撲向陶紅豔，聲音悲戚的呼喊著：「媽媽……媽媽……我餓了，我要吃奶……」

然而，此刻陶紅豔已經一動不動，再也無法聽到小男孩的呼喚聲了！

看著眼前這幕淒慘的場景，柳擎宇心中不禁有些發酸，同時，一股滔天的怒火也在熊熊的燃燒著，先是邱文泰墜樓，隨即是胡月娥家裡被翻，現在是陶紅豔橫死，有一股勢力一直在不斷破壞著省紀委的調查，而對方為了達到目的，簡直是不擇手段，喪盡天良！

是可忍孰不可忍！柳擎宇徹底暴怒了！

柳擎宇把小男孩交給旁邊的護士讓她哄一哄，一邊拿出手機撥通了向東市市委書記廖治民的電話，聲音中帶著憤怒說道：

「廖書記，我不得不佩服你們向東市的治安情況，我帶著省紀委的人去邱文泰家去調查，正趕上他們家被小偷翻了個底朝天；我們到陶紅豔這邊來調查，竟然目睹陶紅豔被人用車給撞死的慘景。廖書記，我很好奇，你們向東市的治安為何亂到了如此程度？竟然有人敢在光天化日之下開車撞死人！真是膽大包天、無法無天啊！廖書記，我會把我今天所看到的一切向省紀委高層進行彙報的。」說完，柳擎宇直接掛斷電話。

隨後，柳擎宇帶著小樂樂下了救護車，上了跟在後面程鐵牛所開的應急車上，這才撥通省紀委書記韓儒超的電話：「韓書記，我向您彙報一下近期的調查情況。」

說完，便把事情詳細的向韓儒超說了一遍。

韓儒超聽完，不敢置信地說道：「如此看來，向東市的問題真是嚴重到極點了，對方為了掩蓋真相，連殺人滅口的招數都使出來了，看來邱文泰手中恐怕掌握了十分重要的證據，否則這些人也不會狗急跳牆了！這些人太瘋狂了，真不知道接下來他們還會做出什麼事情。擎宇，要不你先帶著人回來吧，向東市太危險了，萬一你在向東市出點什麼事，我可不好向你爸交代啊！」

柳擎宇堅定地說道：「韓書記，您放心，我不會有事的，我也不怕，什麼時候把這件事調查清楚，我什麼時候回去。」

韓儒超卻擔心起來：「擎宇啊，就算是你不為自己想想，你也得為你的那些同事們想想吧，先回來吧，向東市的問題恐怕需要省裡強勢介入了。」

柳擎宇搖搖頭說道：「您放心吧，我有信心完成這次的任務，而且這件事不適合由省裡強勢介入，一是因為省裡介入的證據不足，二是如果萬一強勢介入後沒有找到證據，省裡會丟面子的，而且，我已經有了新的思路。」

「新的思路？」韓儒超疑惑的說道。

「沒錯，我暫時不打算查邱文泰這個案子了，我發現向東市四風問題十分嚴重，所以我決定帶著我們第九監察室的同志們抓一抓反四風的工作，大力打擊一下四風違法亂紀問題。」

聽到柳擎宇這樣說，韓儒超先是一愣，隨即立刻明白過來，看來柳擎宇是決心要徹查邱文泰一案了，他說暫時把工作重點放在反四風問題上，不過是一種**緩兵之計**而已，他是在等待機會，在積蓄力量。

韓儒超質疑說：「你這樣做還是有些冒險，我相信那些腐敗勢力絕對會看出來你留在向東市的真實目的。」

柳擎宇笑道：「我知道他們一定會懷疑的，但是就算他們懷疑也沒有用，只要我不調查邱文泰一案，我認為他們就不敢真正對我下手。當然，如果他們真要是敢對我下黑手的話，那可**別怪我柳擎宇不講什麼官場規矩了！真要玩起非官場手段來，我柳擎宇不怕他們任何人！**」

柳擎宇的聲音中流露出幾分殺意。

韓儒超終於點頭道：「好，既然你要留在向東市我也不反對，不過你們一定要注意自己的安全！」

「嗯，韓叔叔，我會就這個問題好好的和向東市的領導們談一談的。我要他們比我還要擔心我們的安全！」柳擎宇臉上露出了一絲狡猾的微笑。

當天晚上，柳擎宇把小樂樂暫時交給了胡月娥，讓她負責處理陶紅豔的後事，等處理完這些事情，柳擎宇回到自己的房間，這才拿出陶紅豔臨死前讓他從自己口袋中掏出的那張小紙條。

柳擎宇打開紙條，上面竟然是一串數字38658870312，看到這組號碼，柳擎宇不由得一愣。他清楚的記得陶紅豔最後讓他替她報仇，**難道僅憑這一組數字就可以報仇嗎？這組數字到底代表什麼意思呢？**一時間，柳擎宇陷入了深深的思考之中。

柳擎宇並沒有去陶紅豔家去搜查，因為陶紅豔和邱文泰如果真的藏有相關的證據和金錢的話，肯定不會放在家裡，否則陶紅豔就不可能隨身攜帶著這樣一張小紙條了，顯然這是破解那些證據放在哪裡的關鍵密碼。

不過柳擎宇不是刑警，更不是國安人員，對這種密碼的破解不是很在行。思考良久，決定把這個小紙條的事情暫時放下，因為他已經決定了，從明天開始，要轉而就四風問題在向東市進行視察。

第二天上午，柳擎宇來到向東市市委，和向東市市委書記廖治民見了面。

見面後，柳擎宇開門見山的說道：「廖書記，最近這兩天我們在調查邱文泰墜樓事件的時候，接連在你們向東市遭遇危險，所以，為了我們自身的安全，我決定停止對這個事件的調查，不過呢，我們又接到了上級的指示，要求我們就地展開巡視，巡視的目標是向東市的四風問題，希望你們向東市安排一下電視和各種媒體宣傳，我們會公開我們巡視組在你們向東市的駐地，我們要對向東市廣大民眾徵收舉報線索！」

廖治民的臉色一下子難看起來。

廖治民可不是傻瓜，自然聽出了柳擎宇**話裡有話**。柳擎宇第一句話就對向東市提出了批評，認為向東市社會治安存在問題，同時表示自己停止調查是被逼的。隨後，柳擎宇說要就地展開巡視，是在告訴自己，他現在不走，要巡視四風問題。而且還要公佈巡視組駐地，如此一來，一旦他們要是再出現問題，這事情肯定要被媒體關注的，到時候向東市可要出名了！

尤其是柳擎宇竟然還會在省電視台公佈這件事，這擺明了是在告訴自己，如果他們巡視組出了什麼事，絕對不會善了！

廖治民只能苦笑著說：「柳主任，你說的這些都沒有問題，我一會兒就安排宣傳部的人跟進，配合你們的工作，同時我們也會派出一組員警隨時保護你們的安全。」

廖治民雖然不得不向柳擎宇低頭，不過卻借機給了柳擎宇一個下馬威，你們巡視組不是想要安全嗎？那我就派警察保護你們，你們的任何舉動同時也會處於我們的監控之中。

柳擎宇微微一笑：「派人保護我們啊，那可真是太好了。說實在的，廖書記，對於你們向東市的治安，我真的是害怕了，有人保護那是再好不過了。不過，他們不能進入我們的工作場所內，同時，我也不希望他們穿著警服出現，那樣會影響到舉報人的。」

「柳主任，據我所知，其他紀檢監察室好像並沒有展開巡視行動吧？」廖治民這是在對柳擎宇進行質疑了。

柳擎宇回道：「廖書記，是這樣的，省紀委其他紀檢監察室都有他們各自的職責範圍，而我們第九監察室屬於新成立的監察室，主要任務是巡視全省，既可以接受上級領導指示，也可以根據自己掌握的線索，對全省各個機關單位、各個地市展開巡視，我們這個監察室的活動範圍相對來說，自由度相當大。」

廖治民沒有想到，這個臨時成立的第九監察室竟然還有著這麼大的權力，讓他有些震驚，心中也暗忖，這個柳擎宇還真不是那麼好對付，以後得對這小子多加防備才行。

這時，柳擎宇又說道：「廖書記，我相信您對**四風問題**應該不會陌生吧？**形式主義**、**官僚主義**、**享樂主義**和**奢靡之風**，這四風問題如果蔓延開來又得不到有效遏制，就會像一座無形的牆把黨和民眾隔開，因此必須下大力氣加以懲治。廖書記，您應該不會反對上級領導的指示吧？」

柳擎宇直接用話套住了廖治民，此刻，廖治民絕對不敢說不服從上級的指示，只能咬著牙說道：「我當然會服從上級的指示，會配合您們的工作的。」

「那我這裡就多謝廖書記了，在這裡，我先把我們巡視組的工作風格說一下，如果我們在巡視過程中發現某官員在四風問題上存在著嚴重的問題，在掌握確鑿證據的情況下，我們會直接將這些官員進行雙規，相信對於這一點，廖書記應該能夠理解的。好了，廖書記，您忙，我就不打擾您了。」

說完，柳擎宇轉身向外走去。

等柳擎宇離開後，廖治民的臉色陰沉得猶如黑鍋底一般，狠狠地一拍桌子說道：「柳擎宇，你簡直是欺人太甚！」

然而，憤怒歸憤怒，廖治民卻不得不給市公安局方面打了個電話，讓他們保護好柳擎宇一行人的安全，同時，又給宣傳部打了電話，讓市電視台派人去為柳擎宇拍一個簡單的宣傳片。

面對電視鏡頭，柳擎宇十分嚴肅的指出，這次省紀委第九監察室的巡視範圍一共有四項：一是要圍繞黨風廉政建設和反腐敗鬥爭，著力發現領導幹部是否存在權錢交易、以權謀私、貪污賄賂、腐化墮落等違紀違法問題；

二是要在貫徹落實八項規定方面，著力發現是否存在形式主義、官僚主義、享樂主義和奢靡之風等問題，緊緊盯住，防止反彈；

三是要著力發現是否存在違反黨的政治紀律問題；

四是要著力發現是否存在選人用人上的不正之風和腐敗問題。

說完，柳擎宇最後用洪亮的聲音說道：

「我們省紀委第九監察室平時的辦公地點在泰康大酒店十一樓東二會議室，任何人憑身分證在登記後，都可以到我們辦公室進行實名舉報，也可以通過快遞、電子郵箱等方式發給我們。」

隨後，柳擎宇便公佈了聯繫方式和電子郵箱。

當天晚上，這個宣傳片便在省電視台、市電視台同步播放。第九監察室再次引起了白雲省內各個地市的注意。

對此最為敏感的，便是南華市現任市委書記黃立海。

黃立海看完電視，立刻撥通了廖治民的電話：

「老廖，柳擎宇到底是怎麼回事？他怎麼莫名其妙的成了什麼第九監察室的主任了，怎麼又跑到你們向東市去了？」

廖治民聲音中帶著幾分苦澀道：「老黃啊，說起這件事，我滿肚子都是眼淚啊！前幾天省紀委不是調查了邱文泰嗎？結果邱文泰前兩天在泰康大酒店跳樓自殺了，沒想到這件事竟然引起省紀委的高度重視，派出以柳擎宇為首的什麼第九紀檢監察室的人到我們向東市，說是要調查邱文泰死亡一案。

「據我所知，這個第九監察室根本就是省紀委臨時借調各方人員組成的，老黃，柳擎宇可是你們南華市的人，我看你還是把他收回去得了，省得到我們這兒攪風攪雨的。我算是發現了，這個柳擎宇真不是個善類，今天和我說話的時候那是連嚇唬帶騙啊，偏偏這小子拉著省紀委的旗號，我還拿他沒有辦法。老黃，你對柳擎宇比較熟悉，這小子到底是個什麼樣的人？你快給我講講。」

黃立海聽了，嘆道：「我跟你說，柳擎宇可真不是一個簡單的人物，和他打交道的時候，你必須要打起十二分的精神，這小子最擅長借勢造勢，眼珠子一轉就是一個壞水，我給你打電話就是想要提醒你千萬要注意防範這小子，我看他在電視上公佈了他們巡視組的地方。你千萬可得注意，我懷疑他在玩明修棧道暗渡陳倉的把戲，他留在你們向東市不走，肯定還是想要調查邱文泰一案！」

廖治民點點頭道：「是啊，我也有這個懷疑，但柳擎宇理由充分，而且我們也收到了省紀委發來的公文，想要趕他走都趕不走啊，我現在唯一能夠做的就是派人盯緊他，防止他搞什麼聲東擊西那一套。」

黃立海聽廖治民這樣說，心中稍安，知道他已經有所防備了，這才說道：「老廖，邱文泰手中到底有沒有證據？是否找到了？」

廖治民四處看了看，確認窗戶房門都關得十分嚴實，這才壓低聲音說道：

「在邱文泰死前，我曾經讓下面的人和他談過，勸他自殺，並且承擔所有的責任，這樣可以保他全家衣食無憂，不過這傢伙似乎並不願意，還讓下面的人轉告我，說什麼要死一起死！聽他的意思，應該是手中掌握了一定的證據，不過在他的妻子和情人家都沒有發現任何可疑的東西，柳擎宇曾經去過這兩家，應該也沒有發現什麼，否則柳擎宇不會找藉口留在向東市不走的。」

黃立海聲音低沉的說道：「柳擎宇沒有找到這一點非常重要，你那邊一定要確保柳擎宇找不到任何的線索，不然麻煩會非常大啊。」

廖治民臉色凝重地說：「我知道該怎麼做。」

掛斷電話後，黃立海抽出一根菸點燃，狠狠抽了幾口之後，望向窗外黑沉沉的夜色，長嘆一聲道：「柳擎宇，你真是我的冤家啊，我都把你從南華市給掃出去了，沒想到你還是會和我產生聯繫，竟然跑到向東市去了，這事情真是有些棘手啊！」

黃立海眼中不禁閃過一絲陰冷之色，隨即發狠的說道：「柳擎宇，你可不要逼我，否則的話，我會讓你死無葬身之地的！」

不得不說，柳擎宇決定公開巡視組聯繫方式和下榻位置的這步棋，走得非常正確。

就在當天晚上公佈了聯繫方式後，包凌飛和其他三名工作人員輪流值了一晚上的班，直到第二天凌晨四點多，舉報電話才稍微少了些。

而他們用來記錄舉報資料的筆記本竟然寫了足足有四五十頁之多，其中還有一些是預約天亮以後過來送各種舉報資料的。

到了早晨七點鐘之後，康泰大酒店門前一下子熱鬧起來，前來巡視組駐地進行舉報的人從辦公室外面排到了酒店的廣場上，還拐了好幾個彎，人數不下一兩百人。

本來柳擎宇還想等到八點正式上班時間後再開始接待工作呢，但是看到這麼多提供舉報的群眾，柳擎宇只能親自帶隊，由孟歡、沈弘文各自帶一隊，組成三個接待小組，這一天從上午一直忙碌到深夜十二點，前來舉報的民眾這才散去，即便是這樣，還是有不少民眾預約了明天的位置。

等民眾們散去之後，柳擎宇、孟歡、沈弘文三人把所有資料匯總到一起，開始研究起來。

兩個小時後，孟歡表情凝重的說道：「主任，僅僅是從目前我們所掌握的資訊來看，這向東市官場的確問題重重啊，不僅有人大肆進行**權力尋租**（編按：指政府官員或掌權者利用自己的權力為他人獲取不正當利益的非法行為。），更有人買官賣官，挪用公款，這事情真要是查下去，恐怕問題會非常多啊。」

沈弘文也說道：「是啊，主任，雖然目前舉報的老百姓拿不出多少確鑿的證據出來，但是既然有這麼多人都投訴類似的問題，我認為這向東市肯定問題不少。問題是下一步我們到底應該怎麼去調查？」

柳擎宇淡淡一笑：「我們先不調查，先搜集證據。」

「先不調查？主任，難道你真的想要明修棧道暗渡陳倉？」孟歡驚訝的說道。

「這是肯定的，不過這計策不能這麼簡單的使用，而且我們要用這一招，必須要把局做好。」柳擎宇高深莫測的道。

孟歡和沈弘文不禁面面相覷，不解其意。

第七章

玩的是陽謀

此時，廖治民在房間內抽著菸，來回的踱步。他千算萬算，沒有想到柳擎宇竟然玩起了突襲這一招，而且目標選在了扶貧辦這個軟肋之上！他知道自己還是輕視柳擎宇了！柳擎宇這傢伙玩的是陽謀！怎麼辦？下一步該怎麼辦？

第二天、第三天、第四天，整整一個星期，柳擎宇第九監察室分成了兩部分，一部分由柳擎宇和孟歡、包凌飛三人組成，他們負責在酒店內接待舉報群眾；另外一隊由沈弘文帶領，負責對民眾舉報資料進行核查。

不過，沈弘文所做的核查全都是蜻蜓點水，沒有涉及到很敏感的部門和負責人，沈弘文也只是和這些人隨便談談話。

有時候，柳擎宇和沈弘文兩個團隊會互相換一下工作，由沈弘文留守酒店接待民眾，柳擎宇帶著孟歡、包凌飛兩人出去找各單位的幹部談話。

柳擎宇等人的奇怪舉動再次引起了廖治民的關注。市委辦主任孫凱文被廖治民喊到了辦公室內。

廖治民問道：「小孫，我聽說柳擎宇最近很老實啊。」

孫凱文自然明白廖治民的意思，連忙說道：「最近我們一直派人密切觀察柳擎宇和第九監察室工作人員的一舉一動，他們的確非常老實，柳擎宇和他的團隊更是整整一個星期沒有出過酒店大門，沈弘文所帶的團隊也都是一起行動，他們去過民政局、稅務局、教育局等幾個地方，只是和相關人員談談話，沒有任何過激的行為。」

廖治民皺著眉頭說：「對他們這種行為，你怎麼看？」

孫凱文沉吟了一下說道：「我認為十分可疑，應該是柳擎宇故意為之，目的是故布疑陣，想要讓我們放鬆警惕，他們再突襲，我們仍須時刻注意，對他們保持高度警惕，絕對不能讓他們影響到我們向東市團結穩定的大局。」

廖治民臉上露出滿意之色，稱讚道：「很好，這件事你負責繼續跟進吧，有什麼需要協調的事可以直接向我進行彙報。不是有句話嘛，防火防盜防柳擎宇！哈哈！」

廖治民隨口開了個玩笑，孫凱文立刻跟著笑了起來。同時，對廖治民的意圖他也領悟到了，這是在用開玩笑的方式告訴他，對柳擎宇的戒備決不能放鬆。

柳擎宇帶領整個第九監察室的巡視組到達向東市已經整整兩個多星期了，竟然還沒有辦過一起案件，沒有雙規一個幹部，很多舉報民眾都開始質疑起這個巡視組的功能來，有些人甚至說他們已經被向東市的貪官污吏給擺平了。

所以從第三個星期開始，前來舉報的人寥寥無幾。對於這些質疑的聲音，柳擎宇一直沒有理會。在經過三個星期左右的嚴防死守之後，向東市負責監控兩個團隊的人，心理上也放鬆了下來。

這種情況又持續了整整一個星期左右的時間，監控人員發現柳擎宇他們依然沒有什麼動靜，加上到處都在傳聞柳擎宇他們已經被市裡給收買了，所以監控就更加放鬆了，即便是孫凱文一再強調要嚴防死守，絕不鬆懈，但是畢竟執行者也是人，也需要休息，反正只要確保不出事就可以了。

然而，就在柳擎宇到達向東市的第四個星期。

這天是星期一，按照例行的慣例，早上八點鐘，柳擎宇便帶著孟歡、包凌飛來到向東市扶貧辦。

負責監控柳擎宇的人對於柳擎宇前往扶貧辦並沒有給予過多的關注，因為柳擎宇之前已經帶著整個團隊來過這裡了，而且他們發現了一個規律，任何單位柳擎宇都會去兩遍，分別找不同的人進行談話，但是從來沒有採取過任何措施。而柳擎宇這次是第二次來扶貧辦，所以監控人員認為他們這次還是例行談話。

監控人員跟著柳擎宇他們到了扶貧辦大樓外面後，便把車停在一個陰涼的角落裡，拿出手機看了起來。

柳擎宇帶著孟歡、包凌飛進入向東市扶貧辦，在門口登記之後，向扶貧辦主任鄧建海的辦公室走去。

鄧建海已經接到警衛的通報，火急火燎的從辦公室內迎了出來。

雖然他的級別和柳擎宇一樣都是正處級，但是對柳擎宇這位省紀委第九監察室的主任，他還是不敢怠慢的。柳擎宇到現在為止還沒有找他談過話。

見面後，柳擎宇和鄧建海握了握手，鄧建海寒暄道：「柳主任，這次到我們扶貧辦來，您是要和誰談話，我這就給您喊來。」

柳擎宇擺擺手：「這次不找別人談，跟你聊聊，走，咱們去你的辦公室吧！」

鄧建海先是一愣，隨即笑道：「好，那就去我的辦公室，您有什麼問題儘管問，我保證知無不言，言無不盡！」

等進入鄧建海辦公室，孟歡把房門關好，隨即和包凌飛一起站在門口處。鄧建海見到這種陣勢心頭就是一顫，**一種不妙的預感油然而生。**

鄧建海臉色有些不自然的招呼著柳擎宇在會客沙發上落座，說道：「柳主任，不知道您想知道些什麼？」

柳擎宇說道：「鄧建海同志，我想問問你，最近五年來，省裡每年給你們市扶貧辦多少扶貧款？」

鄧建海一愣，他沒有想到柳擎宇竟然問起了這個問題，不過他不敢隱瞞，這事情也隱瞞不了的：「每年一億七千萬左右。」

柳擎宇點點頭，臉上露出一絲微笑，似乎是對鄧建海的回答表示滿意，接著又問道：「鄧主任，你們市扶貧辦每年用於扶貧工作的錢有多少？」

鄧建海連忙說道：「上級領導發給我們多少，我們就用多少。」

柳擎宇臉色突然一冷，聲音中帶著幾分寒意說道：「鄧主任，去年你們扶貧辦用於扶貧工作的款項是多少？我不要聽什麼虛話，我要聽具體的數字！」

鄧建海聞言心頭再次一顫。他突然發現，此刻的柳擎宇臉上寒意密佈，和上次來的時候態度迥異。

柳擎宇今天到底來做什麼？難道市裡沒有搞定他嗎？

想到此處，鄧建海心中多了幾分惶恐。他這個扶貧辦主任雖然是市領導的親信，但是他是靠關係上來的，對於政治上的一些事情並不是很敏感，因為他根本就沒有把心情放在工作上，更沒有放在晉級上，因為他清楚以他的歲數，到扶貧辦主任這個位置就已經頂天了，所以只把心思花在如何撈錢、如何享受上。

雖然柳擎宇上次來扶貧辦也找人談了話，但是他並沒有很在意，更沒有打電話向自己的靠山詢問，因為他聽其他人說柳擎宇已經和不下十家單位的人進行過談話，哪家都沒有什麼事，再加上最近瘋傳市裡已經擺平他們，他就更加不在意了。

因此，當柳擎宇問起扶貧款的具體數字時，他有些心虛了。

鄧建海眼珠轉了轉，顫抖著說道：「去年應該用了差不多有一億六千八百多萬吧！」

鄧建海儘可能的把數字說得準確些，實際上這根本就是他信口胡謅的。

柳擎宇聽了說：「哦，用了一億六千八百多萬啊，如果這個數字屬實的話，那很不錯嘛。鄧建海同志，據我所知，向東市一共有兩個貧困縣，分別是東貧縣和西貧縣，這兩個縣去年你們扶貧辦下撥了多少扶貧款？」

鄧建海猶豫了一下，撓撓後腦勺說道：「這個具體數字我記不清了，不過加起來應該有一億六千八百多萬，柳主任，這一點您放心，我們扶貧辦是絕對不敢在扶貧資金上動腦筋的，我們一向是奉公守法的。」

柳擎宇眉毛向上挑了挑，勉強抑制住自己內心想要打人的那股衝動，突然寒聲說道：

「鄧同志，我已經得到民眾準確的舉報資料，你們擅自改變扶貧資金劃撥流程，用多種手段侵吞扶貧款，性質十分惡劣，證據充分，現在我宣布正式對你實施雙規！希望你老實交代你的問題，我們的政策你應該清楚吧？坦白從寬，抗拒從嚴！」

說完，柳擎宇在鄧建海震驚、質疑的目光中，拿出一份雙規資料遞給鄧建海：「鄧建海，在上面簽字吧！」

鄧建海終於清醒過來，怒吼道：「柳擎宇，你憑什麼雙規我？憑什麼？我沒有犯法，你根本就沒有證據啊！」

柳擎宇冷冷說道：「如果沒有確鑿的證據，我這個堂堂的省紀委第九監察室的主任會親自出馬雙規你嗎？不要再試圖反抗了。」

鄧建海不相信地說道：「不可能的，你們只是隨便談談話，聽聽彙報而已，根本不可能找到確鑿的證據的。」

柳擎宇臉色一寒，聲音變得異常冷漠：「鄧建海，你有什麼話等到喝茶的時候再說吧，先簽字！如果你不簽字的話，我們可要對你使用強制手段了。」

說話間，孟歡和包凌飛兩人已經走近鄧建海身旁。

看到這裡，鄧建海身體一軟，知道自己真的完了，他只是十分納悶，**柳擎宇他們大門不出二門不邁的，哪裡來的證據呢？**

無奈之下，鄧建海只能識相的在文件上簽字，只不過他內心已經打定了主意，到了詢問室後一句話都不說。

就這樣，鄧建海在劉飛、孟歡、包凌飛三人呈品字形的包圍下向外走去，期間有單位的人向他打招呼，他都照柳擎宇事先的指示點頭示意而已，一句話都不敢說。

上了車後，程鐵牛幾次突然變向，成功的甩掉了後面的監控人員，隨即鄧建海被早已等候在路邊的汽車，轉送到省紀委早就準備好的位於市郊的一座秘密樓房內，並由韓儒超派出的另外一隊省紀委工作人員展開了深入的問訊工作。

柳擎宇和孟歡他們隨後又趕到了其他單位找別人進行談話。

這時候，負責跟蹤柳擎宇的監控人員發現跟丟了人後，一下子慌了神，好在不久之後，他們就接到消息，說是柳擎宇他們去了民政局，進行第二撥談話，得到這個消息，他們放心不少。

然而，到了晚上，向東市的局勢一下子緊張起來。

因為下午鄧建海本來有兩個會要參加，一個是局裡的反腐倡廉大會，另一個是市政府舉行的扶貧工作專題會議，這兩個會議，鄧建海都是確定要出席的，但是等到會議預定時間，眾人發現鄧建海一直沒有出現，這下子扶貧辦的人緊張起來，到處打電話聯繫，都沒有找到鄧建海。

很快的，這個消息便反映到了市委辦主任孫凱文的耳中。

孫凱文瞭解了一下當時的情況後，臉色立刻大變，意識到柳擎宇很有可能出手了。

他立刻撥通柳擎宇的電話，直接問道：「柳主任，扶貧辦主任鄧建海是不是被你們第九監察室給帶走了？」

柳擎宇淡淡說道：「對不起，無可奉告。」便掛斷了電話。

柳擎宇雖然說是無可奉告，但是孫凱文卻從柳擎宇的語氣中判斷出鄧建海一定是被他們帶走的事實，立刻一溜小跑來到市委書記廖治民的辦公室內，連門都沒有敲便推開房門衝了進去。

此刻，廖治民正在聽取彙報，看到孫凱文十萬火急的衝了進來，知道是發生了緊急事件，便支開所有人後問道：「怎麼，出什麼事了嗎？」

孫凱文焦慮地說：「廖書記，鄧建海被柳擎宇給帶走了，我估計他很有可能是被雙規了。」

廖治民臉色一沉，帶著一絲怒容說道：「消息確鑿嗎？」

孫凱文說：「今天上午，柳擎宇帶著兩名工作人員找到了鄧建海，和他進行了差不多二十分鐘的談話後，鄧建海便跟著柳擎宇他們上了汽車，後來便再也沒有回來，我估計柳擎宇他們應該知道我們派人監控他們的事，所以甩開監控人員，把鄧建海給轉走了。」

廖治民氣得雙拳緊握，咬牙切齒的說：「這個柳擎宇真是太過分了，雙規了我們向東市的正處級幹部，竟然不跟我這個市委書記打個招呼，真是目中無人啊！你立刻知會市紀委副書記江義華一聲，讓他從現在開始，直接進入柳擎宇的巡視小組，以配合工作為名，廿四小時跟在他們身邊，確保任何消息都能及時發送出來。另外，讓市公安局對鄧建海的行蹤展開摸查，一定要儘快找到鄧建海的下落！鄧建海絕對不能落入柳擎宇的手中。」

孫凱文立刻出去聯絡去了。

此時，廖治民在房間內抽著菸，來回的踱步。**他千算萬算，沒有想到柳擎宇竟然玩起了突襲這一招，而且目標選在了扶貧辦這個軟肋之上！**

他知道自己還是輕視柳擎宇了！**柳擎宇這傢伙玩的是陽謀！**

怎麼辦？下一步該怎麼辦？

廖治民整整思考了兩個多小時，最終咬著牙做出了一個艱難的決定。

雖然市公安局接到孫凱文的指示，對全市展開了摸查，但還是沒有找到鄧建海的行蹤。

就在第二天上午，柳擎宇帶著一份厚厚的資料來到了向東市市委。

在等了將近兩個小時後，柳擎宇見到了市委書記廖治民。

見面後，柳擎宇直接說道：「廖書記，向您報告一件事，向東市扶貧辦主任鄧建海已經被我們省紀委給雙規了，現在正在調查取證的過程中，希望你們市委召開一次全市範圍內扶貧系統的專項會議，我會親自參加，我想要對扶貧系統提出一些建議，你看你們這邊方便嗎？」

廖治民立即明白了柳擎宇的意思，這小子是想要借機給向東市一個下馬威啊！

廖治民怎麼可能讓柳擎宇如願呢，歉意的說道：「不好意思啊，柳同志，昨天我們剛剛開完扶貧工作專題會議，現在中央一直強調會議要講究效率，不能重複，不能浪費，所以這個會議我看就不必開了吧，如果你有什麼意見的話，我可以讓市委辦轉達。」

柳擎宇聽了廖治民的話後，聳聳肩道：「好吧，既然廖書記這樣說，那我就先保留意見，不過，我想我暫時還是在您辦公室外面等一等吧，因為我剛才向省紀委韓書記彙報工作的時候，他曾經提到要召開全省扶貧紀律專題會議，我估計這個指示應該很快就會下達下來了。」

柳擎宇說完，轉身向外走去。

柳擎宇剛走到外間辦公室，廖治民桌子上的電話便響了起來，電話是市委辦主任打過來的，孫凱文說省紀委辦公室打來電話，通知各個地市要同時舉辦扶貧系統專題會議，討論研究一下各個地市關於扶貧紀律的問題。

這次採取視訊會議的方式，各地分頭開會，省紀委會同步觀看、瞭解各地會議的情況，屆時，省紀委主要領導會參加本次會議並發表講話。

孫凱文又說道：「廖書記，省紀委那邊還說，柳擎宇在咱們向東市，就沒有必要往省裡去開會了，直接就地在咱們向東市參加就行了。」

廖治民看出來了，這個什麼全省扶貧系統紀律會議絕對和柳擎宇脫不開關係，他才不想被柳擎宇給拖下水呢，柳擎宇越是想要他出席，他越是不能出席，一是絕對不能慣壞柳擎宇這種毛病，二是柳擎宇肯定不會在會上講向東市的好話的，自己出席只能丟面子。

廖治民氣得七竅生煙，咬著牙說：「好的，我知道了，這次的扶貧會議就讓市紀委書記王恩波去主持吧，讓副書記古紀動出席。」

然而，市委辦主任孫凱文臉上露出為難之色說道：「廖書記，這次會議，省紀委韓書記會親自出席，您要是不參加的話，恐怕……」

後面的話孫凱文沒有說下去，但是意思卻很明顯，人家省紀委韓大書記都親自出席會議了，你身為市委書記能不出席嗎？只派出一個市委副書記出席的話，恐怕有不給韓儒超面子之嫌啊。

這官場上，天大地大，面子最大，如果韓儒超感覺到廖治民不給自己面子，即便嘴上不說，心中未必不會記著這件事。

聽孫凱文這樣說，廖治民臉上神色一變，皺著眉道：「嗯，我知道了，會議什麼時候開始？」

「今天下午四點半，離現在還有六個小時的時間。」孫凱文道。

廖治民沉吟了一下，最終還是有些不爽的說道：「好，那通知各地縣區扶貧辦一二把手和主管領導全都到市委視訊會議室集合，準備參加全省視訊會議向東市分會場會議。」

說完，廖治民站起身來走到窗邊，狠狠地抽起菸來。

看到廖治民的神態，孫凱文知道領導心情不好，趕緊轉身離開了。

向東市扶貧專題會議昨天才剛剛開完，有些人還沒有離開向東市呢，當他們聽說又要召開扶貧會議的時候，全都是一愣，本來準備退房離開的人只能再次返回房間，等待下午的會議，而那些已經回去或者已經走到一半的領導們也只能乘車返回向東市。

不過回來是回來了，眾人的心情卻顯得有些不安，因為他們都知道，正常情況下，市委領導是不會一次會議反覆召開的，於是眾人紛紛打探起來，等他們弄明白情況，得知這次會議是省紀委組織召開的後，心中更加不安了。

下午四點半，雖然廖治民心中一千個不願意、一萬個不願意，最終不得不和市長曹元明一起參加了本次會議。

會議開始，是全省各地市的分會場參會的人員聽取省紀委領導講話。

省紀委書記韓儒超手中沒有帶著任何講稿，只是臉色顯得十分陰沉，在拿起話筒前，特意沉重的咳嗽了一聲，引起所有人的注意力，隨即才聲音中帶著幾分嚴肅的說道：

「各位同志們，今天我們省紀委召開這次扶貧紀律專題會議的目的非常明確，那就是針對各地的扶貧工作，尤其是扶貧資金的使用，給各個地市敲一敲警鐘，希望各地的同志們能夠意識到扶貧資金的重要性，意識到扶貧資金不容任何人染指。

「我在會議正式開始前，先在這裡為大家明確一下扶貧資金的意義。財政扶貧資金是國家為改善貧困地區生產和生活條件，提高貧困人口生活品質，支援貧困地區發展經濟而設立的專項資金。」

說到這裡，韓儒超突然聲調猛的一轉：「我相信，在視頻前面的各位扶貧系統的幹部們應該沒有一個人不明白扶貧資金的真正意義，但是，根據我們省紀委掌握的情況，現在在很多地市、縣區內的扶貧系統，甚至包括有些地方的主要領導，都把扶貧款當成了唐僧肉，人人都想要分一杯羹！」

韓儒超的話到此戛然而止，說道：「好了，我知道大家對我們紀委部門的話早就聽膩了，很多人都是我們說一套，他們承諾一套，做起來又是一套，所以，今天我也不想給大家再講那些廢話，浪費大家的時間，下面，請位於向東市分會場的我們省紀委第九監察室主任柳擎宇同志講話。下面，讓柳同志用他的實際行動來表達我們省紀委對於扶貧工作的態度。」

韓儒超說完，所有各個地市的幹部們紛紛把目光落在向東市分會場的會議現場，把主要畫面切換到了向東市。

此刻，在向東市視訊會議室內，攝影機轉動到了柳擎宇坐著的位置。

向東市會議現場鴉雀無聲，很多人突然意識到，這次的會議似乎不同尋常，**韓儒超為什麼說要讓柳擎宇用實際行動來表達省紀委的態度呢？所有的疑問全都指向了柳擎宇。**

在眾人的注視下，柳擎宇不慌不忙的拿出一份文件來，臉色肅穆地說道：

「大家好，我相信很多人並不認識我，我先自我介紹一下，我叫柳擎宇，目前被借調到省紀委擔任省紀委第九監察室主任一職，正在向東市巡視。

「目前，我們巡視的第一個主要領域是扶貧領域，通過這段時間的調查取證，我們第九紀檢監察室暨全省巡視第一小組發現向東市扶貧系統存在著十分嚴重的問題。在這次會議之前，向東市扶貧辦主任鄧建海已經被我們給雙規了。根據鄧建海所交代的情況，結合我們所掌握的證據，我現在宣布一下當場被雙規人員的名單：

「立平縣扶貧辦主任黎天成、副主任阮靖宇、程東海等六人利用職務之便，共同貪污移民搬遷款兩百多萬元；口城縣副縣長張維迎、扶貧辦主任華天耀等五人，與該縣五個鄉的主要領導互相勾結，利用漏洞虛報冒領、套取侵吞、截留私分扶貧款五百八十萬；洛商縣主管副縣長張子強、扶貧辦副主任于慧敏等四人以假合同、假農戶名冊，虛報培訓人數和天數、層層轉包扶貧資金等方式，套取扶貧資金六百萬……」

柳擎宇沒有看手中的文件，而是直視著向東市市委書記廖治民，語氣嚴肅的一口氣說完所有被雙規對象的名字、涉案的原因及貪腐金額。

柳擎宇一字一句清晰無比的發言，令廖治民和前來參加視訊會議的主要領導全都臉色大變，尤其是向東市市紀委書記古紀勳，更是臉色煞白！誰都沒有想到，**柳擎宇會在會議上拋出如此重磅的炸彈！**

參加會議的幹部們都震驚不已！廿七個人啊！整整廿七個人被雙規！

這還僅僅是這次參加扶貧紀律專題會議現場被雙規的人數！別的鎮被雙規的人數更多達三十四人！

眾人看著視訊會議現場，隨著柳擎宇念完名單之後，突然湧入大批的員警和省紀委的工作人員，一個個幾分鐘前還人五人六的幹部被帶走，所有人都心膽俱寒！

沒有任何的徵兆，沒有任何的跡象！所有人不得不再次重新審視柳擎宇這個年輕的省紀委第九監察室主任！哪怕柳擎宇是被借調的，即便是第一、第二監察室的主任們，也沒有柳擎宇這種大手筆啊！

那些被帶走的官員們一個個臉色蒼白的往外走，還有一些官員被嚇得癱軟在座位上，也有官員不斷大呼自己是冤枉的……

看著嘈雜的會議現場，各個地市的會場內一片寂靜，很多人連大聲呼吸都不敢，生怕引起柳擎宇的注意！所有人都注視著事態的發展。

也有人在默默觀察著向東市市委書記廖治民的臉色。因為所有人都知道，這一次廖治民這個向東市一把手的臉丟大了！

一天內就有六十一個人被雙規，這是怎麼樣龐大的一個數字！柳擎宇怎麼敢如此大動作呢？

此時，眾人不由得把目光看向了省紀委書記韓儒超。

此刻的韓儒超面對著如此震撼的場面，臉色顯得十分平靜，眾人無法從他的臉上看出任何一絲的情緒。

反而是向東市市委書記廖治民雖然勉強控制著自己的表情，但是這次柳擎宇的動作實在是大大出乎他的意料之外，他無法抑制住內心強烈的憤怒，想要殺了柳擎宇的心都有了，卻又不得不努力壓抑著，因而臉部線條顯得十分扭曲。

廖治民萬萬沒有想到，柳擎宇竟然玩得這麼大，自己不過是在邱文泰事件上對他不予配合罷了，柳擎宇就從扶貧系統挖出這麼多的蛀蟲，柳擎宇下手也太狠了！

最讓他意外的是，省紀委書記韓儒超看樣子也沒有顧全大局的意思，採取的是默認支持的態度，這一點，從韓儒超讓柳擎宇發言就可以確定了。

韓儒超到底想要做什麼？柳擎宇想要做什麼？難道他們就不擔心向東市的局面發生巨變嗎？難道他們就不擔心扶貧系統陷入癱瘓無法運轉嗎？

和廖治民同樣感到心驚的，還有主管扶貧工作的副市長張旭才。雖然柳擎宇在名單中並沒有提到他的名字，也沒有對他提出任何的批評，但是只要有腦袋的人用腳趾頭都能想到，扶貧系統出了這麼嚴重的事件，他這個主管的副市長會平安無事？

張旭才的大腦飛快轉動著，思考著散會之後自己應該去哪個領導那裡疏通疏通，跑動跑動，即便是因為這次事件被免職，怎麼著也得調到其他市去做個副市長，或者權力相當的職位！自己才四十五歲，還年輕，絕對不能因此仕途黯淡，蹉跎歲月。

這時，柳擎宇等現場被雙規的人都被帶走，現場恢復平靜之後，再次拿起了話筒。

「各位，大家看到今天這一幕是不是非常震驚呢，是不是感到很不可思議？但是我要告訴大家的是，今天這種情形絕對不是偶然現象，在向東市，在其他單位系統，貪腐行為依然存在，我們第九監察室也已經掌握了相當的證據，在這裡，我希望那些利用權力之便大肆貪污、受賄、索賄的官員們有自知之明，能自動上繳所有非法所得以減輕自己的罪責，如果死不悔改，等我們紀委查到你頭上的時候，就只能進行雙規一途了。

「在這裡，我也代表我們第九監察室的全體同仁，向所有領導、同志們表個態，我們第九監察室會堅決貫徹中央和省裡的指示，對所有腐敗行為、腐敗分子絕不手軟！**不管對方是蒼蠅還是蚊子，我們都不會手軟，我們會堅決捍衛法律的尊嚴！**

「我也要向那些腐敗分子傳達一下我們的態度，你們可以在我們的汽車剎車上動手腳，害死我們第九監察室的所有人；你們可以採取野蠻的方式去毀滅證據，但是，只要我柳擎宇還有一口氣在，只要我還擔任第九監察室主任這個職位，那麼我們第九監察室將會毫不猶豫的貫徹上級的指示，和腐敗勢力鬥爭到底！

「我們是一群有理想、有目標、有決心、不怕死的新生代黨員幹部，我們會秉持著為人民服務的理念，為國家、民族和人民的利益，悍不畏死！」

會場一片鴉雀無聲，所有人的臉色都顯得十分凝重，尤其是廖治民和向東市的一些局內人，都聽出來**柳擎宇是在向他們發起宣戰誓言，他柳擎宇不怕死！**

與向東市鴉雀無聲的狀態相比，其他的會場則是在經過最初的沉寂之後，都爆發了熱烈的掌聲，不管這掌聲是發自真心還是違心，大家紛紛鼓起掌來。

等到掌聲響成一片的時候，廖治民才回過神，帶頭鼓起掌來！只是，廖治民抬頭看向柳擎宇的目光中充滿了冷冽。

是的，那是一種近乎殘酷的冷冽，目光中不帶有一絲一毫的情感。

廖治民知道，自己的仕途恐怕會因為這件事受到嚴重的影響，雖然不至於讓自己丟官罷職，但是一個識人不清、用人不明，便會成為以後他在競爭更高位置時別人攻擊的把柄。廖治民內心深處恨透了柳擎宇。

然而，廖治民卻不知道，柳擎宇剛才那番話，讓其他很多地市的領導們心中全都是一凜，既有對柳擎宇這個年輕人悍不畏死的決心和勇氣的欣賞，也有一種對第九監察室的敬畏。尤其是省紀委書記支持柳擎宇進行大範圍反腐，恐怕就是**省裡的一個信號**，那就是**省裡對向東市不滿了**。

掌聲過後，柳擎宇再次說道：「各位，我知道在視頻前參加本次會議的很多領導職務都比我高，級別也比我高，但是，經過這些時日的調查，我有幾點深刻的感悟，想和大家談一談，我說得不對的地方，還請大家斧正。」

說完，柳擎宇略微整理了一下思路，接著說道：

「就我看來，扶貧職務犯罪案件頻發，其中一個重要原因，是扶貧部門的一些領導和幹部將上級下撥的扶貧金當成自己的私囊，抱著僥倖心理，明知是犯罪，也要鋌而走險。

「除了這個原因，有的地方對扶貧資金的申報、撥付、使用沒有建立完善的制度也是重要原因，如一些上級部門只注重扶貧資金劃撥，卻疏忽對資金的使用和監督，使中層、基層幹部能夠用許多辦法套取扶貧資金。

「加上部分扶貧政策在實施過程中不透明、資訊不對稱，也讓不法分子有機可乘。有些項目資金分配掌握在少數幾個人手中，大部分農民對扶貧資金的種類和操作程序不瞭解，使得扶貧資金存在暗箱操作的機會。這不僅嚴重影響民生工程的順利實施，而且極易引發社會矛盾，甚至成為群眾上訪的導火線……」

柳擎宇侃侃而談，提出了許多建議，韓儒超聽了頻頻點頭，然而廖治民等人卻無心聽取柳擎宇的所謂建議，因為柳擎宇最後一句話說的廖治民心驚肉跳：

「我再說一句，我們第九監察室接下來將會對財政、民政、交通等多個領域展開深入調查，如有發現任何腐敗行為和腐敗分子，絕不手軟！」

廖治民真的害怕了！廖治民非常清楚，扶貧領域雖然問題嚴重，但是比起交通、建設等領域的腐敗來，根本是小巫見大巫。如果真的讓柳擎宇和他的第九監察室這樣查下去，恐怕向東市官場真的要大地震了，那些處級幹部至少有三分之一要被清空。

這是他絕不能接受的事。不行，必須要想辦法阻止他！

扶貧專題會議還在進行，各地市的人紛紛發言，但是廖治民的心卻已經不在會議上了，他開始思考要怎麼樣才能讓柳擎宇在這件事情上做出讓步。

會議進行了一個半小時左右，廖治民有一半時間都花在思考如何應付柳擎宇的調查上。

散會之後，廖治民衝著柳擎宇說道：「柳同志，請你到我辦公室來一下，我有事情和你談。」

柳擎宇點點頭。進入廖治民的辦公室，廖治民滿臉含笑地說道：

「柳主任，自從你到了我們向東市之後，我因為忙於工作，一直沒有機會好好的接待你，還請你一定要見諒啊！你今天晚上有時間沒有？我打算請你吃頓飯，算是彌補我之前的慢待之誤。」

柳擎宇搖搖頭說：「廖書記，您可千萬別這麼說，我只是一個小小的正處級幹部，您則是正廳級，您級別上比我高出十萬八千里呢，您的工作自然是非常忙了，我也從來沒有怪過您，咱們各自有不同的分工，談不上誰慢待誰。」

柳擎宇說話滴水不漏，但是委婉拒絕的意思卻是十分明確，根本不給廖治民機會。

廖治民一看柳擎宇的態度，就知道今天這事有點難辦，這個柳擎宇很是難搞啊。

廖治民只能改變策略，臉上依然笑容可掬的說道：「好吧，竟然柳同志這樣說，我也就不勉強了，不過歉意我還是要表達的，我聽說前段時間你們第九監察室的同志們在調查邱文泰一案的時候，遭遇了一些意外事件，這裡我代表向東市市委市政府的主要領導向你們表示歉意，給你們每個人五千元的精神撫慰金。」

柳擎宇正色說：「廖書記，我們省紀委是有規定的，不能以任何理由收取巡視地市任何人的錢物，要是收了，我們可就成了收賄了，到時候弄不好會被調查的，我看還是免了。廖書記，您找我還有別的事情嗎？」

廖治民一看柳擎宇這種態度，知道自己想要靠金錢利誘上去打動柳擎宇基本上沒有可能了，只能再次轉換思路，臉上露出凝重之色說道：「我聽下面的同志反映，說你們第九監察室的人一直在調查邱文泰自殺一案，怎麼你們突然不調查這個案件了呢？」

柳擎宇苦著臉道：「廖書記，您這可是明知故問了，我們哪裡還敢再調查這個案件啊，調查才剛開始就差點被人給陰死，還害得一個重要證人死亡，我們真的不敢調查了，不是有句話說：不怕賊偷就怕賊惦記啊！而且我也不是一個人，就算不為我自己，我也得為其人同仁考慮考慮啊。所以為了自保，我們只能展開省紀委領導交給我們的另一項工作了。」

柳擎宇訴完苦，廖治民連忙說道：「你看這樣怎麼樣，對於邱文泰一案，你們監察室該怎麼調查就怎麼調查，我會派公安人員提供廿四小時的安全保護，確保你們調查時不會遇到任何障礙，我會讓每個部門都積極配合你們的工作。所以，對於其他方面的調查，你們可以暫時先停下來。

「柳同志，說實在的，你們這次針對扶貧系統如此大的動作，給我們向東市的人事帶來很大的壓力啊，我們一時半會間很難找到那麼多合適的人員去接替那些被雙規幹部的工作。所以，我希望你們在調查的時候要抓大放小，顧全大局，不能一竿子把所有人全都打死嘛！總要給那些問題不是特別嚴重的幹部們一個改正的機會。」

柳擎宇卻不領情地說：「廖書記，恕我直言，我認為，違法不分大小，只要他違法了，就要受到相應的處罰，總不能因為A貪官貪污受賄的金額比B貪官受賄的金額小一些，就抓B貪官放了A貪官吧？這樣對老百姓公平嗎？身為紀委人員，必須要維護黨紀國法，堅決和腐敗分子鬥爭到底，不管他們是蒼蠅還是老虎，打起來絕不手軟。」

廖治民徹底鬱悶了。他知道柳擎宇是不打算給他這個市委書記面子了，只能揮揮手讓柳擎宇離開。

柳擎宇昂首闊步走出了廖治民的辦公室，他知道，**從現在起，他們第九監察室在向東市將會面臨更加嚴峻的形勢**，對方將會更加不配合他們的工作。

但是柳擎宇絕不後悔，因為在查處腐敗分子的問題上，**他不打算對任何人有所妥協，因為他現在是省紀委第九監察室的主任！他就要堅持原則**。

柳擎宇離開後，廖治民沉思良久，拿出加密手機，撥通了南華市市委書記黃立海的私人手機，以免談話內容被竊聽。

電話那頭，黃立海立刻啟動了加密功能，接通了電話：

「老廖，什麼事？」

廖治民訴苦道：「老黃，我被柳擎宇弄得焦頭爛額，我相信今天的會議上，柳擎宇囂張的樣子你也看到了吧？他接下來馬上要對我們其他的系統進行調查了，我要想辦法阻止他，不過這小子現在是油米不進，不好對付啊，你有沒有什麼好辦法沒有？教我兩招吧！」

廖治民把姿態擺得很低，十分謙虛的向黃立海請教道。

廖治民可是老資格的市委書記，論起資歷來比起黃立海要老得多了，以前也往往是廖治民給黃立海指點一二，現在反過來要黃立海指點他，這是他思考半天不得不做出的選擇。

聽到廖治民這樣說，黃立海也挺吃驚的，不過他也清楚，他與廖治民的利益是完全一致的，一旦廖治民在向東市出了問題，他雖然遠在南華市，恐怕也難脫關係。

黃立海沉吟了一下，緩緩說道：「柳擎宇這個人的囂張是到了骨子裡的，所以，你想要他向你服軟或者妥協，基本上是不可能的，這一點，柳擎宇在我們南華市的時候，我已經有所領悟。

「在和柳擎宇經過一連串的交手後，我總結出了一個原則，那就是對付柳擎宇就必須要用重拳，不動則已，一動就要從根本上把他給解決掉，所以，我給你的建議是找上級領導求助，讓上面的人給省紀委那邊施壓，從上到下去控制柳擎宇，那樣才有用。」

廖治民茅塞頓開，眼中寒光閃爍，感激地說道：「好，老黃啊，這次真是多謝你了。」

掛斷電話，廖治民立刻把秘書喊了來，交代道：「幫我安排一下，我要連夜去省裡。」

半夜十一點左右，廖治民出現在省委副書記關志明的家裡。

廖治民滿腹委屈的向關志明訴苦道：「關書記，省紀委的人也太囂張了，柳擎宇到了我們向東市之後，立刻搞風搞雨的，昨天更是在召開扶貧會議的時候，雙規了我們三十多個人，他這簡直是瞎胡鬧啊！雖然我不否認我們向東市扶貧系統存在一些問題，而且我也已經讓市紀委著手調查了，但是也沒有柳擎宇說的那麼邪乎啊！現在我們向東市的扶貧系統幾乎完全癱瘓了！而且柳擎宇還放出話來，說是接下來要針對財政、交通等領域繼續展開巡查，要是再讓他繼續搞下去，恐怕我們各個系統都要陷入癱瘓了！到時候我們向東市市委市政府的威信將會徹底掃地！」

說話時，廖治民顯得相當激動。

關志明了，只是淡淡說道：「治民啊，不是我說你，你們向東市的腐敗問題的確十分嚴重，你身為市委書記也有責任啊，不管是用人也好，紀律也罷，如果你們自己本身不存在問題，柳擎宇就是想要找你們的麻煩都找不到，既然柳擎宇找到了，你們就必須要多從自己身上找找原因，不要總是把責任推給別人。」

關志明這番話，令廖治民心頭一顫，腿都有些哆嗦起來，**關書記這是什麼意思，難道不想管這件事情了嗎？**

這時候，關志明又接著說道：「治民啊，你們向東市必須要發起一場自上而下的反腐倡廉行動，要**深挖一批，嚴打一批，警示一批**，一定要趕在柳擎宇動手前先進行自我淨化，不要總是被動的去挨打。至於省紀委那邊，我明天會跟韓儒超打個招呼，雖然第九監察室要進行巡視，但是也不能做得太出格不是，像柳擎宇他們那樣搞下去，恐怕我們整個白雲省找不出幾個乾淨的地方了，這是絕對不可以的。這是在抹黑我們白雲省的形象！」

聽關志明說完這段話，廖治民的心才安定了許多，他知道關志明要為他們向東市出頭了，只要老領導能夠為他出頭，他就放心了。雖然老領導嚴厲批評了他，但同時也給他指出了一條明路——要他們先進行自我淨化，自我查處。

而且廖治民從中領悟到了另外一層意思，那就是關志明真正想要向他傳遞的深層含意——如何對付柳擎宇。

只要他在向東市展開轟轟烈烈的反腐運動，把聲勢造大，到時候，關志明就可以對向東市的反腐行為進行表揚，那時候，雖然犧牲了一部分貪官，卻可以確保向東市大部分官員的安全。有了關志明的肯定，柳擎宇還敢再在向東市掀起一番風浪嗎？尤其是在關志明又和韓儒超打過招呼的情況下。

想明白了這一點，廖治民心中大定。

第二天上班，關志明便給省紀委書記韓儒超打了個電話，讓韓儒超到他的辦公室來一趟。

關志明親自給韓儒超泡了杯茶，隨後說道：「老韓啊，最近你們省紀委的工作幹得十分出色啊，我看譚書記對你們省紀委的工作也很滿意。」

關志明這是故意抬出譚正浩來佐證自己的意見。

韓儒超淡淡一笑：「譚書記和關書記謬讚了，我們只是在做我們應該的工作而已，關書記，不知道您這次喊我過來有什麼指示？」

關志明立即說道：「老韓啊，可別這樣說，我承受不起，現在你們紀委系統地位直線上升，我只是想要和你探討一下工作的立場、態度問題。我聽說昨天在全省扶貧系統專題會議上，柳擎宇帶著第九監察室的人直接雙規了三十多名向東市的幹部？」

韓儒超點點頭：「嗯，的確有這件事。我認為柳擎宇他們這次做得非常好，對腐敗勢力的警示效果也非常好。」

韓儒超雖然不知道關志明找自己做什麼，但是也猜得差不多，因為他知道向東市市委書記廖治民是關志明的人，所以不等關志明說出目的之前，先把自己的立場明確表達出來。

關志明沒有想到韓儒超竟然如此支持柳擎宇，臉色一沉道：「老韓，你們紀委大力反腐，我是支持的，但是我認為，你們反腐也應該有一個分寸，不能某個官員有一丁點瑕疵就直接雙規了，這樣做是極其不負責的態度，尤其是你們是省紀委的工作人員，你們的態度直接影響到下面地市紀委部門的態度，你們的一舉一動都有很大的影響。

「就拿柳擎宇在向東市的所作所為來說吧，要是老百姓聽說了這件事，會不會以為向東市扶貧系統都是貪官污吏？這樣做將會對向東市市委市政府的威信構成嚴重打擊，是一種不顧大局的行為，所以我認為，你們紀委應該把握分寸，不能把事情做得太過。」

韓儒超眉毛向上挑了挑，反駁道：

「關書記，我不同意你的看法，我認為，第九監察室雙規那麼多人，只要證據確鑿，沒有一個是冤枉的，那麼他們這麼做就沒有任何錯，至於說是否會影響到老百姓對向東市幹部們的態度和信心，我認為影響並不會那麼大，我相信老百姓是非常願意我們紀委雙規那些貪官的。理由非常簡單，這六十多名貪官，近五年來貪污、挪用的扶貧款竟然高達兩億多，導致很多真正需要這筆扶貧款的貧困老百姓根本得不到，不雙規他們，今後老百姓依然得不到真正的實惠，所以我認為柳擎宇他們做得沒有錯！」

韓儒超的態度讓關志明心中十分不悅，和韓儒超隨便聊了兩句，韓儒超便起身告辭了。

上午十點半的例行常委會上。

在常委們討論完幾個主要議題之後，關志明發言道：「下面我插入一個話題，是關於省紀委第九監察室在向東市的巡視工作，我得到消息，第九監察室昨天雙規了三十多名幹部，我認為這種行為有些太過分了，甚至有些荒唐……」

接下來，關志明發表了措辭強硬的講話，對省紀委第九監察室的行為進行了嚴厲的批評：「我認為，我們有必要對省紀委第九監察室在各個地市的巡視行為作出一些規範，不能因為柳擎宇個人的好惡就肆意妄為，嚴重擾亂當地的正常秩序，昨天向東市市委書記廖治民親自給我打電話，表達了對柳擎宇和第九監察室的不滿！我認為這一點必須要引起我們的重視，我們重視反腐，重視省紀委的作用，但是我們也必須要顧全大局！」

關志明說完，省委常委、遼源市市委書記李萬軍立刻跟進說道：

「我很贊同關書記的意見，凡事都必須要有個分寸，必須要確保安定團結的大局，現在維穩工作這麼重，如果再因為紀委的原因引起老百姓對我們各地政府的不滿，柳擎宇的罪過可就大了。」

隨後，又有兩名常委表態支持關志明的意見。隨後，會議室便陷入了一片沉寂之中。

這時候，韓儒超並沒有立刻提出反對意見，他在等著看省委書記譚正浩的態度，因為關志明的意見是否會起到作用，關鍵得看譚正浩的態度。

然而，譚正浩卻並沒有直接表態，而是看向韓儒超：「韓儒超同志，對關志明同志的意見你怎麼看？」

韓儒超見譚正浩要自己表態，便說道：「我不同意關同志的意見，我之前和關同志溝通的時候也表達過，只要柳擎宇和第九監察室的同志們證據確鑿，只要是被調查的對象觸犯了黨紀國法，就必須要按照法規進行處理，在這個時候不要談什麼抓大放小，更不要談什麼培養不容易，那些全都是藉口，既然**敢腐敗，就必須要承擔相應的代價**！對於打擊腐敗分子和腐敗勢力，我們省紀委絕不手軟！」

韓儒超表態完，譚正浩依然沒有說話，而是看向省委秘書長于金文。

譚正浩上臺後，並沒有急著調整于金文省委秘書長的位置，而是繼續留用，這讓于金文都感到有些納悶。此時聽譚正浩點到自己的名字，于金文也毫不猶豫的說道：

「我支持韓同志的意見，敢腐敗就要敢承擔後果，法律和黨紀絕對不容妥協！」

隨後，又有兩名中立常委表態，態度偏向支持韓儒超。很快，會上形成了四票對四票的局面，現在還剩下五名常委沒有表態了。

此刻，所有目光都落在譚正浩的臉上。大家都知道，這時候譚正浩的態度十分關鍵，如果譚正浩支持哪一方，那麼對方肯定會占得先機，剩下四名沒有表態的常委們一定會考慮譚正浩的態度的。

在眾人的注視下，譚正浩掃視一眼全場，笑道：「沒有人表態啦？那我也談一談我的態度。」

全場所有人心中都是一緊，不知道他的態度如何。

譚正浩微笑著說：「我認為啊，現在反腐倡廉、打老虎拍蒼蠅是中央正在大力推動的事，我們就必須貫徹上級的政策，對於省紀委的行動，我們不能去阻止，也不應該去阻止。當然，如果紀委在行動過程中有不當的行為，那還是要批評的。

「我們一切都應該以證據為準，以事實為準，誰能夠拿出事實，拿出證據，證明自己是正確的，我們就支持誰的觀點！如果某些官員確實觸犯了黨紀國法，不管問題輕重，都必須受到相應的處罰，這一點，幹部們不能心存僥倖，任何人都必須為自己的所作所為付出應有的代價！」

譚正浩這番話說完，會議室一片寂靜，所有人都從譚正浩看似曖昧的態度中，看出他的真正立場，那就是力挺韓儒超和省紀委的行動！

誰都沒有想到譚正浩會如此表態。關志明、李萬軍等人訝異地瞪大了眼。因為在他們看來，他們都向譚正浩釋放了充分的善意，尤其是李萬軍，更是向譚正浩表達了靠攏之意，譚正浩卻選擇站在了柳擎宇、韓儒超那一邊。

這個譚正浩心中到底打的是什麼主意呢？李萬軍心中不斷盤算著。

而韓儒超、于金文心中也顯得很是吃驚，因為他們感覺到譚正浩對柳擎宇並不欣賞，否則柳擎宇也不會從縣委書記調到省委黨校又被開除了。按理說，現在正是譚正浩出手對付柳擎宇的好機會。但是，譚正浩卻偏偏力挺柳擎宇的行為。

一時間，眾人內心複雜無比，猜忌萬千，**誰也想不明白譚正浩的真實想法。**

不過剩下沒有表態的常委們卻輕鬆多了，四個人有兩人棄權，另外兩人沒有懸念地支持韓儒超的意見。

等眾人表態完，譚正浩這才說道：「好，現在表決結果已經出來了，看來大部分的同志們還是很認可省紀委目前的做法，希望省紀委能夠繼續貫徹中央的指示，實事求是，做好監察工作。」

韓儒超連忙說道：「謝謝譚書記和各位同志們的支持，我們省紀委一定會堅決與腐敗分子、腐敗勢力鬥爭到底的！」

常委會較量的結果，對柳擎宇在向東市的行動起到了極大的穩定軍心的作用，而廖治民卻因此遭受到嚴重的打擊。他沒有想到關志明出手都無功而返，看來向東市的形勢不容樂觀啊！後面還不知道柳擎宇打算做什麼呢。

廖治民猜得沒錯！**柳擎宇接下來的行動更加強勢、更加鐵腕了。**

就在省委常委會的結果傳達下來之後，柳擎宇立刻宣布，下一波的調查對象是向東市的財政部門。隨即，當天下午，柳擎宇便帶領著省紀委第九監察室的所有人馬入駐向東市財政局，進行蹲點檢查和巡視。

柳擎宇、沈弘文、孟歡三人分為三個小組，分別找市財政局的各路人馬進行談話，同時也在市財政局的大門口貼出了舉報信箱、電子郵箱，收集社會各個層面的意見。

談話整整持續了三天！向東市財政局的所有工作人員全都被省紀委的人談話了一遍。

前兩天，財政局局長廖向明還能夠保持鎮定，但是到了第三天，當最後一個科室財務科也被叫去談話時，廖向明再也坐不住了。因為財務科是他最為核心的陣地，只要這個陣地不失，他就不會有任何的憂慮。雖然財務科的人出來後都表示自己沒有說什麼不該說的話，但是廖向東還是不放心。他可不想重蹈扶貧辦的覆轍。

第三天傍晚，心情焦慮緊張的他找到了市委書記廖治民。他們是老鄉、同學，這也是他之所以能夠被任命為財政局局長的重要原因。

進了廖治民辦公室，廖向明焦慮的說道：「廖書記，柳擎宇在我們市財政局已經蹲了三天了，我擔心再搞下去，我們財政局的人真的會崩潰啊，現在人心惶惶，大家都無心工作了。」

廖治民眉頭緊皺著。其實，對柳擎宇的動作他也有所耳聞，很是煩躁不已，但是常委會上，譚正浩都明確表態支持柳擎宇他們了，他也不敢輕舉妄動。此刻看到廖向明的樣子，他知道自己再不出手，廖向明恐怕要撐不下去了。

廖治民沉吟半晌，道：「嗯，這件事我知道了，你先回去吧，我會儘快想辦法讓柳擎宇離開你們財政局的。」

聽廖治民發話了，廖向明也就不再糾纏，火急火燎的回去了。

柳擎宇白天和單位的工作人員們談話，廖向明這邊是晚上下班後和大家談話，一個進攻，一個防守，大家都在較量著自己的影響力。

廖向明離開後，廖治民把市委副書記古紀勳、市紀委書記王恩波給喊了過來，把財政局的情況跟兩人說了一下，隨即問道：「你們說，現在我們應該怎麼辦？」

古紀勳和王恩波是廖向明的心腹，同時也是他的高參，向東市很多事都是他們三人商量著辦的。

古紀勳想了想，說道：「廖書記，我看這事我們還真的不能拖，否則，一旦時間拖得長了，弄不好就會被柳擎宇他們找到證據。根據我的分析，柳擎宇他們蹲點了那麼長時間還沒有撤離，應該是他們還沒有找到任何證據，不然的話，以柳擎宇的個性早就採取行動了。所以，我認為我們的當務之急是想辦法把柳擎宇他們從市財政局給調走。」

廖治民點點頭：「這一點你說得沒錯，我也想到了，但問題是方向有了，具體該怎麼操作？按理說，這個時候使用**調虎離山計**是最好的，但問題是我們用什麼樣的理由才能把柳擎宇他們從市財政局給調走呢？」

廖治民這番話說完，房間內一下子陷入沉寂，三人都眉頭緊鎖，思考著破局之道。

突然，王恩波眼珠一轉，計上心頭：「廖書記，我倒是想到一個辦法，不過這事操作起來有些複雜。」

廖治民一愣：「什麼辦法？先說出來聽聽。」

王恩波說道：「我認為柳擎宇他們最關心的應該還是邱文泰這個案子，這也是他們之所以跑到我們向東市的原因，雖然們現在改成巡視暫時放棄了這個案子，但是我認為這個案子他們肯定一直在明察暗訪，絕對不會放棄的，如果我們在這時候拋出去一些相關的線索，把柳擎宇的注意力吸引開，讓他們不得不去關注邱文泰這個案子，我相信柳擎宇他們肯定會離開的。」

廖治民聽到王恩波這番話後，立刻眼前一亮，說道：「嗯，你這個思路倒是不錯，不過，我們到底應該怎麼樣去安排這個線索呢？」

王恩波把他的想法如此這般說了一遍，廖治民頻頻點頭：「嗯，好，非常好，就這樣辦，你馬上去安排吧！」

第八章

空城計

「孟歡，你繼續留在市財政局，也不用找誰談話，沒事就往財務科那邊轉一轉，確保沒有人敢對財務帳目做手腳，同時也保持對市財政局的心理壓力。我要唱一齣空城計！」

空城計？柳擎宇說的空城計到底是什麼意思呢？

第二天上午，柳擎宇和整個第九監察室的人破例沒有出現在市財政局的大院內。因為他們突然接到一封舉報信，說是邱文泰涉嫌被謀殺，而且在舉報信內，還提供了一張清晰的照片，照片上，赫然是兩個黑衣男人一人抓住邱文泰的兩隻胳膊，一人抓住邱文泰的兩條腿，把邱文泰從樓頂往下丟的照片。

照片十分清晰，可以看到兩個黑衣人的輪廓。

泰康大酒店會議室內。

柳擎宇、孟歡、沈弘文、包凌飛等四人，還有一個趕過來湊熱鬧的帥哥秦帥。

桌上放了一疊照片，這些照片全都是有關邱文泰被丟下樓頂全過程的照片。

柳擎宇用手叩擊著桌面，緩緩說道：「從這封舉報信來看，基本上可以確定邱文泰是被謀殺的，這與我們之前對邱文泰死亡的姿勢的分析推理完全一致；而且從照片來看，操作這次謀殺案的主謀已經鎖定了，大家說這個案件下一步我們應該怎麼辦？」

沈弘文分析道：「按照常理，既然我們得到了這麼重要的線索，而且我們這次來向東市，主要的目的就是調查邱文泰死亡一案，我們應該把主要精力都放在邱文泰一案上，但是我總覺得這封舉報信出現的時機有些不太對勁。」

孟歡也附和道：「是啊，我的看法和沈弘文一樣，我總感覺**背後似乎有一隻手在操縱著一切**，我們到了向東市之後便感覺挺詭異的。我們想查邱文泰一案，偏偏有人不讓我們查，現在我們調查財政局了，反而又有人給我們提供了這麼重要的證據，似乎是想要我們去調查邱文泰一案。」

柳擎宇點點頭，看向秦帥：「秦帥，你怎麼看？」

秦帥沉吟片刻，說道：「我感覺我們是不是可以先做個假設，假設向東市有高級別的幹部涉入到邱文泰死亡一案中，甚至就是邱文泰死亡一案的主謀，那麼我們可以順著這個思路向下推演，他之所以要派人謀殺邱文泰，目的是要掩飾他的存在，因為當時省紀委已經開始對邱文泰展開調查了，他擔心一旦邱文泰什麼都交代了，或者被雙規了，他有可能被牽扯進來，而邱文泰的手中應該掌握著對這位大人物十分致命的證據，只是這個大人物對於是什麼證據並不清楚，只是有所憂慮或者耳聞而已。

「這樣分析的話，就可以解釋為什麼你們一到達向東市，就遇到一連串的怪事，更不惜痛下殺手，因為這個幕後黑手擔心你們的調查會查到他的身上，擔心邱文泰掌握的證據會被公諸於眾，所以，他們想要嚇走甚至弄死你們，這樣，至少可以嚇阻住省紀委不敢輕易調查這個事件，或許給他一些時間，他就可以把所有的證據全都抹去了。」

柳擎宇完全認可秦帥所進行的推測。

秦帥又接著說道：「假設我所推理的一切成立的話，那麼說明一件事情，他非常不願意邱文泰一案被調查清楚，所以，他才會想盡一切辦法來嚇阻你們去調查。現在卻偏偏有人把這麼清晰的照片寄給你們，這一點，我的觀點和孟歡、沈弘文一樣，也認為十分可疑。這裡我們再做一個假設，假設這份舉報照片是那個幕後黑手故意通過一些管道送到你們手中的，那麼他的目的是什麼呢？」

秦帥的臉上露出了一絲冷笑：「那個幕後黑手為什麼要讓你們放棄財政局的調查，反而去調查邱文泰一案呢？我認為，很有可能**財政局是這個幕後黑手另外一個致命的地方**，他擔心財政局的事一旦敗露，他會被直接牽連出來；而邱文泰一案的證據到現在一直沒有出現，這個幕後黑手應該認為證據是掌握在邱文泰情人的手中，而邱文泰的情人恰恰死了，所以那些證據永遠都不會再出現了，因此他拋出這些照片，目的就是調虎離山，讓你們轉而去調查邱文泰的死亡案，對你們誘之以利。」

如此一分析，問題也就出來了，秦帥說道：「如果我的假設不錯的話，一旦你們真正開始調查邱文泰死亡一案，肯定會很順利的找到那兩個凶手的下落，但是，沒多久這兩個凶手就會離奇的死亡，你們的線索又會中斷，而經過這一連串的調查，你們的注意力已經被成功轉移了，趁此機會，那個幕後黑手早已在財政局部署完畢，等你們再回去調查的時候，也很難再找到相關證據了。我這種思維方式是屬於有罪推論法，相對來說比較主觀一些，僅供大家參考。」

會議室一片靜默，大家都在思索秦帥的話。

最後還是柳擎宇打破了沉默。

「我相當認同秦帥的分析，根據我們目前所掌握的資料顯示，向東市財政局局長廖向明是市委書記廖治民的鐵桿嫡系，他們是同鄉、同學，廖向明明顯是受到了廖治民的提拔，如果秦帥剛才所做的那些假設成立的話，那麼很有可能那個幕後黑手和廖治民有著脫不開的關係，所以，兄弟們，我們這次在向東市的任務十分艱巨啊！大家一定要做好心理準備！」

孟歡豪爽地說：「你就給我們分配任務吧，我跟著你也幹過不少大事了，啥都不怕！」

沈弘文也笑道：「是啊，柳主任，只要掌握證據，不管涉及誰，我們都不會手軟的。」

包凌飛等人也紛紛附和。

看到眾人戰意高昂，柳擎宇有著深深的自豪，這些自己親手挑選出來的精英，面臨著如此強悍的對手，絲毫沒有表露出怯意，這才是真正能夠為老百姓辦事的官員！也只有這種精英才配成為他柳擎宇的嫡系人馬！

柳擎宇點點頭：「好，既然大家都這樣說，那我就不客氣了。不管對方是誰，既然他想要用調虎離山計，那我們就先來一個**將計就計**，陪他們一起玩玩。」

柳擎宇先看向沈弘文道：「弘文，你帶著兩個人，順著照片所提供的線索繼續追查下去，一定要大張旗鼓的去查。你們可以和當地的公安系統取得聯繫，讓他們根據照片發佈通緝令，總之要鬧得盡人皆知。」

隨即又對孟歡說道：「孟歡，你繼續留在市財政局，也不用找誰談話，沒事就往財務科那邊轉一轉，確保沒有人敢對財務帳目做手腳，同時也保持對市財政局的心理壓力。」

孟歡和沈弘文都不解地看向柳擎宇，沈弘文道：「柳老大，這是做什麼？」

柳擎宇笑道：「我要唱一齣空城計！」

空城計？柳擎宇說的空城計到底是什麼意思呢？他又要怎麼去唱呢？

空城計從來都不是那麼容易唱的！**唱得好，彈指退兵，唱不好，慘敗而歸！**

柳擎宇的空城計卻的的確確唱了起來！

首先，沈弘文這邊大張旗鼓的追查照片中的兩名凶手，另外一路則是孟歡留在市財政局進行盯哨。這兩路人馬的齊齊發力，讓得知消息的廖治民臉色顯得異常難看。

廖治民的辦公室內。古紀勳和王恩波兩人也鐵青著臉。

廖治民拍著桌子怒聲道：「你們看看，這個柳擎宇都狡猾得成精了，我們給他設計調虎離山，結果這小子倒好，竟然來了個將計就計，分兵出擊，真是夠狠的啊！我們之前的舉動豈不是相當於作繭自縛嗎？」

廖治民的情緒顯得十分激動。他知道，這一次他們三人都輕敵了。

「你們說，下一步我們該怎麼辦？」廖治民問。

王恩波道：「現在市財政局廖向明頻頻叫苦，省紀委專門讓他們在財務科旁邊收拾了一間房間，對面就是檔案室，所有的帳目資料全都在裡面，他們想去做帳都沒有機會。這三個人二十四小時不間斷值班，看起來就是防著財政局那邊做假帳呢！」

這時，古紀勳突然眼中殺意凜然，道：「實在不行的話，我看乾脆就讓柳擎宇來個意外事故得了，只要他一死，就沒有人敢再調查下去了，省紀委那邊也會收斂一點。只不過這樣一來，我們向東市也會成為省委領導們的眼中釘，恐怕難以善了。」

廖治民未置可否，突然問道：「柳擎宇現在在忙什麼？」

王恩波說道：「柳擎宇現在成天帶著一個不知道哪裡冒出來的叫秦帥的年輕人，還有他的司機成天滿街溜達，這裡轉轉，那裡轉轉，根本看不出他到底想要做什麼。」

廖治民聽了一愣：「到處轉悠？**柳擎宇這到底玩的什麼把戲？**難道他對邱文泰和市財政局兩個事情都不關心嗎？這可有些奇怪了。他哪裡來的閒心去做這些呢？」

一時之間，廖治民陷入了沉思之中。

王恩波和古紀勳聽廖治民這樣一說，也感覺到有些奇怪起來。因為按照正常思路，不管是邱文泰一案還是市財政局的案子，柳擎宇都應該高度重視才對，柳擎宇卻偏偏到處亂轉，這肯定不對勁。

半晌之後，王恩波靈光一現，猜道：「廖書記，您說會不會柳擎宇故意到處轉悠，目的是為了吸引我們的注意力，讓我們從而忽略對市財政局和邱文泰案件的關注，而且從他們兩邊辦案小組的人員來看，一邊有三個人，這種力量的確有些不足，只能處於守勢根本無法展開進攻。柳擎宇可能是在唱空城計，等待著省紀委那邊派人過來支援？」

王恩波說完，古紀勳和廖治民同時點頭，王恩波的話聽起來合情合理，廖治民沉吟了一下說道：「雖然老王的分析很有道理，不過我們還是不能放鬆對柳擎宇的監控，南華市黃立海同志曾經說過，對陣柳擎宇的時候，必須要十二分的小心，因為這小子可能轉一個圈的功夫就能想起一個陰謀詭計。」

王恩波立即說：「嗯，監控柳擎宇之事我會安排的。」

古紀勳問：「廖書記，那市財政局那邊怎麼辦？如果長期下去，一旦等省紀委的援兵下來，真正開始對市財政局的帳目進行審查的話，恐怕我們真的要陷入被動了。」

廖治民淡淡一笑，沒有直接回答這個問題，而是話題一轉：「我聽氣象預報說今天晚上會有大風，今天開會的時候，我認為我們向東市的林業部門很有必要召開一個專題會議，強調一下山林防火問題，你們說呢？」

古紀勳和王恩波一聽頓時明白，廖書記這是在暗示可以火攻財務帳冊，到時候沒有任何記錄可查，誰也沒轍。

柳擎宇帶著程鐵牛、秦帥兩人已經在向東市的大街小巷整整轉悠了半天多了，表面上三人的表情十分的輕鬆，走累了就休息一會兒，有時候還會買一些東西帶上。

三人走走停停，來到一棟建築物的門前。這是一家大型洗浴城。

當看到這個洗浴城時，柳擎宇和秦帥兩人臉上同時一亮。

柳擎宇看向程鐵牛：「鐵牛，你以前去過洗浴中心嗎？」

程鐵牛搖搖頭，甕聲甕氣的說道：「沒有去過，我師父說過，不許我進這種地方的，說這種地方花錢很多，很宰人的。」

柳擎宇伸手摟住程鐵牛的肩膀，笑嘻嘻的說道：「沒去過啊，那可真是太遺憾了，身為男人，沒有去過這種地方怎麼行呢？走，今天老大我帶你進去玩玩！」

程鐵牛連忙搖頭：「不不不，老大，咱們還是別進去了，那裡面太貴了！」

柳擎宇笑道：「貴點怕什麼，又不用你掏錢，我請客！」說著，帶著秦帥和程鐵牛直接向洗浴中心走了過去。

此刻是白天，洗浴中心的生意比較清淡，當服務員看到三個看起來很威猛的男人走進來，立刻十分恭敬的迎了上來：「三位，請問你們需要什麼服務？」

柳擎宇道：「先洗個澡，至於其他的，等進去之後再點！」

此刻，距離柳擎宇他們二十米遠的地方，一個假裝打電話的男人直接對著話筒說道：「報告，柳擎宇三人進了海天洗浴城，看樣子是要去洗澡。」

電話那頭聽到這個消息，說道：「嗯，知道了，盯住大門口，問問保安有沒有後門，確保柳擎宇他們不會從其他通道離開。」

柳擎宇他們進入洗浴城的消息很快便傳到了廖治民這邊。

廖治民思索一番後，立刻做出指示，通過關係找到海天洗浴城的主管，要他看看柳擎宇他們進去後都享受了那些服務，如果柳擎宇他們要是點了一些特殊服務的話，想辦法錄影存證，並且及時通報，公安人員好立刻上門抓人。

部署完，廖治民的臉上露出一絲冷笑：「柳擎宇，希望你能夠在洗浴城好好的享受一下，到時候抓住你的把柄，我就不信你不會向我屈服！」

柳擎宇帶著秦帥、程鐵牛買了門票之後，立刻有一名穿著旗袍，身材十分火爆的美女婷婷嫋嫋的走了過來，嬌媚的說道：「三位先生，請問你們需要什麼其他的服務嗎？我們這裡可以提供按摩、桑拿等多種貼身服務，讓各位在我們洗浴城玩得十分開心。」

柳擎宇回道：「等一會再說吧，我們三個逛了半天街，先洗個澡，洗完後給我們先弄點酒菜，吃飽喝足了再做別的事。」

柳擎宇說得十分隨意，也十分符合一些洗浴常客們的作風，所以服務人員也沒有覺得有什麼不對，便風騷的扭動著肥臀離開了。

然而，她剛剛離開柳擎宇的視線，便拿出耳麥把柳擎宇的安排向洗浴城總經理進行了彙報，對方聽到之後，又把情況告訴廖治民，廖治民立刻開始動作起來，一張天羅地網針對柳擎宇運轉起來。

這家洗浴城是向東市最為高檔的洗浴城之一，每個會員都有獨立的置物櫃收放衣物，尤其是高級會員的置物櫃更是特別訂製的，類似於高檔保險箱。

柳擎宇為了進入ＶＩＰ會員區，當場花了五萬元購買了一張白金級的會員卡，這才得以進入ＶＩＰ會員區換衣服。

然而，柳擎宇進入這裡的目的，可不僅僅是過來洗澡的，他沒有這個閒心，而且他也清楚，自己的一舉一動都會有人監視。

柳擎宇最後在八十八置物櫃的左側八十六號櫃子前面站定，隨即拿出他在邱文泰情人那裡得到的小紙條，掃了一眼上面的數字，在旁邊八十八號置物櫃的觸控式螢幕上飛快的輸入了一組數字——70312，隨後按下了確認鍵。

在按下確認鍵的同時，柳擎宇、程鐵牛、秦帥三人的心全都提到了嗓子眼！他們只有不超過三十秒的時間！因為這個置物櫃不是他們的，而是很有可能是邱文泰生前所用的置物櫃！

這是柳擎宇、秦帥根據那張小紙條上所寫的那組3865887O312數字參悟出來的。柳擎宇他們之所以滿街的轉悠，其實就是根據這組數字在進行分析推理和驗證。

轉了一圈之後，他們來到向陽區，向陽區的區號是38，根據柳擎宇和秦帥事先的分析，如果38是區域編號的話，那麼後面的65很有可能是街道號碼，而向陽區有很多條街道都有六十五號，他們跑了這麼多地方，就是在察看到底哪些號碼為六十五的地方可能是邱文泰生前去的地方，而且適合存放證據的。

當柳擎宇看到這個洗浴城的時候，基本上已經在心中斷定證據藏在這裡的可能性非常大了。這也是他為什麼要花五萬元來購買會員卡的原因。

輸入密碼之後，柳擎宇開始焦急的等待起來。

五秒鐘！五秒鐘雖然不長，但是對柳擎宇來說，卻好像過了好幾天一般，他的額頭上冒出了細密的汗珠。

五秒鐘後，置物櫃的門突然彈開，露出了裡面的空間。長方形的置物櫃內只有一個公務包，柳擎宇毫不猶豫的把公務包拿了出來，隨即放入旁邊八十六號置物櫃內的購物袋內，設定好密碼後，便帶著秦帥和程鐵牛去洗澡了。

在拿公務包的時候，柳擎宇特意讓個頭最高的程鐵牛站在八十八號置物櫃的前面，他高大的身材恰好擋住監視器的位置，而秦帥和柳擎宇分別站在程鐵牛兩側，更是阻擋了其他人的視線，所以他們從八十八號置物櫃拿走公務包的過程沒有引起任何人的注意，可謂神不知鬼不覺。

柳擎宇他們洗完澡，那個嫵媚的旗袍美女又找了過來，問柳擎宇他們需要其他的服務嗎？柳擎宇以今天太忙、改天再過來為由拒絕了，隨即帶著程鐵牛和秦帥飛快的離開了洗浴城。

柳擎宇的突然離開，也讓廖治民所有的部署全部落空，想要拿住柳擎宇把柄的願望也破滅了。

接著，他們又逛了足足半天街之後，這才返回酒店住處。

柳擎宇三人體力都算是不錯的，逛街雖累，但是一想到藏在購物袋中那個公務包內可能有很多證據的時候，三人都顯得十分興奮，疲憊感全無，但是負責跟蹤他們的人可就累慘了！

當柳擎宇他們終於回到酒店後，這些人才鬆了口氣。

其中一個忍不住罵道：「這三個傢伙總算回去休息了，奶奶的，他們怎麼這麼愛逛街啊！」其實他哪裡知道，柳擎宇他們之所以要這麼逛街，完全是為了迷惑他們！

柳擎宇房間內，購物袋被翻開，黑色的公務包被拿了出來，柳擎宇拉開拉鍊，把裡面的東西拿了出來，擺在床上。

最先出現的是一個黑色筆記本，後面則是一疊厚厚的票據，還有一支隨身碟。

東西不算太多，但是當柳擎宇打開那個黑色筆記本的時候，柳擎宇的眼睛一下子瞪大了，目光緊盯著筆記本上那一筆筆的數字和名字，再也無法離開！

筆記本上，十分漂亮的正楷鋼筆字記錄著一筆筆讓人觸目驚心的數字：

三月八號，環保局副局長周宗仁給三十八萬，想要晉升局長，事情辦妥後又給了二十萬，自己留十五萬，其餘給廖治民。

三月九號，扶貧辦主任給兩百萬，自己留三十萬，其餘給廖治民。

…………

整整八十頁的筆記本上面，密密麻麻記滿了數目，柳擎宇雖然只是草草的流覽一遍，但是從他腦中快速運算的數字已經高達三億多元，這還僅僅是筆記本上的數字，等柳擎宇看完了隨身碟和那疊票據之後，徹底被震驚了！

從這些資料中，柳擎宇看到了一個**植根於向東市的龐大的利益集團**，這個利益集團利用層層疊疊的關係網，利用權錢交易、貪污受賄、工程項目等多種方式，總共貪污、受賄、套取資金高達四億多，如果再加上資料中隱晦指出的三億多的土地出讓金，這些錢加在一起竟然高達七億多，這些錢竟然全都被這些利益集團給瓜分掉了！

柳擎宇看得毛骨悚然，目瞪口呆！太震撼！太囂張了！

柳擎宇第一時間撥通了省紀委書記韓儒超的電話，把自己掌握的證據向韓儒超進行了彙報。

韓儒超聽完柳擎宇的彙報後，也是大吃一驚，隨即說道：

「柳擎宇，你先不要輕舉妄動，繼續保持正常的狀態，我立刻去向譚書記進行彙報，你等待省委進一步的指示。」

柳擎宇點點頭，他知道這時候自己已經無法掌控整個事情的進展了，還得等省裡領導們做出決策。

韓儒超掛斷柳擎宇的電話後，並沒有先向譚正浩報告，而是第一時間撥通了曾鴻濤的電話，把柳擎宇的發現向曾鴻濤進行了說明，詢問曾鴻濤的態度。

曾鴻濤聽完之後，說道：「老韓，在我離任前，就已經知道向東市那邊問題重重了，只是鑑於你們省紀委內部各方勢力盤根錯節，無法對向東市完成詳細的調查，所以我一直讓你按兵不動。這次既然柳擎宇在向東市已經取得突破，那你就不需要顧及我的面子，直接向譚正浩進行彙報吧，現在他是省委書記，到底這件事情該怎麼查，還得看他的態度。

「至於你所擔心的查處這件腐敗案會影響到我的官聲，你則完全不需擔心，我這個人做任何事都不怕承擔責任，向東市的確是在我執政期間腐敗問題頻發，而且一直沒有得到有效控制，這是我管理不到位，這種責任我應該承擔的。當然，我雖然有機會動他們卻沒有動，也並不是沒有其他的考慮，這一點，我相信譚正浩他自己會考慮清楚的。」

聽到曾鴻濤這樣說，韓儒超突然有些明白曾鴻濤的真實意圖了，心中不由得暗暗伸出了大拇指。到了曾鴻濤這個級別，城府果然夠深，看問題的確夠遠，不佩服都不行啊！

和曾鴻濤溝通完，韓儒超便給譚正浩打了個電話，問譚正浩是否在家。

譚正浩笑著說道：「老韓，我正在家裡吃飯呢，怎麼，有事嗎？」

「譚書記，我有重要事情得向您當面彙報。」

「好，直接來我家吧。」

由於兩家都住在省委大院內，距離不超過三百米，所以十分鐘後，韓儒超便出現在譚正浩的家中。譚正浩已經吃完晚飯，在書房等著了。

韓儒超走進譚正浩的書房，把房門關好，這才把柳擎宇在向東市所取得的重要證據向譚正浩一五一十地進行了彙報。

譚正浩聽完，臉色當即沉了下來，雙拳緊握道：「好一個向東市，竟然成了腐敗窩了，這是國法絕對不能容忍的，老韓，這事你來親自指揮，務必要讓向東市每一個涉及貪腐的官員都受到應有的懲罰。另外，我明天上午要去向東市視察，你一會兒讓于金文通知向東市那邊好好安排一下，我要在明天上午十點。在向東市市委進行發言！」

聽譚正浩這樣說，韓儒超心中一凜。雖然譚正浩只是輕描淡寫的說他要去向東市進行講話，但是韓儒超能夠感覺到譚正浩這次是動了真怒了，這位新上任的省委書記終於要展現其強硬鐵腕的一面了。

回去之後，韓儒超立刻給于金文打了個電話，讓他安排譚正浩明天上午前往向東市的行程。于金文接到任務也十分吃驚，不過還是立刻安排了下去。

當天晚上，關志明也通過管道得知明天上午譚正浩要突然視察向東市的消息，這讓他十分意外，不由得喃喃自語道：「譚正浩怎麼突然想起要去視察向東市呢？難道是柳擎宇在向東市發現了什麼問題？」

想到此處，關志明直接撥通了廖治民的電話。廖治民有些激動，沒有想到關志明會主動給他打電話。

「關書記您好，我是小廖，您有啥指示？」

關志明聲音嚴肅地說道：「小廖，最近你們向東市有沒有什麼特殊的事啊？」

「特殊的事？」聽到關志明這樣問，廖治民想了一下，說：「如果非得說是有什麼特殊事情的話，應該算是柳擎宇他們第九監察室在我們向東市的巡查了，最近他們正在調查我們向東市的財政系統，同時也在調查邱文泰死亡的案子，看起來鬥志很是高昂。」

關志明提點道：「小廖啊，你一定要記住，不管什麼時候，一定要確保對整個幹部隊伍的掌控力，要確保向東市團結穩定的大局。另外，你們一定要做好譚書記明天上午的視察工作，要確保譚書記明天在你們向東市的視察不能出現一點問題，以及他的人身安全，不能在譚書記視察期間出現各種不和諧的音符。」

關志明這等於是提前給廖治民透露消息了，因為到現在為止，于金文還沒有通知廖治民要做好接待工作。

于金文之所以沒有第一時間通知廖治民，也是有他的考慮。因為他得到這個通知十分突然，而且也不是譚正浩親自告訴他，而是韓儒超通知他的，所以他對譚正浩要前往向東市的意圖有些琢磨不透，因此于金文的打算是等明天上午出發前再向譚正浩請示一下，看要不要通知向東市。

廖治民從關志明這邊得知譚正浩明天上午要來向東市，頓時大吃一驚，因為一般而言，省委書記要去哪裡視察的話，行程最少也得提前一個星期就安排好，也都會提前通知地方，但是這次譚正浩竟然要突然視察向東市，**難道向東市有什麼大事即將發生嗎？**

還是譚正浩對向東市有什麼不滿？

一時間，廖治民感到焦慮起來，整個晚上都是渾渾噩噩的，腦中翻來覆去的思考著譚正浩明天視察的真正目的，直到後半夜才迷迷糊糊的睡去。

清晨五點多的時候，廖治民便醒來了，而他想睡也睡不著了，因為譚正浩上午就要過來，必須得提前準備一下。

想到此處，他給市長曹元明打了個電話：「老曹啊，今天上午有大領導要過來視察，你趕緊安排一下，讓環衛、交通、公安等部門一定要做好相應的工作，確保我們向東市以最好的形象出現在領導面前。」

曹元明為之一愣，因為他到目前為止，還沒有得到任何相關消息，連忙問道：「廖書記，是哪位領導？」

廖治民淡淡說道：「現在還不適合公佈，不過準備工作還是要做的，但是呢，也不要做得太明顯，只要確保一切都到位就行了。」

掛斷電話，曹元明嘴裡嘟囔道：「說得倒輕鬆啊，一切到位還不能太明顯？這根本就是不可能的嘛！又不告訴我是誰，恐怕這官小不，可得小心一點！」

曹元明立刻撥打手下的電話忙碌起來。

一時間，向東市的官場雞飛狗跳。各路官員紛紛提前兩個多小時便趕到了各自的單位開始打掃衛生、清理區域內的重點項目。

七點鐘，整個向東市徹底蘇醒了，大街小巷內騎著電動車、開著汽車的上班族從各個社區內湧了出來，喇叭聲、叫賣聲此起彼伏，熙熙攘攘。

七點十分，正在行駛的大巴上，于金文就是否通知向東市的問題向譚正浩進行了請示。

譚正浩聞言，淡淡掃了于金文一眼，說道：「嗯，通知他們吧，咱們差不多九點半到，我十點鐘會在向東市市委大會議室內進行重要講話，到時候讓向東市各個單位的成員全部到齊。」

于金文點點頭，立刻打電話通知向東市市委辦。

看著于金文的背影，譚正浩心裡也在盤算著。

他之所以讓韓儒超通知于金文自己的決定，而不是親自指示于金文，目的是要試探一下于金文此人是否可用。

很多領導一到新的地市，大多數會提拔一位靠攏自己的秘書長，以便於對方能夠為自己所用，但是譚正浩卻不準備這樣做。因為他知道白雲省局勢十分複雜，各種勢力犬牙交錯，要想迅速打開局面並不容易。如果提拔一個新的秘書長，恐怕對方很多方面都要重新去適應、熟悉，而他沒有那麼多時間。

因為譚正浩希望自己能夠在白雲省做出一些成績，畢竟自己的前任曾鴻濤在任期間，白雲省的經濟保持著高速增長，譚正浩看得非常清楚，如果自己要想在經濟領域有所建樹，短時間內恐怕很難做到，曾鴻濤也是花了三四年時間才做到今天這種程度的。

自己要想擺脫曾鴻濤的影子，做出成績，不僅要繼承曾鴻濤以前做得好的地方，還要改進他做得不好的地方，這些一般外人很難瞭解，而于金文恰恰是最熟悉的那個人。如果于金文能夠為自己所用，這對他來說絕對是一個不錯的人才。所以，在譚正浩沒有確定看清楚于金文的真實面目之前，暫時沒有動他。

當他看到于金文在這次試探中的表現，感受到于金文做事的風格，看來他並沒有對自己生出排斥心理，也並沒有過分向自己靠攏的意思。這一點恰恰是譚正浩所看重的。因為如果譚正浩在曾鴻濤離開後就立刻向自己靠攏，那麼他百分之百會重新安排一個人頂替于金文的位置，因為**一個連最基本的忠誠之心、戰友之誼都沒有的人，其人品是值得懷疑的**。

官場上用人最重人品。于金文表現出來的態度不卑不亢，正是譚正浩所需要的，在心中，他給于金文打了七十分，暫時決定不動他。

兩個多小時的行程過後，大巴緩緩駛進了向東市境內。

高速公路向東市入口處，市委書記廖治民、市長曹元明等人率領著所有市委常委們等待在這裡。

看到等候在側，長長的車隊，于金文來到譚正浩面前，低聲道：「譚書記，向東市的人過來迎接了。」

譚正浩眉頭微微一皺，說道：「你把廖治民叫過來，我和他談談，其他人都讓他們回去吧，我就不下車了，等到了市委大院再說。」

于金文點點頭，下車把廖治民給喊了過來。

廖治民上了大巴，畢恭畢敬的對譚正浩躬身說道：「譚書記，您找我？」

譚正浩用手一指對面的座位說道：「坐吧！」

廖治民坐在譚正浩的對面，表情顯得有些拘謹，不敢用正眼去看譚正浩。

譚正浩的目光在廖治民臉上掃視了幾秒鐘，淡淡的問道：「廖同志，你們向東市的反腐工作做得怎麼樣？給我談談吧！」

聽到譚正浩這麼一問，廖治民心頭就是一顫，不過他畢竟是市委書記，很快便緩過神來，挺直了胸膛說道：「譚書記，我們向東市一向以堅決貫徹執行中央和省委的指示精神，堅決將反腐敗工作進行到底，不管涉及到誰，只要腐敗，我們就絕不放過；我上任後，總計查處處級幹部十八人，科技幹部三十三人，腐敗金額三千多萬元！」

說話間，廖治民毫不猶豫的自誇了一把！

聽到廖治民這番自誇的回答，譚正浩真正的無語了。他沒有想到廖治民竟然無恥到如此地步，先不談他涉及了多麼嚴重的腐敗問題，光是面對省委書記問話，就敢如此無恥的誇耀，這種人的人品就有問題。

這不能說廖治民官場智商低，因為官場智商低的話就不會成為市委書記。以前，廖治民向關志明彙報工作的時候，往往喜歡先誇耀自己的政績，再說一些不到位的地方，關志明大部分對他很是認可，這一次廖治民打算用同樣的方式來引起譚正浩的注意。

誰知廖治民說完，譚正浩只是輕輕點點頭，未置可否，隨後便瞇上眼閉目養神了。這一下，廖治民的心中開始打鼓了，**他有些看不懂譚正浩了，難道譚正浩把自己叫到車上僅僅是為了問自己這麼一個沒頭沒腦的問題嗎？**

一路上，廖治民的心情異常焦躁不安，突然有一種不妙的感覺，今天的氣氛太詭異了。譚正浩到向東市來到底是為什麼呢？

當汽車駛入向東市市委大院，停下車後，譚正浩在廖治民的介紹下，分別與向東市市委常委們一一握手。

握完手後，廖治民看向譚正浩說道：「譚書記，您先到後面招待所休息一會兒吧，您已經坐了兩個多小時的車，恐怕有些累了。」

廖治民這明顯是在拍馬屁，然而譚正浩卻不領情，回嗆道：「沒事，我雖然老胳膊老腿的，但是身體還是很健康的，直接去開會吧。」說著，便直接向市委大會議室走去。

譚正浩都走了，其他人自然得跟在後面。一行人邁步走向東市市委大會議室。

此時，向東市各單位的一二把手和主要班子成員都趕了過來，會議室內人頭攢動，座無虛席，看樣子足有五六百人。

譚正浩直接走到主席臺最中央的位置坐下，秘書長于金文坐在他的左手邊，本來按照安排，坐在譚正浩右手邊的人應該是市委書記廖治民，但是，于金文走進會議室後，掃了一眼主席臺上的名牌，直接把廖治民和其他所有向東市常委們的名牌全都從主席臺上撤了下來，放在主席臺下第一排的位置上，又吩咐工作人員把主席臺上的座位調整到只剩下三個！位於譚正浩右手邊的座位則是空著。

于金文的這個安排一下子引起所有常委們的注意。因為按照原來向東市的安排，市委書記和市長是應該坐在主席臺上的，然而于金文竟然全都給拿了下來，這到底是什麼意思呢？

而現場由於市委常委們座位的調整，所以很多幹部門自覺的調整自己的座位，一時間，整個會議室內顯得亂糟糟的。

譚正浩就那樣坐在座位上，表情淡漠的看著臺下一團亂的情況，一言不發。好在有些人比較聰明，看到省委書記已經坐定，在把主要領導們安排妥當之後，立刻讓其他人都不要再動了。

等整個會場安靜下來，時間已經過了足足七分鐘左右。

這一下，廖治民感覺到臉色有些不好看了。因為他早晨五點鐘就安排部署，目的就是為了給譚正浩留下一個好印象，卻由於于金文的突然出手，打亂了他們向東市的所有部署，使得現場一下子失控，他知道這回不可能給譚書記留下好印象了。

廖治民的目光落在譚正浩身邊空著的座位，心中卻是充滿了狐疑。按理說，就算是剩下三人，譚正浩右邊的座位也應該是屬於自己的啊，為什麼現在卻空著呢？到底那個座位是給誰留著的呢？

看著會場漸漸安靜了下來，于金文這才把話筒拉到自己面前，大聲說道：「好了，大家都安靜一下，我們現在開始開會。今天，對我們白雲省來說是一個大日子，對你們向東市來說，也將會是一個大日子。」

于金文的開場白一下子就把所有人的目光都吸引了過來。

于金文接著說道：「這次譚書記到向東市來視察非常突然，我相信很多人一定感覺到震驚和不解，對譚書記身邊空著的座位是為誰準備的，肯定也充滿了好奇，下面就請譚書記為大家解開這個謎底吧！」

說著，于金文看向了譚正浩。

譚正浩臉上露出淡淡的笑容，衝著眾人掃了一眼，聲音低沉的說道：

「各位同志，說實在的，今天的突然行動就連我自己都沒有想到，但是，身為白雲省的省委書記，今天我必須要親自過來坐鎮。」

說話的時候，譚正浩的聲音中充滿了嚴厲之意，一股肅殺之氣瀰漫全場，所有人都從譚正浩這簡單的開場白中聽到了森森寒意。

譚正浩接著說道：「于金文秘書長的開場白很吸引人，留下了一個巨大的懸念，本來呢，這個懸念我也想要親自揭開的，但是我突然想到，為了給大家留下一個更加深刻的印象，我就不親自揭開了，還是讓我們白雲省的大功臣柳擎宇同志親自來為各位解開吧！

「下面，讓我們大家以熱烈的掌聲歡迎我們白雲省紀委第九監察室主任柳擎宇同志登場，為我們宣布白雲省省委、白雲省紀委聯合作出的決策！」

聽到「柳擎宇」三個字的時候，廖治民感覺到自己的雙腿、雙手都開始不受控制的顫抖起來，豆大的汗珠順著他的額頭劈里啪啦的往下掉，他的目光中充滿了恐懼，內心深處不斷的問自己——**為什麼是柳擎宇？為什麼柳擎宇是什麼大功臣？譚正浩此舉到底是什麼意思？**

不僅僅是廖治民，向東市市委班子的成員中很多人心中都充滿了震驚、不解。

柳擎宇是什麼身分大家都很清楚，柳擎宇來向東市來做什麼，大家也心知肚明，在今天這麼重要的場合，省委書記、省委秘書長都只是簡單的說了句開場白，便把偌大的舞臺讓給了柳擎宇，**柳擎宇到底要宣布什麼重要的事呢？**

沒有人知道，就在譚正浩進入市委大會議室內十分鐘後，十幾輛大巴突然排成一長隊駛入市委大院內，隨即，車上五百多名荷槍實彈的員警走向大巴，最後一輛大巴上，走下來的則是以省紀委書記韓儒超為首的三十多名省紀委的工作人員。

那些省紀委的工作人員看到眼前幾百米荷槍實彈的員警時，也是大吃一驚，他們還從來沒有看到過如此巨大的陣仗，知道向東市有人要倒楣了。看這陣勢，絕對不是一般的行動啊！

這時，又有五六輛救護車駛進市委大院內，一切都準備就緒！

此時，會議室的門被人推開，柳擎宇邁著穩健的步伐走向主席臺。全場所有人的目光都聚焦在柳擎宇身上，各種質疑、震驚、不屑的目光沒有讓柳擎宇產生絲毫的退意，柳擎宇就那樣步履堅定的走上了主席臺。

他先和譚正浩、于金文打了個招呼，也沒有坐下，直接站著拿出了兩份資料分別遞給譚正浩和于金文，那是兩份寫滿了名字、罪行的名單。

柳擎宇目光看向在場所有向東市的幹部們，大聲說道：「下面，我代表省委、省紀委宣布一下針對向東市腐敗弊案相關涉案人員進行雙規的名單。」

一句話全場皆驚，所有人的臉色剎那間都變得異常難看，很多人的臉色變成了豬肝色，因為顫抖而發出來的咬牙聲、嘆氣聲、驚呼聲此起彼伏，甚至還有人尿了褲子，整個會場醜態頻出。

柳擎宇掃視了一下全場，聲音洪亮地宣布：

「向東市市委書記廖治民，涉嫌貪污、受賄、巨額財產來源不明，依據法律、黨紀，正式對其進行雙規，希望廖治民在規定時間內交代其所有問題！」

柳擎宇話音落下，會議室內響起了一片倒吸冷氣的聲音！所有人都驚呆了！

廖治民臉如土灰，神情呆滯，隨即便是滔天的憤怒！

廖治民知道，如果自己沒有任何反抗，被柳擎宇給雙規了，恐怕今後再也不會有任何反抗的機會了，因為他已經看出來，**今天的事絕對不是巧合，而是精心策劃的一起行動！**

這一點他一開始還沒有想明白，但是等到柳擎宇宣布他被雙規的時候這才想通！他總算知道為什麼譚正浩說要今天親自過來了，原來**這一切全都是一個圈套**，目的就是為了把自己穩在市委書記的位置上，讓自己不要到處亂動。這一回，恐怕自己的老領導關志明也被譚正浩等人的聯手演技給欺騙了！

不行！絕對不能坐以待斃，束手就擒！

想到此處，廖治民突然大聲說道：「柳擎宇，你憑什麼說我收賄受賄，你有什麼證據嗎？譚書記，我要向您反映問題，省紀委，尤其是第九監察室的柳擎宇肆意捏造事實，誣陷國家廳級幹部，他這是極其嚴重的瀆職行為，希望省委和省紀委能夠還給我一個清白！」

譚正浩只是冷冷的瞥了廖治民一眼，根本就沒有搭理他。

「廖治民，你好意思說什麼清白？」柳擎宇臉上的表情變得異常嚴肅，說道：「廖治民，我明確的告訴你吧，邱文泰一案已經被我們調查清楚了，邱文泰的的確確是被人謀殺的，是被人從樓頂上丟下去的！

「雖然你們的利益集團早就把那兩名殺手給處理掉了，但是你們卻忽略了一個問題，那就是很多時候，殺手也是有頭腦的，更何況他們原來還是民警呢！他們非常清楚，一旦他們做了那件事，就會有被滅口的風險，所以他們早在接受你們指示進行殺人的時候，用手機錄下了當時的通話記錄，這些通話記錄，他們的家人都保留了下來，並且通過郵件的形式發給了我們第九監察室！

「廖治民，你們一開始用各種手段想要逼走我們，甚至把我們殺死，好讓我們不敢繼續調查邱文泰一案，手段的確夠狠！但是你們卻忘了一點，那就是省紀委從來就沒有向任何腐敗勢力妥協的習慣！由於後來你們做的實在太囂張，也太狠了，我不得不採取妥協退讓的策略，所以宣布暫時停止對邱文泰案件的調查，那樣做的目的就是為了避免暫時和你們這個利益集團發生正面衝突，所以才對你們其他領域展開巡視！我相信，對於這一點，你們應該也看得清楚，但是這屬於陽謀，你們不敢動我！

「不過，你沒有想到，我也沒有想到，當我們巡視組對你們的扶貧系統展開調查後，我徹底震驚了！一個小小的扶貧系統就涉嫌數億的貪腐行為，你們向東市真的非常厲害啊！等我對其他系統進行調查後，更是被震驚得無言以對了，向東市的腐敗到了必須要根除的地步，否則恐怕整個向東市的官場都要爛光了！這也才有我上一次借機對扶貧系統進行大規模的反腐行動！」

說到這裡，柳擎宇的聲音變得越發陰冷：「廖治民，你那個時候是不是害怕了呢？」

「我……我害怕什麼？我有什麼好怕的？」廖治民大聲反駁道。

只不過此時此刻，廖治民的內心深處充滿了憂慮和不安，從柳擎宇目前的講述來看，他已經看出來了，恐怕還真的讓黃立海給說中了，**這小子真的是太陰險太奸詐了！自己堂堂的市委書記竟然讓這個毛頭小子給耍了！**

柳擎宇淡淡一笑：「害怕什麼？當然是害怕我們省紀委會繼續在你們向東市財政局接著調查下去啊！廖治民，你是不是非常納悶、非常好奇啊？因為我明明有機會可以直接把你們財政局的帳簿帶走，但是我卻偏偏沒有這樣做，而是採取了**圍而不攻**的策略，不斷的找人談話？」

柳擎宇說到這裡，廖治民的眼神已經開始收縮，他的心臟越跳越快，他雖然早就猜到柳擎宇那樣做的真實目的，他卻不得不按照自己的思路去做。

廖治民的眼神顯得有些迷茫，不知道該說什麼。

柳擎宇又接著說道：「廖治民，我知道你肯定曉得我為什麼那樣做，因為我擔心我們前腳把那些帳本拿走，後腳我們的汽車就會遭遇車禍，所有帳本毀於一旦！即便是在這種情況下，在昨天晚上，財政局都差一點失火啊！幸好我們早有防備，才讓那些帳本倖免於難。廖治民，你們這批人真的是作惡多端、不擇手段啊！」

廖治民知道自己真的要完蛋了，他不甘心地吼道：「柳擎宇，有本事你拿出證據來！」

柳擎宇冷冷的說道：「證據？證據在這裡！」

說著，柳擎宇便從手提包中拿出那個黑皮筆記本，狠狠地摔在桌上說道：

「廖治民，看到了嗎？這本筆記本上，邱文泰工整的記錄了他所收受的每一筆賄賂，同時也記錄了他向你進貢的每一筆錢！廖治民，你們還真是雁過拔毛啊！人家投資商要建個工廠，你們索要一千萬，廠商得標了你們一億的項目，你們索要兩千萬的回扣，房地產商想要拿下某塊地，你們竟索要三千萬好處！

「扶貧資金你們要貪污！社保資金你們敢挪用！民政救災物資你們敢以次充好！你們真是夠黑了！上梁不正下梁能不歪嗎？廖治民，以你為首的向東市腐敗集團的好日子到頭了！今天，就是你們利益集團束手就擒的日子！」

柳擎宇接下來便宣布道：「向東市市委副書記古紀勳、向東市紀委書記王恩波、向東市政法委書記吳克斌、向東市副市長葉成坤四人與市委書記廖治民組成了一個牢不可破的利益集團，這個利益集團在向東市深耕十多年，捲入多起腐敗案，涉案金額五億多，經省委、省紀委批准，正式對這五人實施雙規！同時雙規的還有向東市財政局局長廖向明、向東市交通局局長劉野、向東市城建局局長朱濤、向東市……」

隨著柳擎宇每念出一個名字，會場內便會有一個人臉色大變，而柳擎宇這一念，整整念了五分鐘！有六十多個人被直接雙規！還有二十幾個人被調查！這些人都被直接帶走！整個大巴上人滿為患！

第九章

早埋伏筆

滕建華的安排，出乎了所有人的預料！這是譚正浩與曾鴻濤合作的手筆！就連韓儒超都感覺到很意外！當時他還很納悶為什麼曾鴻濤在離開白雲省之前會把滕建華安排到黨校去學習呢，沒有想到竟是曾鴻濤埋下的伏筆！

但是，柳擎宇卻並沒有停止！

又過了三分鐘，又有二十多個人的名字被念了出來，直接帶走！

此時，雖然廖治民、古紀勳等人還沒有被帶走，但是他們的臉色已經全都變成了豬肝色！他們知道，這一次省委、省紀委是動了真格的了！他們這個腐敗集團完蛋了！他們也完蛋了！

這時，省紀委書記韓儒超走了過來，來到廖治民的面前，寒著臉說：

「廖治民、古紀勳，王恩波、葉成坤、吳克斌，你們幾個人也跟著走吧！如果你們想要證據的話，放心，我們會拿出讓你們心悅誠服的證據來的！從現在開始，你們全部被雙規了！你們要記住，天網恢恢，疏而不漏，不是不報，時候未到，時候一到，一切全報！」

十名省紀委的重量級工作人員便走過來，將廖治民幾人也給帶走了。

這時，柳擎宇走向主席臺，隨便找了個空位坐了下去，省紀委書記韓儒超則邁步走上主席臺，坐在譚正浩的右側。

坐下之後，譚正浩掃了一眼臺下眾人說道：「好了，現在那些主要腐敗分子已經被清除，我們接著開會。下面，就今天發生的事，請省紀委書記韓儒超同志為大家講話！」

韓儒超也沒有拿出什麼講演稿，掃視了一下眾人之後，聲音嚴肅的說道：

「今天，我們省紀委在向東市一口氣雙規了一百零八人，這恐怕創造了白雲省歷史上的記錄了，白雲省從來沒有任何一次反腐像今天這樣興師動眾，但是我要告訴大家的是，像今天這樣的行動絕對不會是最後一次，雖然在座的各位暫時沒有被雙規，但是如果你們以後被發現涉嫌腐敗，照樣會被雙規！」

韓儒超說完，整個會場鴉雀無聲！所有向東市的幹部們噤若寒蟬！

氣氛異常壓抑！韓儒超這番話對他們的衝擊實在是太大了！誰都沒有想到，這一次省委、省紀委竟然會突然出重手來打擊腐敗！這讓很多心存僥倖之人生出了極大的畏懼！

韓儒超接著說道：「我希望在座的各位同志們，要有提高自我能力、遠離誘惑的能力，居安思危，我不希望在座的各位有一天會成為我們紀委詢問室裡的客人！我的話講完了！」

現場再次鴉雀無聲，大家連鼓掌都忘了！

這時，譚正浩接過話題道：「剛才韓書記已經把他們省紀委的決心向大家展露無遺了，在這裡，我也代表省委說一下我們省委的態度，從現在開始，我們會會同省紀委嚴格審查和處置黨員幹部違反黨紀政紀、涉嫌違法的行為，堅持抓早抓小、治病救人，堅決遏制腐敗蔓延勢頭，持之以恆地嚴明紀律、嚴格管理、嚴防腐敗、轉變作風。

「同時，我們會強化對涉及土地、礦產資源開發、違規向有關企業輸送利益等違紀違法問題的專項整治。對貪污挪用資金的，發現一起，查處一起。我們要堅持有案必查、有貪必肅，以零容忍的態度嚴厲懲治腐敗，不設指標，有多少就查處多少，絕不姑息！如果哪裡出了問題，哪裡的領導幹部要負主要責任！該雙規雙規，該調整調整，絕不手軟！」

譚正浩說完，整個向東市會議室內再次肅然！

所有人再次震驚了。省委書記譚正浩的話和省紀委書記韓儒超的話如出一轍，態度同樣強硬無比！很多人已經意識到，從現在開始，整個白雲省將會進入一個嶄新的時代！

隨後，讓所有向東市幹部，包括白雲省很多省委常委們沒有想到的是，在向東市官場發生如此劇烈震動的情況下，原省紀委副書記滕建華正式從中央黨校學習歸來，直接空降到向東市擔任市委書記。

對於滕建華的安排，出乎了所有人的預料！但是，這就是譚正浩的手筆！或者說是譚正浩與曾鴻濤合作的手筆！

這一次，就連韓儒超都感覺到很意外！當時他還很納悶為什麼曾鴻濤在離開白雲省之前會把滕建華安排到黨校去學習呢，沒有想到竟是**曾鴻濤埋下的伏筆**！

當時的情形，韓儒超還記得十分清楚。

在曾鴻濤被調離前兩個月左右，由於白雲省已經隱隱傳出曾鴻濤即將被調離的小道消息，從那個時候開始，白雲省的某些勢力便開始暗中活動，省紀委副書記中多人被以各種理由進行了調整，從而形成今天這種紀委格局！也是從那個時候開始，韓儒超在省紀委的工作受到了頗多掣肘，但是他卻一直按兵不動，**他在觀察局勢的變化！**

當時，有人舉報滕建華涉嫌嚴重違紀，雖然對方拿不出確鑿的證據，但是由於關志明等人的堅持和態度一致，最終滕建華只能被免去省紀委副書記的職務，後來，韓儒超專門為此事去找了曾鴻濤，曾鴻濤思考後，決定安排滕建華去黨校學習，當時韓儒超挺不理解的，現在回想起來，曾鴻濤在離開白雲省前就已經想到了很多事情。

此刻，韓儒超不得不對曾鴻濤和譚正浩多了幾分欽佩，這兩位省委書記雖然風格不同，但是都不是一般人啊！

而且譚正浩的用人觀也讓韓儒超多了幾分不解，因為滕建華身上十分明顯的打著他和曾鴻濤的烙印，但是譚正浩卻毫不猶豫的把滕建華給推到向東市市委書記這個位置上，由此可見譚正浩的心胸十分寬廣，但**問題是，為什麼譚正浩上任後卻把柳擎宇從瑞源縣給逼走了呢？譚正浩這樣做到底有什麼深意嗎？**

一時之間，心中充滿了矛盾的韓儒超陷入了深深的沉思之中。

向東市問題查清，柳擎宇帶著他的第九監察室人員返回了省紀委。

隨後整整一個星期的時間，柳擎宇和所有人都陷入了十分無聊的狀態中。因為自從向東市的案件後，他們再也沒有接到一個案件，再也沒有任何其他的工作！

辦公室內，沈弘文、孟歡都滿臉苦悶的看著柳擎宇。

孟歡說道：「老大啊，現在咱們這第九監察室簡直成了後娘養的了，其他監察室的人看到咱們都躲得遠遠的，好像咱們是災星似的，而且省紀委裡每天都有那麼多的案子要去調查，卻沒有一件安排到咱們這兒，是不是這第九監察室要解散了啊？」

柳擎宇其實也挺鬱悶的，但畢竟他是領導，不能在下屬面前表現出來，只能苦笑道：「解散倒不至於，現在反腐任務這麼重，咱們第九監察室可是拳頭部門，肯定是要出擊的，大家不要著急，我相信上級領導會給我們一個交代的！」

柳擎宇猜得沒錯，此時，省紀委常委會會議室內，紀委常委們正在開會討論著第九監察室的問題。

省紀委第一副書記王達飛緩緩的轉動著手中的杯子，隨即說道：「韓書記，向東市的案件已經水落石出，我認為現在第九監察室可以解散了！」

省紀委副書記胡海燕也點點頭說：「是啊，這次第九監察室以柳擎宇為首的這些人為我們省紀委做出了突出的貢獻，我們可以讓他們各自回歸所屬的單位，對他們給予嘉獎重用，我相信到時候會有很多更為重要的工作等著他們去做！」

韓儒超還沒回答呢，省紀委副書記李國雄緩緩說道：「我認為現在就解散第九監察室有些太倉促，也有些可惜了，從第九監察室所表現出來的超強戰鬥力來看，這個團隊雖然是臨時組建的，但是辦起案來有板有眼，一絲不苟，沒有出現一丁點的紕漏，充分說明這個團隊對於紀委辦案流程相當熟悉，而且辦案的能力非常強。

「現在正值我們反腐工作進入攻堅戰的階段，第九監察室的存在對於加強我們紀委的實力、落實中央和省委的各項指示有著十分重要的意義，而且第九監察室屬於非常規監察室，他們主要的工作可以安排為巡視全省，這樣的話，既可以不和其他監察室的職能產生衝突，也可以極大的增強我們省紀委對於那些貪官污吏的震懾力度，甚至會因為他們這個團隊的超強戰鬥力，再搞出一些大案要案來！」

李國雄說完，王達飛臉色陰沉著道：

「李同志，你這種思想是要不得的，什麼叫又搞出新的大案要案來？難道你認為搞出大案要案我們省紀委很光榮嗎？這是典型的政績主義！我們紀委辦案必須要嚴格遵照省委的指示去做，省委指到哪裡，我們就打到哪裡！

「另外，腐敗分子也不是像你所說的那樣到處都是，查處腐敗案件是要講究流程的！這次第九監察室雖然在向東市查出了那麼大的一個案子，誠然有功，甚至功不可沒，但是我們也必須要注意到一個問題，那就是第九監察室在辦案流程上還是存在著一定的問題的，他們都在向東市發動了那麼大規模的行動，我們省紀委常委班子很多人竟然一點消息都不知道，這是一種無組織、無紀律的行為，是絕對不能表揚和支持的！」

這時，韓儒超突然說道：「王同志，這裡我得替柳擎宇解釋一下，在柳擎宇同志掌握了證據之後，他第一時間就向我做了彙報，我也立即向省委譚書記進行了彙報，是譚書記吩咐這件事情不要擴大範圍的，之所以要這樣做的目的非常簡單，是為了確保整個案件辦理過程中的保密性，確保不會出現提前洩密的情況。」

王達飛點點頭：「對於要保密這一點我能理解，但是韓書記，第九監察室屬於我主管的業務部門，按理說，柳擎宇有了結果之後，應該第一時間向我這個主管領導進行彙報吧？」

韓儒超說道：「嗯，你說的這一點的確有些問題，就這一點，柳擎宇在向我彙報的時候也曾經解釋過，說會直接向我彙報是因為事情牽扯太大，擔心告知太多的人容易造成洩密，所以只能越級直接向我進行報告了，我也曾經就此事批評過柳擎宇，柳擎宇已經表示以後儘量不會發生這種事了。」

韓儒超這番話連消帶打，輕鬆將王達飛的攻勢化為烏有，同時還為柳擎宇進行開脫，回護之意溢於言表。

王達飛聽完，臉色顯得有些難看，他雖然聽說韓儒超和柳擎宇關係不錯，卻沒想到韓儒超竟然對柳擎宇如此回護，這讓他心中不爽。

想到此處，王達飛沉聲道：「韓書記，現在柳擎宇和他的第九監察室基本上已經沒事可做了，我看可以讓他們回去了吧？」

王達飛很明智的轉移了話題，他不可能在這種小事上和韓儒超進行叫板，那樣做太不明智了。

韓儒超淡淡說道：「我之前之所以沒有給第九監察室安排任務，是因為他們在向東市執行任務期間，經歷了太多的危機，工作得特別辛苦，從來沒有休息過一天，這算是給他們一些休息的時間。

「現在，他們已經休息差不多一個星期了，應該精力十分充沛了，戰鬥力也很昂揚，所以是再次讓第九監察室展開巡視的時候了。我相信這一點在座各位都應該十分清楚，第九監察室雖然是臨時組建的，但是第九監察室效率之高、辦案力度之大前所未有，這一點，省紀委第一到第九監察室沒有一個可以和第九監察室相比。沒有任何一個監察室像第九監察室這樣剛一出手就辦了向東市那樣的大案要案，我們紀委雖然是監督部門，但是我們也需要進行考核的，如果一個監察室接連幾個月不出成績，這樣的監察室要留之何用？」

說到這裡，韓儒超臉色凝重的說道：「從現在開始，我馬上將省紀委九個監察室人員全都放出去，針對各自的業務領域展開巡視，最終進行季度評比，同時交叉巡視，凡是在兩輪巡視也就是兩個季度巡視的時候，最終考核積分排名最後者，直接免去各個監察室一二把手的職務，由工作成績突出者遞補！

「我們省紀委的工作效率必須要提高起來，我們針對全省各地的紀律監察工作必須要抓起來！絕對不能得過且過，那樣是對我們人民不負責任，同時也對不起自己的官職和工資！同時，我認為之前省紀委八個監察室雖然也都有一些成績，但是相對來說還是不很理想，甚至有一潭死水的味道，所以，我們需要在這一潭死水中放入一條鰻魚，主動製造鰻魚效應，而這條鰻魚就是第九監察室！

「鑑於第九監察室在向東市一案中的突出表現，從現在開始，第九監察室不設任何監察範圍約束，可以針對全省各個地市、各個單位進行巡視，如果第九監察室在哪個監察室主管的區域內發現了大案、要案，甚至是窩案，而這個區域的監察室對於這些窩案沒有進行過上報備案或者進行過調查，沒有掌握相關的資料，那麼這個監察室的一二把手同時將會被免職！」

王達飛一聽，頓時臉色大變，他沒有想到韓儒超竟然給第儿監察室這麼大的權力，這也太誇張了！而且完全超出了他的預期！

這是他絕對不能接受的！這一點，在他上任之初，他的老領導關志明就曾經對他說過，絕不能讓韓儒超在省紀委裡面搞一言堂，哪怕他是省委常委、省紀委的一把手，他身為二把手也必須要在必要時表現出一個二把手應該有的膽氣和魄力，一定要敢於和一把手掰手腕，只要他理由合理，目標明確，那麼老領導就是他最為堅強的後盾！

所以，王達飛略微猶豫了一下之後，立刻大聲說道：

「韓書記，我認為你的這個提議有些過分了！不管柳擎宇他們這個第九監察室到底做出了什麼成績，他們到我們省紀委的時間畢竟很短，對省紀委的辦案流程未必掌握清楚明白，這個時候卻給他們這麼重大的任務，這已經超出了他們的能力範圍，這樣反而容易讓他們產生腐敗心裡，一旦他們之中發生了腐敗，缺乏有效的監管，很容易給國家和人民帶來巨大損失，所以，我認為不能給他們這麼大的權力！」

王達飛態度堅決、語氣果決，毫不猶豫的表達了自己的意見！省紀委副書記胡海燕也表達了反對的意見！

看到這裡，韓儒超不由得一皺眉頭。因為他非常清楚王達飛和胡海燕的背景，王達飛是關志明的人，胡海燕則是省長的嫡系人馬，兩人在省紀委內的一言一行，都有可能代表他們背後之人的意思！

雖然韓儒超並不怕這兩人，但是身為常委，他不願意和這兩人發生正面衝突，畢竟紀委的工作很多時候也是需要省長和省委副書記支持的。

他思考了一下之後，說道：「好，既然王同志和胡同志都反對這個意見，看來這個提議還是有些地方需要商榷，那這樣吧，我們採取直接分配任務的方式來展開工作吧！下一步由第九巡視組直接進駐南華市對南華市展開巡視，柳擎宇同志本身是從南華市出來的，所以對南華市的情況很熟悉，由他親自帶隊對南華市展開巡視應該是沒有任何問題的。」

韓儒超說完，王達飛又駁斥道：「韓書記，我認為這恐怕不妥吧？柳擎宇雖然是從南華市出來的，但是他是在南華市犯了錯誤，被南華市方面進行處罰過的，如果現在讓柳擎宇去南華市進行巡視，柳擎宇會不會借機進行報復南華市的那些人呢？按理說，我們應該採取避嫌的原則，讓柳擎宇和第九監察室去其他地市巡視！」

就見韓儒超的臉色刷的一下沉了下來。

韓儒超真的怒了！在他看來，這個王達飛真的太不識抬舉了！他以為自己退讓是因為他嗎？現在竟然得寸進尺對自己的工作安排指手畫腳起來！

是可忍孰不可忍！韓儒超冷冷的說道：「王達飛同志，你應該好好學習一下省紀委的相關文件和條例了，如果照你這樣說，省紀委第一監察室主任沈磊、省紀委第二監察室主任朱洪明、省紀委第三監察室主任王寧，還有好幾名監察室主任的巡視範圍都要進行調整了，而且每個監察室都有來自各個地市的人，難道這些人員也要進行調整嗎？簡直滑天下之大稽！

「王同志，請你記住，所謂的避嫌原則，要避嫌的是和相關工作人員有親屬關係的人！柳擎宇在南華市和任何人有親屬關係嗎？沒有吧！所以，避嫌原則在這裡是不適用的！而且紀委內任何條例上都沒有規定從某地出來的官員就不能去某市去巡視，如果照你的邏輯思維方式，某人從某市升遷出來的，那麼他肯定會和該市的某些領導關係不錯，那麼他也應該避嫌了？如果真是這樣的話，恐怕我們省紀委的工作根本就無法展開了！

「王同志，我希望你能夠從省紀委工作的大局出發，站在一個真正屬於省紀委第一副書記的位置去客觀看待問題，不要憑藉主觀臆斷隨意指點江山，咱們這裡可不是一般的地方，是省紀委！是一個嚴肅、認真的地方！任何人說任何話之前都要深思熟慮，都要對其所講的話負責任！不要貽笑大方！」

韓儒超這番措辭嚴厲的話說完，王達飛的臉色一下子鐵青起來。他聽出來韓儒超語氣中充滿了對自己的強烈不滿，說話的語氣也十分強硬，批評的味道十分濃。這下子，胡海燕本來還想要接著關志明的意思往下說呢，看到王達飛被韓儒超批評得體無完膚，一下子就蔫了！

韓儒超發火了！誰敢直掠其鋒！沒有人敢！這位可是當代的鐵面包公！

被韓儒超這麼一頓申斥，王達飛有些發熱的頭腦也冷靜了下來，他知道自己的確有些得意忘形了，眼珠一轉，立刻服軟道：「韓書記，您說得沒錯，我剛才的確說話有些考慮不周，柳擎宇去南華市巡視我不反對，不過您之前也說過，其他八個巡視組應該繼續從事自己職權範圍內的巡視，這一點沒錯吧？」

韓儒超心裡冷笑一聲，他知道，這小子在給自己設套了。不過韓儒超的臉上很平靜，淡淡說道：「沒錯。」

「嗯，那是不是意味著柳擎宇為主的第九巡視組和朱洪明為主的第二巡視組要同時去巡視南華市呢？他們同時去，會不會反而對於巡視大局不利呢？」

不得不說王達飛很有一套，直接利用韓儒超表態中看似矛盾的地方對韓儒超進行質問。

韓儒超面色不改地說道：「兩個巡視組同時巡視並不矛盾，這反而說明省紀委對南華市的重視嘛！當然了，如果大家有什麼好的意見也可以提嘛！」

韓儒超輕描淡寫的一句話，將王達飛所有的質疑全部擋回。

這時，胡海燕說道：「韓書記，我認為如果兩個巡視組同時存在的話，會造成工作上、協調上很多不便，甚至還會給當地的市委市政府造成配合上的麻煩，甚至還會帶來心理上的衝擊，我認為不如把兩個巡視組合併成一個。」

「嗯，胡海燕同志的意見很不錯，我們需要的就是這樣有建設性的建議，而不僅僅是毫無理由的懷疑！我同意胡海燕同志的意見，並提議由柳擎宇同志來擔任聯合巡視組的組長，由第二監察室主任朱洪明擔任第一副組長，其他兩個監察室的主任擔任副組長，對南華市展開巡視。」

韓儒超說完，王達飛又有意見了：

「韓書記，我認為由柳擎宇同志來擔任組長恐怕有些不妥，因為柳擎宇畢竟只是剛剛借調到省紀委的，工作經驗方面還有所不足，資歷方面也難以服眾，應該由朱洪明來擔任組長，柳擎宇擔任第一副組長。」

韓儒超忍無可忍地說道：「王同志，我想請問朱洪明辦過什麼出色的案件嗎？他辦得案件有沒有柳擎宇最近辦的這個案件這麼高效？好了，就這樣定了，散會吧！」

說完，韓儒超邁步向外走去，不再理會還想要再辯駁的王達飛。

等韓儒超的身影離開辦公室後，王達飛不滿的說道：「這簡直就是一言堂！」

這時，會議上一直保持沉默的省紀委副書記李國雄突然說道：「一言堂？王同志，你太危言聳聽了，以前省紀委開會的時候，韓書記對於一切正確的意見都會採納的，如果你能夠提出真正有建設性的意見，韓書記是不會不聽的。」

同樣保持沉默的馬正義也插口說道：「王同志，任何時候，任何地方，都需要最基本的實事求是的精神！」

說完，兩人轉身離去。

這下子，王達飛和胡海燕都愣住了，他們沒有想到以前在會議上很少發言的這兩人竟然是韓如超的人。至少，他們在今天這件事情上，立場是站在韓如超那一邊的。

這讓兩人意識到，雖然他們已經結成了進退聯盟，但是相比於韓如超在省紀委內部的威勢來說，恐怕還是力有未逮啊！

王達飛第一時間把這邊的會議結果向關志明進行了彙報。而南華市這邊，市委書記黃立海第一時間得知了這個消息，臉色一下子黯沉下來，心情也變得焦躁無比。

對於柳擎宇這個刺頭，他非常頭疼，柳擎宇肯定知道他被踢出局是自己做出的決定，他和柳擎宇等於是水火不容，現在柳擎宇代表省紀委到南華市視察，要說柳擎宇不會假公濟私，對自己進行打擊報復，他是絕對不相信的。

而前段時間柳擎宇用一個月的時間就查清了向東市的腐敗案，雙規了一百多人，這種超強的戰鬥力也是他很憂慮的。

對於南華市的情況，黃立海心中是很有譜的。他知道如果柳擎宇到了之後要是像在向東市那樣胡搞，恐怕南華市也將岌岌可危。甚至他這個市委書記的位置都很難保住。

唯一放心的一點就是南華市並沒有出現邱文泰死亡那樣的惡性案件，南華市各級官員大家相處得還算和諧，不過即便如此，黃立海心中還是有些不安，所以他乾脆約上了市委組織部部長廖錦強、市委副書記孫曉輝，一起到了一個他們平時經常去的茶館內，要了個包間，一邊喝著茶，一邊研究著應對之策。

三人落座後，黃立海第一句話就是：「同志們，狼來了啊！」

廖錦強一愣：「狼來了？什麼狼？」

黃立海嘆息一聲說道：「我剛剛得到消息，之前剛剛把向東市攪得一塌糊塗的柳擎宇，和第二監察室主任朱洪明他們這兩個監察室組成了聯合巡視小組，將會對我們南華市展開正式巡視，柳擎宇是聯合巡視小組的組長，朱洪明則為副組長！柳擎宇的性格我不說大家也知道，這小子就是茅坑的石頭又臭又硬，這次，恐怕我們南華市危險了啊！」

聽到黃立海這番話，廖錦強的臉色顯得有些凝重，道：「說實在的，柳擎宇是我見過最為出色的官員，他的個人能力、組織能力、辦事能力、反應速度全都是一流的，這從柳擎宇在向東市那麼短時間內就辦了那麼大的案子可以證明，所以，柳擎宇來我們南華市，我們必須要未雨綢繆，做好充分的準備，任何一個地方都不能留下破綻，否則的話，恐怕我們南華市也很有可能會重蹈向東市的覆轍。」

孫曉輝皺著眉頭道：「話雖然是這樣說，但問題是留給我們的時間只有今天晚上這一晚上的時間，如果省紀委那邊已經確定了柳擎宇聯合巡視小組組長的身分，那麼柳擎宇很有可能會在明天就帶隊殺到我們南華市。而如果我們要是在今天晚上大動干戈的話，會不會反而容易暴露更多的東西呢？」

孫曉輝的話讓廖錦強的臉色顯得有些難看，但是他不得不承認，孫曉輝的話很有道理。

黃立海沉思了一會兒之後，點點頭說道：「你們兩個的話都很有道理，不過呢，該做的準備，我們還是要做的，但是也不能做得太明顯，這樣吧，你們兩個身為主管組織人事的領導，今天晚上就辛苦一下，多和我們南華市的各級幹部門多溝通一下，談談心，說服大家齊心合力建設我們的南華市，至於其他一些外力的干擾要想盡一切辦法排除，即便是自己無法排除，也不要和那些干擾勢力同流合污！否則的話，我們南華市紀委方面也不是吃閒飯的，對於那些破壞安定團結大局、貪污受賄的腐敗分子，我們南華市也絕對不會姑息的！」

聽到黃立海的指示，廖錦強和孫曉輝全都是眼前一亮。

黃立海的這個意見基本上照顧了兩個人的想法，同時又有所創新，恩威並濟，只要柳擎宇在南華市找不到突破口，那麼他們巡視組只能灰溜溜的離開。

當天晚上，廖錦強和孫曉輝徹底貫徹落實了黃立海的指示，兩人都是一夜沒睡，連夜和南華市的幹部們進行電話溝通，詢問他們有沒有什麼困難，有沒有什麼顧慮，哪些地方需要組織的關心等等。

經過一夜的奮戰之後，兩人到第二天凌晨四點左右才迷迷糊糊的睡去。第二天早晨七點左右，兩人又趕忙爬起來趕往單位上班坐鎮，以防止柳擎宇突然襲擊。

此刻，凡是得知柳擎宇已經成為聯合巡視小組的人，都猜測柳擎宇會在第二天就趕往南華市展開巡視工作。因為柳擎宇一向是個重視效率之人。

然而，出乎所有人的意料。就在南華市這邊各層級的幹部們都做好防火防盜防柳擎宇的心理準備，要和柳擎宇進行硬碰硬的時候，柳擎宇和整個聯合小組的人卻好像根本沒有得到任何指示一般，一直沒有出現在南華市。而且這種情況整整持續了一個星期。

這種情況引起了南華市眾人的猜疑。

黃立海辦公室內。孫曉輝、廖錦強兩人坐在黃立海對面，臉色顯得有些凝重。

廖錦強說道：「黃書記，柳擎宇這次在搞什麼把戲啊？怎麼都過去一個星期了，柳擎宇和他們整個聯合巡視小組還沒有出現，我已經找人打探過了，打探的人說柳擎宇和整個聯合巡視小組的人這一個星期以來，全都窩在省紀委內待著無所事事，這回我可是有點迷糊了。」

孫曉輝也說道：「是啊，這次柳擎宇不知道到底在玩什麼把戲啊！難道他是在跟在向東市一樣，準備玩一個明修棧道、暗渡陳倉或者是瞞天過海？但問題是不管他玩什麼手段，總得等到我們南華市之後再玩吧，但是柳擎宇現在卻偏偏窩在省紀委裡不出來，該不會是他們沒有收到省紀委常委會的指示吧？」

聽廖錦強這樣說，黃立海立刻搖頭說：「我確定他們收到了省紀委常委會的指示，柳擎宇也表示一定會做好在咱們南華市的巡視工作，而且，柳擎宇在某次列席省紀委常委會的時候，曾向在座的所有常委們拍著胸脯保證，會在兩個月內完成對南華市的全面巡視工作。不過他有一個要求，那就是所有領導們不能對他的決策指手畫腳，他要按照自己的節奏去完成這項工作！所以，綜合目前我們所掌握的情報來看，柳擎宇肯定是在和我們鬥心眼，他是在**故布迷局**，只可惜我們猜不透柳擎宇到底想要從哪個方面對我們南華市展開巡視！」

廖錦強和孫曉輝聽了，臉上都露出了凝重之色，黃立海所說的這些細節十分重要，都需要做極其精細的情報工作，他們現在才明白，為什麼人家是市委書記，而自己僅僅是市委常委，他們對黃立海的說法也十分贊同。

廖錦強皺著眉頭說道：「黃書記，如果真是這樣的話，那我們今後該如何應對呢？如果柳擎宇一直不出現的話，我們總不能一直等下去吧？」

黃立海淡淡一笑：「我不知道柳擎宇他到底什麼時候來，但是有一點我可以肯定，那就是他一定會在兩個月之內過來，所以這兩個月，我們南華市的各級幹部一定要打起精神來，絕對不能有一絲一毫的鬆懈，不僅要做好本職工作，更要做好廉政工作，千萬不要被柳擎宇抓到任何把柄，否則的話，就會像向東市一樣，被柳擎宇順藤摸瓜一抓一大串！如果誰那裡要是出現了問題，一切後果由他自己負責！」

說道這裡，黃立海的聲音有些陰冷。

此刻，廖錦強和孫曉輝都聽出來了，這一次黃立海是真的下定決心要和柳擎宇好好的掰一掰手腕，畢竟，如果這次要是輸了的話，弄不好會把身家性命搭進去的；如果贏了的話，很有可能會面臨著繼續高升的誘惑。

這時，孫曉輝突然說道：「黃書記，我認為既然柳擎宇在跟我們玩心眼，**我們為什麼不能和他玩玩心眼呢？咱們也玩一個疑兵之計如何？**」

「疑兵之計？」黃立海臉上就是一愣：「怎麼玩？」

孫曉輝笑道：「柳擎宇不是為人強硬嗎？這一次我們可以派人去找柳擎宇，表示要和他修復關係，並且就之前他在我們南華市的遭遇向他道歉，向他服軟，甚至還可以誘惑他，就說我們願意拿出一個副市長的位置來留給他，希望他能夠答應回到我們南華市來任職。

「如果他答應的話，我們南華市的危局基本上就解除了，他為了這個副市長的位置，就算是短時間內不可能回到我們南華市，也會考慮一下調查力度的。要是他不答應的話，對我們來說也沒有任何損失，我們還能夠借此機會摸清楚柳擎宇這次到我們南華市來的底線到底是什麼，此乃一箭雙鵰之計。」

黃立海聞言，使勁地點點頭：「很好，很好，此計甚妙！就這樣辦了，曉輝啊，這件事既然是你提出來的，就由你來實施好了。如果我來做的話，有些太看得起柳擎宇了，別人的話，可能顯得級別又不夠，你現在是咱們南華市三把手，正好適合。」

孫曉輝點點頭：「好，沒問題。」

對於執行人這一點，他早就想好了，非他莫屬，而且在南華市，他也有著巨大的利益，所以他是絕對不能容忍柳擎宇在南華市攪風攪雨的，他必須要為南華市大局的穩定做出貢獻。

三人商討完畢後，孫曉輝立刻乘車趕到了省會遼源市，然後給柳擎宇打了個電話。

「柳擎宇，我是孫曉輝啊，還記得我嗎？」

柳擎宇當然記得，更深知他是黃立海的鐵桿，這個人突然給自己打電話，柳擎宇感到有些莫名其妙。不過柳擎宇還是說道：

「哦，是孫書記啊，您可是我的老領導，我怎麼可能不記得您呢？不知道您找我有什麼事嗎？」

「柳擎宇，我現在已經到遼源市了，我受市委市政府的聯合委託，想要和你談一談。」孫曉輝微笑著說道。

聽到對方是受市委市政府的委託，柳擎宇心中的疑惑更濃了，不過他大概也能夠猜到，對方來肯定是和自己要去南華市巡視有關。

柳擎宇也想要試探一下南華市的態度，便同意道：「老領導既然來了，我怎麼能不給你面子呢？你在哪裡？我去找你。」

孫曉輝說道：「我剛進市區，這樣吧，一個小時後，咱們到『千秋茶館』去坐一坐吧。」

柳擎宇點點頭：好，沒問題。」

一個小時後，柳擎宇準時出現在「千秋茶館」，孫曉輝竟然已經在茶館外面等候了。看到孫曉輝擺出這種迎接的架勢，如果是一般人絕對會感到受寵若驚，要知道，人家可是堂堂的市委副書記啊，南華市的三把手，如此大禮迎接，算是給足了柳擎宇面子。

柳擎宇卻是十分淡定，走上前和孫曉輝握了握手，寒暄幾句後，直接進入包廂內。

落座之後，柳擎宇端著茶杯輕輕的品茶。

孫曉輝也不著急，品了幾口茶後，這才說道：「擎宇啊，聽說你現在借調到省紀委之後，工作幹得非常出色啊。」

柳擎宇應付道：「還好吧，算不上很好，但是我認為我對得起自己的良心了。」

孫曉輝聽出了柳擎宇話中有話，自顧自的說道：

「市委市政府的主要領導們在得知你在省紀委做出的成績後，都為你的表現感到十分高興，也十分安慰，畢竟你是我們南華市出來的幹部，而且組織關係還在我們南華市，你的表現對於提升我們南華市在省裡的形象有著很重要的意義。這說明我們南華市領導對你的安排還是很合理的……」

接下來，孫曉輝說了一大堆自誇的話，意思是想要告訴柳擎宇，你能夠有今天，得感謝我們南華市領導對你的栽培。

一般而言，這種情況下，下面的幹部是不可能和孫曉輝頂著來的。但是，柳擎宇卻不是一般人，他早就對南華市的作風不滿了，如今看到孫曉輝竟然在這裡大言不慚地自誇著，立刻冷冷的說道：

「孫副書記，如果我記得不錯的話，我好像是直接被從瑞源縣縣委書記的位置上就地免職，然後被市裡一腳提到省委黨校去學習的吧？我根本就沒有感覺到什麼組織領導的關懷，我只知道我被人摘了桃子，我只知道我辛辛苦苦籌建起來的三省交通樞紐項目和瑞岳高速公路項目全都被人半路攔截，所以，我可以明確的告訴你，我對南華市的市委領導沒有任何的感激之意，更沒有任何的好感，至於說我的組織關係的確在南華市不假，但是我目前在省紀委取得的一切成績，和南華市領導之間也沒有任何關係，這都是我自己努力的結果！」

打臉！毫不猶豫的打臉！一點面子都不給孫曉輝留！

原本還自吹自擂得挺上癮的孫曉輝一下子猶如霜打的茄子一般蔫了！臉色也變成了

豬肝色。

他沒有想到柳擎宇竟然如此不給自己面子！自己好歹也是南華市的三把手啊，好歹也是他的領導啊，這小子竟然一點面子都不給自己。直接把話說絕了。太可惡了！

不過孫曉輝不愧是市委副書記，畢竟經過幾十年宦海沉浮，在經過最初的憤怒和不爽之後，很快調整了心情，他今天可不是來和柳擎宇吵架的，而是來做工作的。

想到此處，孫曉輝耐著性子道：「我知道，你心中肯定對市委領導之前免去你瑞源縣縣委書記的事十分不滿，這一點我也理解，不過我要告訴你的是，並不是市委領導要摘你的桃子，而是因為你在吉祥省的時候得罪了吉祥省的省委領導，人家省長親自過來說想啟動三省交通樞紐項目的前提是你必須離開這個項目，省裡和市裡為了顧全大局，只能委屈你了！當時把你放到省委黨校學習的目的，也是出於保護你的用意。」

孫曉輝頓了一下，沉聲道：「柳擎宇啊，市委領導一直牢牢的記掛著你為咱們南華市所做出的貢獻，所以市委黃書記其實早就為你準備好了一個副廳級的副市長位置，只要你願意，隨時可以就任！」

聽到孫曉輝竟然提到副廳級副市長的位置，柳擎宇不禁一愣，神情瞬間呆住了。

擎宇萬萬沒有想到，**黃立海出手竟然如此大手筆**！要知道，副廳級的位置那可是一個蘿蔔一個坑啊！隨隨便便哪個位置都是盯著無數雙窺視的眼睛，伺機待發！現在，黃立海竟然**想給自己提供一個副廳級的位置，這是重視他嗎？**

絕對不可能！黃立海怎麼可能會重用自己！既然不是重視，那麼肯定是陰謀或者策略了！

柳擎宇順著這個思路思考下去，他大致明白了對方的意圖。

柳擎宇淡淡一笑，道：「孫副書記，說實在的，這個副廳級的位置的確讓我非常心動，我相信，任何一個人都會心動的，畢竟，從正處級到副廳級之間的跨越，是很多人一輩子都難以完成的。」

聽柳擎宇這麼說，孫曉輝眼底掠過一抹難以察覺的冷笑和得意，只要柳擎宇接受了這個條件，那麼南華市的危機基本上就可以緩解了。

然而，讓他沒有想到的是，柳擎宇接著又說道：「按理說，有這麼好的機會，我應該毫不猶豫的答應下來。但是，孫副書記，我不能接受！」

孫曉輝頓時一愣，不解的看向柳擎宇說道：「為什麼不能接受？這可是市委黃書記下大力氣想為你爭取的。」

柳擎宇直言不諱地說：「恕我直言，我害怕！世界上沒有無緣無故的愛，也沒有無緣無故的恨，南華市憑什麼要給我安排這個副廳級的位置呢？是因為我工作做得出色嗎？答案顯然是否定的，因為如果南華市認為我工作出色的話，當年我也不會被一腳踢走了！」

孫曉輝的臉上露出些許尷尬之色。

然而，柳擎宇接下來的話讓他感到更加尷尬無比。

「既然不是因為我工作出色才給我安排這個副廳級的位置，那麼肯定是因為別的事了，會是什麼事呢？我相信，孫副書記和我大家都是明白人，都清楚肯定是為了我這次率領第九監察室對南華市的巡視工作，我不知道南華市市委到底是怎麼想的，但是我認為，如果在此時給我這個副廳級位置的話，我受之有愧，甚至有受賄的嫌疑，我擔心我前腳剛剛上任副市長，後腳就會被省紀委給查處了。而且這件事一旦被曝光的話，我的形象就會徹底損毀！

「我雖然從來不介意別人的誤解，但是我也不希望自己眼睜睜的跳進陷阱甚至是火坑！所以，孫副書記，這個副廳級的位置我不敢接受，我擔心**這是一個陷阱！**」

柳擎宇說完，孫曉輝臉上那叫一個難看。

柳擎宇竟然當著他的面指出這是一個陷阱。雖然這的的確確就是他為柳擎宇所設計好的一個陷阱，但是被人當面指出來，總是很尷尬的。

孫曉輝乾笑著說：「柳同志，你多心了，市委給你安排這個副廳級的位置，是為了補償之前在對待你的問題上所犯下的決策上的錯誤。」

孫曉輝竭力解釋著。柳擎宇卻搖搖頭道：「不好意思啊孫副書記，我這個人有一個原則，那就是絕對不會在同一個地方跌倒兩次，瑞源縣三省交通樞紐項目我被人給陰了，這一次，我不想再被陰，所以，這件事你就不要再提了，你要是沒有別的事情要談的話，我要走了。」

說完，柳擎宇起身要走。

孫曉輝見柳擎宇似乎是下定決心了，也知道很難阻攔，還是說道：「柳同志，我這次來還有另外一個目的，那就是和你溝通一下，希望你們第九巡視組在咱們南華市巡視的時候，能夠本著為南華市大局著想的原則，在調查的時候，一定要確保有的放矢，要確保咱們南華市大局的穩定，不要把事情做得太過。」

「孫副書記，這一點你可以放心，我柳擎宇做事一向都是對事不對人，不會因為任何情感或者個人因素影響我的行動，我會公事公辦的。」

說完，柳擎宇轉身向外走去。

第十章

家族聯姻

「你無法阻止我喜歡你，我相信，我有能力讓你喜歡上我。在家族利益面前，我們個人其實都顯得那樣的渺小，或許你現在還不知道，但是等到將來，等到你真的有機會替家族考慮的時候，你就會明白家族聯姻的重要性了。」

看著柳擎宇離去的背影，孫曉輝的臉上寫滿了凝重。從柳擎宇最後幾句話中他已經明白了，柳擎宇這是在告訴他，柳擎宇在南華市絕對不會手軟的！

孫曉輝立刻第一時間把自己和柳擎宇的談話內容向黃立海進行了彙報，黃立海聞言，臉色顯得十分難看，說道：「真沒有想到，柳擎宇這個年輕人竟然有如此胸襟，一個副廳級的位置都無法讓他心動，看來和柳擎宇，我們真是要死磕了！不過呢，我們也不能一棵樹上吊死，曉輝，你再找第二監察室的朱洪明好好談談，不惜任何代價爭取把他拿下，否則，如果他們整個巡視組鐵板一塊的話，恐怕我們南華市的日子就不好過了。」

孫曉輝點點頭：「好的，黃書記，您放心吧，我在來之前已經跟朱洪明約好了，一個小時後和他見面。」

兩個小時後，孫曉輝再次給黃立海打電話報告情況，這回，黃立海長長的鬆了口氣說道：「嗯，這次你做得不錯，有了這次的基礎，以後我們南華市在面對聯合巡視組的時候就會輕鬆很多了。」

然而，等掛斷電話後，黃立海卻破口大罵：「他奶奶的，真他媽的黑！這龜孫子，簡直是敲詐勒索啊！人在矮簷下，老子不得不低頭啊！」

說完，黃立海又是拍桌子又是仰天長嘆，心情顯得極其複雜。

此刻，柳擎宇在租住的房子客廳內。

柳擎宇正在和秦帥討論著今天和孫曉輝見面的情形。

秦帥笑說：「狠，太狠了，老大，你這可是相當於直接打孫曉輝的臉啊，你不覺得你做得有些過分了嗎？畢竟他以前可是你的領導啊。」

柳擎宇笑道：「我並不感覺有任何的過分，如果他事情做得好，我自然會尊重他，但是明顯他今天來是給我設陷阱來了，我總不能再對他感恩戴德吧！沒有抽他的嘴，我已經算是很給他面子了！」

秦帥呵呵笑了起來。

這時，秦帥突然轉移話題說道：「老大，你工作上的事我不太擔心，倒是你個人感情方面我有些擔心啊，現在我這邊已經快開花結果了，你卻還沒有一個最終的決定，曹淑慧、秦睿婕、慕容倩雪這三個女孩之間，你到底喜歡哪個呢？

「我聽小二黑說，你之前很鍾情於慕容倩雪，但是我發現慕容倩雪已經很長時間沒有在你的面前出現了，尤其是在你落難的時候，更是從來沒有出現過，你現在對她還有感情嗎？」

柳擎宇聽到秦帥把話題轉到個人情感上，臉上不由得露出了苦笑。

不管是在戰場上，還是在官場上，柳擎宇一向都是所向披靡，從來不懼怕任何對手，從來不懼怕任何的困難，然而在情場上，柳擎宇卻頗多猶豫。

如果說以前和曹淑慧之間的情感，他定義為青梅竹馬的友誼的話，那麼隨著曹淑慧一次次的為了他做出巨大的犧牲，為了他不惜與曹家徹底決裂，柳擎宇心中對曹淑慧多了一絲莫名的情愫，這種情愫讓他在面對曹淑慧的時候總感覺會怦然心動。

曹淑慧的情感就好像是**一團烈火，熾烈剛猛**。

而秦睿婕和柳擎宇之間的情感，就更讓柳擎宇無語了，因為秦睿婕是從柳擎宇進入官場後就一直陪伴在他左右，始終默默地為柳擎宇做著她能夠做的事，秦睿婕的性感和美豔也常讓柳擎宇心臟狂跳不已。在柳擎宇心中，秦睿婕就像是**一團春風，總是能夠溫柔地撩撥柳擎宇的心弦**。

慕容倩雪卻是柳擎宇最無法看透的女人。當時柳擎宇曾經認為自己對慕容倩雪一見鍾情，甚至心生愛慕之意，但是隨著時間的推移，柳擎宇突然發現，慕容倩雪並不是自己想像中的那個女孩，她的變化非常大，大到他看不清楚。

沉默良久後，柳擎宇幽幽說道：「說實在的，我還是不知道我的情感到底應該歸於何處。」

秦帥也不由得苦笑起來。

事業上的事他可以為柳擎宇出謀劃策，提出自己的見解，但是情感上的事，他也是菜鳥一枚，根本提不出什麼好的建議，而且柳擎宇的情況十分特殊，他只能搖搖頭說：「老大，你最好儘快做出決定來。」

柳擎宇不解道：「為什麼要儘快呢？」

秦帥道：「我剛剛聽小二黑告訴我，說曹淑慧現在進入休假狀態，準備到遼源市來散心。秦睿婕好像也要開始休假了，據說是積了很長時間的假期，還有，聽劉小胖說，那個慕容倩雪最近也要到遼源市來，這次，恐怕你有頭疼的了。」

秦帥說得沒錯，柳擎宇真的頭疼了！

對慕容倩雪的個性，柳擎宇現在還摸不清楚，但是對秦睿婕和曹淑慧這兩個頂級美女的個性，柳擎宇可是非常清楚，曹淑慧的火爆脾氣、倔強個性，絕對是一顆定時炸彈，沒準啥時候就會爆炸；秦睿婕雖然平時清風細雨，沒有一絲的煙火，但是一旦認真起來，也是啥都敢幹做的主。

現在三個美女全都要過來，而且恰恰是自己巡視工作最為關鍵、最為較勁的時候，他想要不頭疼都不行啊！

沒想到，就在第二天上午，柳擎宇正在省紀委內閱讀資料的時候，他的手機便響了起來，打電話來的人竟然是慕容倩雪，這個消失了足足有半年之久沒有露面的女人。

接到慕容倩雪的電話，柳擎宇一向悸動不已的心竟是異常平靜。

「慕容倩雪，你好，我是柳擎宇。」

電話那頭，慕容倩雪聽到柳擎宇平靜得出奇的聲音，柳葉眉向上挑了挑，心中頗多不爽，因為她還清楚的記得，以前柳擎宇和她通電話的時候，聲音中總是會透出難以掩飾的激動和興奮。

慕容倩雪幽幽說道：「柳擎宇，你是不是把我給忘了？」

柳擎宇笑道：「怎麼可能呢？如果忘了你，又怎麼會喊出你的名字。」

「那為什麼我從你的語氣中感覺不到一絲興奮呢？」慕容倩雪質疑道。

柳擎宇沉默了。

在事業上，柳擎宇可以大公無私，但是在感情上，柳擎宇也是一個普通人，慕容倩雪一連串的動作讓柳擎宇對慕容倩雪的人品、性格產生了絲絲疑慮。

柳擎宇不是那種追求完美的男人，他可以容忍對方有缺點，卻無法容忍對方的漠視與冷遇。雖然柳擎宇也曾經主動追求過慕容倩雪，但那時柳擎宇更多的是一種一見鍾情式的衝動，時間是澆滅這種衝動最有效的滅火劑。

慕容倩雪也沉默了下來，良久之後說道：「柳擎宇，我知道你現在對我已經沒有以前的那種感覺，也知道你對我有諸多疑問，但是我也有不得已的苦衷，我現在已經到南華市了，我想要見你。」

柳擎宇一愣，沒想到慕容倩雪竟然到了南華市，隨即道：「我現在在遼源市。」

「你難道不能到南華市來找我嗎？柳擎宇，當時相親時你許下的承諾難道忘了嗎？你當時不是說對我很滿意的嗎？難道你忍心讓我一個小女子在人生地不熟的地方孤寂的等待嗎？」

慕容倩雪的聲音中流露出幾分悽楚之色。

聽到慕容倩雪這樣說，柳擎宇的心微微一動。他想起了當時相親時和慕容倩雪第一次見面時的驚豔和心動，原本有些漠然的心漸漸回暖，沉吟了一下說道：「好吧，我今天下午就趕過去，晚上請你吃飯，你先找個酒店住下來吧！」

「嗯，好，我全聽你的。」電話那頭傳來慕容倩雪猶如春風般的聲音。

掛斷電話，柳擎宇卻是眉頭皺起，臉上露出了凝重之色。

本來在應對南華市的巡視問題上，柳擎宇想要再玩一把明修棧道暗渡陳倉的把戲的，因而一直把巡視組按在遼源市，沒有採取任何行動，但是從南華市的應對措施來看，柳擎宇分析出恐怕黃立海等人應該已經看穿了自己的策略，也採取了十分有針對性的措施，繼續這樣對峙下去，自己的策略也不會收到任何效果，所以最近柳擎宇一直在思考著應該如何應對。

慕容倩雪突如其來的電話突然讓柳擎宇多了一絲靈感。

同一個招數如果接連使用，很容易被對方看穿，更何況自己所面臨的還是精英中的精英，黃立海可是一路狂奔直接衝到市委書記的超牛人物，他的智商、官場鬥爭經驗可不是自己這個剛入官場幾年的毛頭小子所能夠比的。

面對這種老狐狸級別的人物，如果總是採取固定的套路模式，恐怕很難奏效，既然如此，**自己不如主動出擊，出人意料，見招拆招，跟老狐狸們比拼應變能力**，這反而是自己的長處。

想到此處，柳擎宇立刻把第九監察室的眾人召集到自己的辦公室來，說道：「大家準備一下，咱們一會兒就要前往南華市，正式展開這一輪的巡視工作了。」

孟歡聽了一愣：「柳老大，你之前不是說咱們至少要在省會熬上一個月之後再出擊嗎？」

柳擎宇笑道：「嗯，之前我的確那樣規劃過，不過，最近我觀察南華市的情形，發現黃立海已經猜到了我的計畫，既然如此，我們只能主動出擊，靈活應變了。」

孟歡這才恍然大悟。

沈弘文說道：「柳老大，你的意思是咱們直奔南華市，然後就地展開工作嗎？」

柳擎宇笑著點點頭：「沒錯，就地展開工作，這一次，咱們和第二監察室分頭行動，不設定任何限制，我也不採取任何干涉行為，你們主動尋找巡視領域，給南華市來一個天女散花，讓他們摸不清我們真正想要巡視的領域，我們跟他們玩短兵相接，跟那些老狐狸比拼應變能力，如果能夠抓住一兩個機會就立刻展開深入調查，先挖出一批蛀蟲再說。

「我敢斷言，南華市的腐敗問題比向東市更加嚴重，但是南華市的腐敗勢力之間更加團結，而且他們彼此間早已組成了一張緊密的大網，圍繞著這個關係網組建了巨大的利益集團，想要打破這張網，不動些心思肯定是不行的。」

聽到柳擎宇這樣說，沈弘文和孟歡臉上都露出深思之色，對於柳擎宇這次戰略部署的真實目的，他們都領悟到了。

柳擎宇又說道：「對了，提醒你們一下，這次我們要和第二監察室一起行動，不排除到時候他們會想盡一切辦法跟著你們，所以，該怎麼做你們要心中有數。我們這個團隊最值得信任的人只有我們自己人。」

孟歡、沈弘文、包凌飛等人都使勁的點點頭，他們跟在柳擎宇身邊的時間都不短，雖然人都很年輕，卻都是心思機敏之人，自然聽得懂柳擎宇這番話的真實意圖。

隨後，柳擎宇又讓包凌飛去第二監察室把朱洪明等人都叫到會議室內，召開了一次臨時會議，在會議上，柳擎宇宣布立刻前往南華市展開巡視工作。

聽得這個消息，朱洪明感到有些意外，不過臉上卻表現得十分鎮定。

等散會之後，朱洪明立刻找到了省紀委副書記王達飛，把柳擎宇的部署向他做了彙報，等彙報完部署之後，朱洪明說道：

「王書記，我還得到一個消息，就在我們開會之前，柳擎宇先召集了他的第九監察室人員在他的辦公室內舉行了一個小範圍的會議，不知道他們在商量什麼。」

王達飛聽了說道：「這個不好分析，不過呢，等到了南華市以後，你們第二監察室的人要機靈一點，隨時隨地要注意柳擎宇他們這個監察室的動向，雖然將來分配政績的時候是綜合評定的，但是不排除柳擎宇讓他的第九監察室獨立行動的可能性！」

朱洪明點點頭：「王書記，您放心吧，我知道該怎麼做。」

從王達飛辦公室出來，朱洪明又把自己第二監察室的眾人喊了過來，臉色凝重的說道：「同志們，這一次我們第二監察室要和第九監察室一起行動，而我只是聯合巡視小組的副組長，所以在接下來我們在南華市的巡視行動，我希望大家都能夠機靈一些，要和第九巡視小組的人多多溝通，最好和他們一起採取行動，這樣一來，將來分配政績的時候，我們才能和他們分庭抗禮，不會吃虧。

「另外呢，如果看到第九監察室那邊有什麼行動的時候，要及時向我進行彙報，爭取讓我做到心中有數，我們雖然組成了聯合調查小組，但是我們第二監察室依然是一個緊密的團隊，我們依然要保護我們第二監察室應該獲得的權益。」

第二監察室的人全都是人精，他們自然聽得出來朱洪明的意思，紛紛點頭表示明白。

兩個小時後，準備妥當的聯合巡視小組乘坐大巴，正式前往南華市。

然而，柳擎宇他們還沒有上車呢，南華市便已經得到了消息。

南平市市委常委會議室內。

南平市市委常委們全都在場，黃立海主持了這次緊急常委會。

黃立海掃視了一眼眾人，語氣沉重的說道：

「同志們，省紀委派出的第二監察室和第九監察室所組成的聯合巡視小組已經正式啟程前往我們南華市，巡視即將展開，我相信大家都應該清楚這一次聯合巡視小組的巡視可不是開玩笑的，向東市官場大地震的事，我想大家都不陌生，我不希望向東市的悲劇在我們南華市重演，如果真是那樣的話，在座的常委們恐怕都要承擔相應的責任，所以我希望，不管我們各位常委們彼此間以前有什麼成見，大家都要以一顆包容、團結的心卻面對，我們現在的目標是確保我們南華市大局的穩定。」

隨後，其他常委們一一進行表態，大部分常委們都表達了團結一致面對巡視組的決心和勇氣。

當然了，大家說話還是十分含蓄的，而且聽起來也是義正詞嚴，但是實際上，所有人都知道，黃立海這次會議的目的是警告眾人不要在巡視組到來期間胡鬧和舉報，否則的話，那就是和大家的利益叫板，到時候會受到其他人一致的攻擊，那樣的後果是十分嚴重的。

隨後，柳擎宇這個聯合巡視組的蹤跡，每隔半個小時左右，就會在黃立海那邊更新一次，而整個南華市也由於有了黃立海統一指揮，氣氛在平和中透露出幾分緊張。南華市各個部門的負責人也紛紛在第一時間召開會議，部署市委的統一指示。

當巡視組在下午三點左右到達南華市時，黃立海已經得到了消息。

不過，黃立海臉上露出十分淡定從容之色，他相信，這一次就算柳擎宇這小子是孫猴子轉世，也很難逃出他這個如來佛祖的手心。他要讓柳擎宇在南華市待上兩個月卻無功而返。

然而，當柳擎宇和他的聯合巡視組到達南華市後，柳擎宇卻猶如人間蒸發一般消失了。整個聯合巡視小組也全都入駐了南華市新源大酒店內，暫時閉門不出。

新源大酒店內，朱洪明的房間內，第二監察室副主任呂一德臉色凝重的正在向朱洪明彙報工作。

呂一德說道：「朱主任，我剛才去了趟柳擎宇的房間，發現他的房間內沒有人，我又去了其他第九監察室的人的房間轉了一圈，柳擎宇也沒有在裡面，後來我去櫃臺問了問，櫃臺說柳擎宇已經出去了。」

朱洪明頓時一愣，瞪大了眼睛說道：「什麼？剛剛安頓下來柳擎宇就出去了，他現在幹什麼去了？第九監察室的人呢？」

呂一德說道：「第九監察室的人倒是沒有一個出去的，只有柳擎宇不知所蹤。」

朱洪明聽了，眉頭立刻緊皺起來，道：「嗯，我知道了，你先休息去吧，從明天開始，我們正式展開巡視工作。」

呂一德離開後，朱洪明第一時間和南華市市委副書記古紀勳取得了聯繫：

「古書記，我剛剛確定柳擎宇在到達新源大酒店後便離開了，現在我也不知道他去了哪裡，你們自己多多小心吧！」

說完，古紀勳便掛斷了電話。

他現在用的這個電話是從路邊買來的一個電話卡，用完之後便把卡卸出來，就不必擔心被人追蹤了。

古紀勳接到電話後，臉色刷的一下陰沉下來，沉思了一會，來到市委書記黃立海的辦公室，把情況跟黃立海說。

黃立海聽完後淡淡一笑，說道：「沒事，柳擎宇現在已經全程處於我們的監控之下了，他去哪裡隨意，不用擔心這些。」

古紀勳聽到這裡，心中頓時稍安，不過還是說道：「黃書記，柳擎宇這個傢伙可不簡單，千萬不能對他掉以輕心啊。」

黃立海笑著說道：「那是必須的。」

柳擎宇離開新源大酒店後，立刻搭了輛計程車，讓司機在大街小巷開始繞起圈來，因為他上了計程車後，就發現後面一直有人在跟蹤自己，這讓柳擎宇心中十分不爽。不用動腦筋也能猜到跟蹤自己的，肯定是南華市方面派出來的人。

柳擎宇臉色顯得十分難看，直接丟給司機五百塊錢說道：「看到後面那輛黑色的日本車了嗎？把他給我甩掉，這些錢就全都歸你！然後把我送到南華大廈門口。」

司機看著手中花花綠綠的鈔票，頓時雙眼放光，滿臉興奮的說道：「好的，沒問題，這事就交給我了！要說別的我不在行，南華市的交通，沒有人比我更熟了！」說完，腳下油門一踩，車子立刻猶如離弦之箭一般飛了出去，在大街小巷裡鑽來鑽去。

在計程車後面，一輛黑色的日本車內，司機看到計程車突然加速，臉色頓時陰沉了下來，對身邊的同事說道：「韓隊長，看樣子柳擎宇好像發現了我們啊？」

「不用管他，追住那輛計程車即可，我們只管跟蹤和監控，其他的事不需要我們操心。」

副駕駛位置上，一個國字臉的男人以一種命令語氣說道。

司機立刻加速，開始追蹤起計程車來。

然而，這司機技術雖然不錯，但是比起靠開車來養活一家子的計程車司機就差了不少，尤其是計程車司機對於南華市的大街小巷十分熟悉，帶著對方轉悠了半個小時後，便成功的把對方給甩開，把柳擎宇帶到了南華大廈門前。

司機遞給柳擎宇一張名片道：「哥們，這是我的電話，如果你以後有什麼需要的話，可以直接和我聯繫，我保證不會耽誤你的事情的，而且我這個人嘴一向很嚴實。」

柳擎宇接過名片，放進自己的口袋中說道：「你的計程車車號恐怕已經被對方給記下來了。」

計程車司機嘿嘿一笑，說道：「沒事沒事，我這車是套牌的！大不了我下次換另外一個牌子就可以了。」

柳擎宇頓時無語，笑著轉身走進百貨大樓內，匯入了滾滾人流。

十多分鐘後，柳擎宇從另一側的大門口內走了出來，向東一拐，走入一條小街內，穿過小街，來到與慕容倩雪所約定的一家名為「保定民肴」的酒店內，在三〇六包間內坐了下來，喝著茶默默等待著。

過了十多分鐘，包間房門一開，慕容倩雪嬌豔的身姿顯露出來。

慕容倩雪今天穿著一身粉色連衣裙，烏黑柔亮的濃密秀髮披散在香肩上，香肩下，是飽滿起伏的峰巒，連衣裙有些瘦，更加將她那飽滿曼妙堅挺的身段顯露無疑。連衣裙下擺，筆直潔白如玉的小腿在柔和明亮的燈光映襯下散發著迷離靚麗的光澤。

今天的慕容倩雪略施粉黛，讓她那原本就清純迷人的臉蛋顯得愈發嬌豔動人，彎彎的柳葉眉、大大的杏眼、猶如羊脂玉一般吹彈可破的肌膚、個性鮮明的瓜子臉，黃金比例搭配的臉龐是那樣的美麗、純潔，往那裡一站，就彷彿是剛從畫中走出來的不食人間煙火的仙子一般，豔麗不可方物。

柳擎宇依稀記得，這好像是他第一次見到慕容倩雪略施粉黛的手姿，果然嬌豔動人，讓他原本沉寂的心微微起了一絲波瀾，目光不由得在慕容倩雪的身上多停留了幾分。

慕容倩雪似乎也發現了柳擎宇眼神中的那絲炙熱，微微一笑，蓮步輕移，來到柳擎宇的對面坐下，柔聲說道：「柳擎宇，你最近好像瘦了，也黑了。」

柳擎宇笑了笑，其實，柳擎宇認為慕容倩雪才是真的瘦了，此刻的她明顯比當時自己第一次見到她的時候瘦了一圈。

柳擎宇笑道：「你喝什麼？」

慕容倩雪柔聲道：「你喝什麼我就喝什麼。」

柳擎宇給慕容倩雪倒上一杯茶，隨即房間內再次陷入沉默之中。

「柳擎宇，你上次重傷住院的時候，我只去醫院看了你一眼便離開了，而曹淑慧卻一直守在你的身邊，你是不是因此對我有所不滿？而對曹淑慧產生了情感？」慕容倩雪開門見山的說道。

柳擎宇沒有說話，但是他沉默的態度讓慕容倩雪似乎感悟了什麼。

慕容倩雪長嘆一聲道：「哎，你不說我也知道，任何人在那個時候，出現了那麼明顯對比的反差，心中肯定會偏向曹淑慧的，你甚至還會認為我的人品有問題。但是，柳擎宇，你並不知道，我那個時候能夠過去看你一眼，已經是我能夠做到的極限了。」

說道這裡，慕容倩雪眼中的淚水猶如斷線的珍珠一般，劈里啪啦的往下直落，嗚嗚的抽泣起來。

柳擎宇頓時一愣，**難道慕容倩雪有什麼不得已的苦衷？**

柳擎宇拿出一疊紙巾遞給慕容倩雪，沒有說什麼，因為這個時候，柳擎宇不知道應該說什麼好。所以他在等待，等待著慕容倩雪說出她的苦衷。

慕容倩雪抽泣了一會之後，這才抹了抹眼淚，略施粉黛的小臉頓時微微有些發花，但是這並沒有影響到她的美豔，只是讓她清秀絕倫的臉上多了幾絲我見猶憐的味道。

梨花帶雨的美女楚楚可憐的看著你，任何男人恐怕都會心軟的。

慕容倩雪看了沉默不語的柳擎宇一眼，銀牙輕輕咬了一下嘴唇，抽泣著說：

「柳擎宇，你知道嗎？自從第一次相親看到你之後，我的心中就有了你，當你去學校找我並為我出頭之後，我的心裡已經深深留下了你的烙印，但是那個時候，我並沒有真正審視我的內心，對你的態度十分冷淡，但是，這就是我的真實感受。

「不過後來，由於你離開北京返回工作駐地，我對你的態度在逐漸發生著變化，在此期間，我的家人也為我安排了一些其他的相親對象，但是，我看到他們，才突然發現，遇到任何一個男人，我都會不由自主的拿他們和你相比，不管對方多麼帥，多麼有錢，多麼有地位，我總認為他們不如你。這時候我才知道，我的內心深處已經再也容不下任何一個男人，我的心中只有你。」

說到這裡，慕容倩雪看向柳擎宇的目光灼熱，眼神中流露著一股化不開的柔情蜜意。

柳擎宇的表現依然十分平靜，他的目光如常，默默注視著慕容倩雪。

慕容倩雪粉臉微紅，微微低下頷首，目光羞澀，聲音略微降低了一些，卻依舊執著的說道：「柳擎宇，你知道嗎？從那個時候開始，我就經常做夢，每次做夢我都會遇到你，夢想著和你一起去看風景，和你一起度過人生中的每一天，執子之手，與子偕老。

「直到那一天，你陪我一起在瑞源縣遊覽，當我看到你的身邊竟然還圍繞著其他美女的時候，我發現，**我的人距離你如此之近**，但是**心卻如此之遠**，不管是曹淑慧也好，秦睿婕也罷，她們都是十分強勢的女人，她們善於競爭，喜歡競爭。但是我不是這樣的女人，我喜歡寧靜，喜歡獨處，喜歡置身事外，我雖然能夠感覺到你對我的情感，卻不敢給你任何承諾，給你任何期許，因為我知道，男人在面臨多個美女的時候，你們的心思往往是希望全部收入後宮，都成為你們的囊中之物，但是那種結果我無法接受，所以那時候我選擇了逃避！」

聽到慕容倩雪低聲傾訴，柳擎宇的記憶似乎回到了那次一人伴三女的旅遊，當時那種痛並快樂著的感覺再次縈繞在心頭，然而，讓柳擎宇感到意外的是，他清楚記得當時三人一起遊玩的時候，他內心深處最為中意的仍是慕容倩雪這個看起來與世無爭的女孩，只是經過這些時日的變化，他發現慕容倩雪的影子正在漸漸淡化遠去，曹淑慧和秦睿婕的身影正在漸漸清晰。

如今聽到慕容倩雪的傾訴，慕容倩雪的形象才再次漸漸浮現。佳人就在眼前，然而，此刻柳擎宇心中卻多了一絲咫尺天涯的感覺。

慕容倩雪依然在傾訴著：

「柳擎宇，你知道嗎？後來我雖然逃避，一直不敢見你，但是我無時無刻都在想著你。我聽說你被人暗算重傷入院，我心如刀割，真的很想第一時間趕到你的身邊，守護著你，直到你醒過來，哪怕是地老天荒滄海桑田也無所謂。但是族長找到我，說希望我嫁給北京沈家第四代最優秀的年輕人沈鴻飛，當時我震驚不已！

「因為家族一開始是希望我嫁給你的！而我的心也完全被你給佔據了！現在，家族竟然要我嫁給沈鴻飛，對於這一點，我無法接受。而且得知你重傷住院，我心急如焚，所以我直接拒絕了族長的意思！但是隨後我就被他們軟禁起來！

「族長派我的父母和親戚輪流勸說我，他們說雖然一開始是希望我嫁給你，但是後來沈家上門求親，並且提出了十分優厚的條件，那些條件是你們劉家絕對不可能給予的。而且由於你老爸為人耿直，更不可能給我們慕容家族任何的承諾，雖然嫁給你，在形勢上對於我們家族有利，但是在利益上卻不一定有利，可是如果我嫁給沈家，對我們慕容家族則是條件最為優厚的！

「因為沈鴻飛雖然才廿六歲，已經官至副廳級，他的優秀在北京各大家族有口皆碑，很多人都認為**沈鴻飛最有可能成為沈家中興崛起的關鍵人物**，成就絕對會超過他的爺爺沈中鋒。而且沈中鋒和沈家一直在重點栽培他，一旦他能夠成為沈家第四代的核心人物，將來的成就不可限量，我如果嫁給他，慕容家族也將會因此受益。」

聽慕容倩雪提到沈鴻飛，柳擎宇的眉頭微微皺起，因為對於沈鴻飛這個人，柳擎宇並不陌生。

以前柳擎宇年輕時在北京廝混期間，曾經和沈鴻飛有過數次接觸，沈鴻飛給柳擎宇的感覺十分獨特。

沈鴻飛人長得十分帥氣、陽光，論形象和氣質都不比自己遜色，而且沈鴻飛為人十分低調，卻善於團結別人，所以他的身邊總是圍繞著一群實力不弱的衙內和鉅賈之子。

他很少和其他衙內發生衝突，即便發生衝突也會以十分靈活的手腕進行解決。當時，衙內圈曾經流傳著一句話，沈家的兒子、曹家的閨女天下無雙！這句話中的沈家兒子就是沈鴻飛，而曹家的閨女自然是曹淑慧。

柳擎宇當時還聽說沈鴻飛這個名字來歷有著一段故事，據說沈鴻飛的名字原來並不叫沈鴻飛，而是叫沈浩宇，由於沈中鋒在仕途鬥爭中敗給了柳擎宇的老爸劉飛，十分鬱悶，所以把沈浩宇這個名字給改成了沈鴻飛，喻意是鴻雁展翅翱翔九天強過劉飛！

當然，這些都是坊間流傳的小道消息，真實性無從考證，但是從中也可以看出沈家和劉家之間的關係基本上是水火不容的。

沈中鋒由於吸取了大兒子沒有教育好的後果，對沈鴻飛從小就要求極其嚴格，栽培有加，所以沈鴻飛長大後完全沒有哥哥那種囂張跋扈、遊手好閒的公子性格！

此刻，聽慕容倩雪說沈家竟然主動前往慕容家族求親，心中立刻多了一絲怪異的感覺，他隱隱感覺到，沈家此舉很有可能針對的是自己的父親，希望借此機會將老爸一軍，如果沈家迎娶慕容倩雪，由於自己早就與慕容倩雪相過親，並且當時還表示有繼續交往的意思，慕容倩雪最後卻是嫁給沈鴻飛，劉家必定顏面掃地。而且沈家由於多了慕容家族這麼一個盟友，實力必將更進一步。再次形成和劉家對峙的局面。

想到這些，柳擎宇的內心波瀾起伏。

這時，慕容倩雪抬頭看了柳擎宇一眼，看到柳擎宇的眼神有些迷離，便知道他走神了，冰雪聰明的她也已經猜到，有可能是剛才自己的那番陳述引起了柳擎宇的思考，也許他正在想如何爭取自己呢，慕容倩雪心中暗喜不已。

慕容倩雪接著說道：「柳擎宇，你知道嗎？雖然我見過沈鴻飛，也知道他是個十分優秀的男人，但是在我心中，你才是這個世界上最優秀的男人，我的心中只有你，所以，雖然家族把我軟禁起來，但是我從來沒有屈服，我以絕食抗爭，最後他們才答應我讓我來南華市看看你，但是看望時間不能超過十分鐘。這也是我為什麼只能在病房內稍做停留的原因！柳擎宇，你可以原諒我嗎？」

柳擎宇沉默良久，這才說道：「慕容倩雪，我最近看到一句十分經典的話，感覺挺有意思的，這句話是這樣說的：『很多時候，我們憤懣、抑鬱、抱憾、怨恨，原因只是放不下。放不下遠離的人，放不下曾經的事，放不下失去的物；放不下一截時光，放不下一段回憶；放不下成敗，放不下榮辱，放不下不屬於自己的一切。其實，**窄的不是路，是思想與感情；深的不是苦，是感受與心情**，路邊是路，苦中有甜，看的是你自己。』」

慕容倩雪為之一愣，有些不明白柳擎宇說這些話的含義，細細品味起來。

柳擎宇這段話的重點是**放不下！難道柳擎宇是在暗示自己要放下嗎**？一時間，慕容倩雪芳心雜亂無比，猶如打翻了五味瓶一般，酸甜苦辣鹹輪番湧現，淚水又不由自主地流淌下來。

過了一會兒，慕容倩雪柔聲道：「柳擎宇，你這段話實在是有些太過晦澀了，我聽不太明白。你能給我解釋一下嗎？」

當慕容倩雪說這句話的時候，她能夠清楚的感受到自己的心在顫抖著。她的一雙美眸楚楚可憐的看著柳擎宇。

柳擎宇的目光與慕容倩雪稍微碰撞了一下便收了回來，沉默了一會兒，緩緩說道：「慕容倩雪，我想要說的是……」

「等一等！」

柳擎宇正要說出自己的意思，卻突然被慕容倩雪給喝止住了！

慕容倩雪看到柳擎宇的臉色便猜到柳擎宇想要說什麼了，她不能讓柳擎宇當著自己的面把那句話給說出來，她無法承受！

慕容倩雪看向柳擎宇，淚眼婆娑著說道：

「柳擎宇，你知道嗎？並不是只有曹淑慧才會為你敢於和曹家決裂，我慕容倩雪也可以！柳擎宇，我愛你！我真的愛你！我知道，也許你因為這段時間的不見、因為曹淑慧的付出，你心中那座愛的天平已經發生了傾斜，但是我要告訴你，我慕容倩雪對你的愛不比曹淑慧少多少，更不會比秦睿婕少！

「柳擎宇，你等著，我馬上和家族溝通，我要為了你和慕容家族決裂，我以前雖然與世無爭，但是這一次，我要為了我的愛情，和任何阻礙我的勢力進行鬥爭！哪怕是碰得頭破血流，我也無怨無悔！因為我喜歡你，柳擎宇！我愛你！」

慕容倩雪抽泣著跑出了酒店，消失在茫茫夜色之中。

看到慕容倩雪臨走時那充滿不甘、絕望的眼神，柳擎宇原本堅硬的心在漸漸變軟。自己剛才對慕容倩雪是不是太殘忍了一點呢？

慕容倩雪剛才的感覺其實完全正確，他想要告訴慕容倩雪的是，自己已經放下了和她那一段曾經朦朧、曖昧、若有似無的情愫；他想要告訴她，在這段有緣無分的情感中，她沒有任何錯，他們之間感情的存續完全是上天的捉弄，是陰錯陽差。兩人心中都有著一段放不下的時光，有一段放不下的回憶，但是，畢竟一切都已經過去了。

時過境遷，滄海桑田！時間會淡化一切曾經濃郁得無法化開的東西，哪怕是在堅硬的岩石也可以被水滴擊穿，哪怕是在堅硬的鋼鐵也抵禦不了歲月的侵襲，終究會鏽跡斑斑！

柳擎宇想要告訴慕容倩雪，他認為慕容倩雪未必是真的愛自己，而是放不下曾經的那段朦朧的情愫，但是時間會讓她忘記自己。

慕容倩雪離開了，包間內卻還殘留著慕容倩雪身上所留下來的淡淡餘香。

柳擎宇站在窗邊，望著窗外五彩斑斕的夜色，眼神中多了一絲迷惘之色，這種眼神以前從來沒有在柳擎宇這個堅強、無畏的鐵漢子臉上出現過。

這位曾經在戰場上以一己之力在叢林中埋伏三天三夜，殲敵無數的鐵血男兒，此刻卻真的迷惘了。

面對慕容倩雪這個表面上看起來清純可人、與世無爭，實際上卻心思靈動、城府極深的女孩，柳擎宇不知道自己到底應該如何對待與她之間那曾經朦朧的情愫。

雖然自己身邊美女不少，但是真正**第一個讓他心動的就是慕容倩雪**，然而，**第一個讓他對情感萌生退意的也是慕容倩雪！**

就在他下定決心準備和慕容倩雪說出他的決定時，慕容倩雪卻以一種近乎於逃避卻又帶著一種瘋狂的行動阻止了自己的話，甚至還說要和慕容家族徹底決裂！自己該怎麼辦？

如果她真的與慕容家族決裂了，**自己該重新和她開始嗎**？他已經決定放下這段感情了，但是慕容倩雪卻對自己依然情真意切，甚至為了自己，想要犧牲親情，自己該怎麼勸阻她呢？

慕容倩雪離開柳擎宇後，上了自己的車，回到自己的房間，隨即拿出手機撥通了老爸慕容博的電話：

「爸，我決定了，我要和慕容家族斷絕一切關係，從今以後，我要為了我自己未來的人生幸福而努力追求，曹淑慧能夠做到的事，我一樣也可以做到！」

「不行！絕對不行！雪兒啊，你千萬可不要跟曹淑慧學，曹淑慧那丫頭就是個瘋子，就是因為她的這個決定，現在曹家內部矛盾重重，曹晉陽的地位岌岌可危，原本前途無量的他，現在前景變得撲朔迷離，雖然曹淑慧宣布脫離曹家，但是其他家族的人未必相信這件事，認為那不過是掩耳盜鈴的把戲罷了！

「你現在是咱們慕容家族崛起的最大底牌，你兩個伯伯和你爺爺都不會允許你做出這個決定的！而且沈鴻飛那個孩子我也看過，真的是個十分優秀的年輕人！不僅背景深厚，能力更是超強，更沒有那些普通衙內的那些壞毛病，他的前途不可限量，甚至極有可能成為沈家未來的掌舵人，一旦你成為他的妻子，你在咱們慕容家族的地位也將會扶搖直上！而且你今後將會一輩子衣食無憂，享盡榮華富貴！」

慕容博極力勸說著自己的女兒！

慕容博是一個商人，做任何事情都要考慮收益！當初慕容家族希望和劉家聯姻的時候，他就積極表示支持，因為他相信，一旦能夠和劉家聯姻，那麼自己在慕容家族的地位就會上升，發言權就更大，能夠調動的資源就更多，自己的商業帝國就會更加龐大。

然而，在相親過後，劉家也僅僅是表示願意讓柳擎宇和慕容倩雪進行下一步的相處而已，並沒有在政治上或者經濟上給予任何的承諾！這也讓慕容家族的主要人物心中都有些不太安心。

恰好在這個時候，沈家找到了他們，提出了十分優厚的聯姻條件，幾乎每一條都讓慕容家族動心。尤其是沈家答應慕容博，只要能夠聯姻，沈家會在商業上給予慕容博最大程度的支持，沈家掌控的一個私募基金將會給予慕容博的商業帝國提供三十億資金的投資，這對於一直想要讓自己的帝國進入中國一百強的慕容博來說，有著致命的誘惑性。

最終慕容家族在召開內部會議之後，毅然決定放棄和劉家的聯姻計畫，轉而和沈家聯姻，因為和沈家聯姻的好處是明顯可以見到的，尤其是沈家答應將會幫助慕容家族爭取一個政治上十分重要的位置！

有著這麼多的好處，慕容博自然不可能允許女兒私自做主和家族決裂。

慕容倩雪聽到老爸這樣說，頓時心如刀割！她雖然知道老爸做事一向喜歡算計，卻萬萬沒想到，老爸連親生女兒的幸福也要算計！她很清楚，老爸所說的什麼榮華富貴全都是扯淡，他的根本目的就是為了那三十億的投資！

慕容倩雪的心在緩緩地下沉。

然而，這卻更加激發了慕容倩雪的鬥志，慕容倩雪銀牙緊咬道：「爸，不管你怎麼說，我已經決定要脫離慕容家族，追求我自己的幸福了，所以從今以後，我們之間也不用再聯繫了！」

說完，慕容倩雪就要掛斷電話。

慕容博大聲說道：「雪兒，你千萬不要魯莽啊，我告訴你，你爺爺已經答應了沈家聯姻的要求，沈鴻飛現在已經前往南華市去找你了，具體的事還是等你們見面的時候年輕人自己談吧！」

慕容倩雪這時已經掛斷了電話。

聽到電話裡傳來嘟嘟嘟的忙音，電話那頭慕容博老臉上閃過一絲奸猾的笑容，得意洋洋的說道：「雪兒啊雪兒，你的性格我這個當爹的怎麼可能不清楚呢！你雖然表面上看起來與世無爭，實際上你所追求的比任何人都要高，比任何人都要多！

「我記得你小的時候曾經說過，你要麼不做事，要做就要做得最好！上學的時候，你從來就沒有讓別人把第一名搶走！我清楚的記得，你小時候曾經發過誓，將來要是嫁人，就要嫁給那個最優秀的人，因為你要做第一夫人！

「也許你自己都忘記了這個年幼時的誓言，但是老爸我怎麼可能會忘記呢？你以為柳擎宇前途無量，但是你卻忽視了一點，那就是柳擎宇那邊的競爭有多激烈啊！作為商人，老爸我必須要為你的未來考慮，嫁給沈鴻飛才是最為穩妥的決定！

「因為沈鴻飛將來肯定也是雄霸一方的人物，他的仕途前程未必就比柳擎宇差啊！不說別的，現在他的級別比柳擎宇還高一級呢！最重要的是，柳擎宇那個人性格太傲了，做事從不考慮後果，但是沈鴻飛卻為人沉穩，做事低調！只有沈鴻飛這樣的人才能真正的走上巔峰！」

掛斷電話，慕容倩雪的俏臉上閃過一絲憂慮之色。

事關自己幸福，老爸竟然還像生意人那樣斤斤計較，根本就不考慮自己的感受，最讓她感覺到憤怒的是，沈鴻飛竟然要趕往南華市來，這是她最不願意看到的事情。

她清楚的記得，自己第一次被迫與沈鴻飛相親的時候，雖然震驚於對方的溫文爾雅、英俊帥氣，但是自己依然向他表明了自己的態度——她已經有喜歡的人了，讓他放棄自己。

然而，當時臉色平靜的沈鴻飛卻說出了讓她都感覺到心跳加速的話：

「你可以有自己喜歡的人，我也有喜歡你的權利，任何人都無法阻止你去喜歡別人，同樣也無法阻止我喜歡你。我不否認我現在對你並沒有任何感覺，但是我知道你將來肯定是一個好妻子，賢內助，我們沈家需要像你這樣一個精明能幹的媳婦。

「我相信，我有能力讓你喜歡上我。在家族利益面前，我們個人其實都顯得那樣的渺小，或許你現在還不知道，但是等到將來，等到你真的有機會替家族考慮的時候，你就會明白家族聯姻的重要性了。」

沈鴻飛的話讓慕容倩雪十分震撼，她沒有想到沈鴻飛說話竟然如此直接，卻又那樣的充滿自信，就好像自己在他面前就是一隻兔寶寶一般，早晚都會落入對方的懷抱。尤其是沈鴻飛看向自己的目光中有著毫不掩飾的欣賞，更有著熾烈的灼熱，那是一種欲望的光芒。

慕容倩雪最終不得不逃離北京，她不敢確定如果自己和沈鴻飛相處的時間久了，會不會被對方那種強烈的自信、帥氣的氣質給吸引過去，但是在她內心深處，她始終認為柳擎宇才是年輕一代中最優秀的那個男人。

她渴望和最優秀、最有前途的那個人結合，她希望成為集萬千目光聚焦於一身的那個女人。這是存在於她靈魂深處的野心。

哪怕她內心深處也非常欣賞沈鴻飛，但是沈鴻飛在她心中始終不如柳擎宇有前途，所以她十分理智的做出了選擇，直接來到了南華市。

然而，與柳擎宇的這次見面，讓她意識到了自己的夢想極有可能會落空，她更沒有想到柳擎宇竟然差一點直接當面告訴她，他已經放棄了自己。

慕容倩雪的內心深處充滿了不甘和憤怒，但同時也在飛快的轉動著大腦，她需要一個證明自己的契機，她需要製造一個機會向柳擎宇證明，自己同樣也擁有別人無法企及的魅力。

在慕容倩雪的內心深處，她其實看不起曹淑慧和秦睿婕，在她看來，曹淑慧根本就是個學院派的學者而已，現在和曹家斷絕關係之後，更是成了一名小員警，完全沒有任何前途可言，對柳擎宇也不可能有任何的幫助；至於秦睿婕，雖然在官場上混得不錯，混到了副處級，但那又如何呢？一個女人官場混得再好，也不過是男人的陪襯罷了！她要想幫助柳擎宇更是十分困難，因為他們根本就不在同一個單位工作。

而自己不同，自己大學時便已經暗中掌握著慕容家族的諸多產業，更是把自己負責的那份產業做得風生水起，毫不遜色於經商多年的老爸！

這一點就連慕容家族都十分認可。她相信，如果柳擎宇娶了自己，自己一定會成為他事業上的賢內助，不僅可以運用商業手段去助力柳擎宇的仕途，還能夠為柳擎宇做很多他不方便做的事情。

慕容倩雪心裡在激烈的滌蕩著，情緒在發酵著，思緒在飄飛著，她秀眉微顰，杏眼轉動，思考著**如何才能撬動柳擎宇內心深處那根感情的心弦！**

突然，慕容倩雪想起了老爸剛才說的一句話，沈鴻飛要來南華市了，這算不算一個大好的機會呢？

據她所知，柳擎宇是一個十分要強的男人，做任何事都不甘心屈居人後。而劉家和沈家之間明顯是存在著激烈的競爭關係，如果自己能夠在這兩個男人之間走一走鋼絲，充分利用他們之間那種天然的敵對關係，巧妙運作一番的話，會不會讓柳擎宇意識到自己並不是非得緊貼著他不放，自己也有很多優秀的追求者的，再加上沈鴻飛的特殊身分，柳擎宇會不會在刺激之下，強行把自己給攬過去呢？

如果這個計畫成功的話，自己就可以直接搶在曹淑慧和秦睿婕的面前將柳擎宇收入囊中，到時候，只要想辦法與柳擎宇來個生米煮成熟飯，到時候曹淑慧和秦睿婕就再也構不成任何威脅了。因為柳擎宇是一個極其負責的男人，肯定會對自己負責到底的！

想到此處，慕容倩雪似乎看到了人生中最大的一次轉機來臨，**她要為自己的人生做一次重大的抉擇。**

她雖然是女人，但是**她要把所有的男人都玩弄於鼓掌之間，不管是柳擎宇還是沈鴻飛，她都要讓他們在自己出色的組織策劃下成為自己的棋子而不自知！**

因為她是慕容倩雪，她相信自己是這個世界上最出色的的女人！最有頭腦的女人！

慕容倩雪在策劃著，柳擎宇也沒有閒著，因為他人已經到了南華市，成為整個南華市的焦點之一，他必須要帶著整個省紀委聯合巡視小組做出成績來，否則的話，自己肯定會成為眾矢之的，不排除再次被人打壓的可能性！哪怕是有韓儒超在照顧自己。

和慕容倩雪見面之後，柳擎宇立刻把慕容倩雪這件事拋在了腦後，思考起如何在巡視的事情上進行佈局。

思考良久，柳擎宇心中有了計較。

第二天上午，柳擎宇把巡視小組的組員們召集到一起，臉色沉重著說道：

「各位，從今天開始，我們正式對南華市展開巡視，我提議，我們第一波巡視的領域先放在公車整頓上。」

柳擎宇說完，朱洪明臉色就是一沉，他曾經分析過柳擎宇最有可能首先展開巡視的領域，他認為的是財政和扶貧領域，因為柳擎宇在向東市就是先拿這兩個領域動手的，卻沒有想到柳擎宇想要對付公車領域！

朱洪明質疑道：「柳主任，為什麼要先放在公車領域呢？這個好像沒有什麼可巡視的吧？我認為不如放在扶貧領域上，扶貧領域的腐敗在各地都是很突出的。」

柳擎宇搖搖頭：「在向東市，我們巡視組已經對扶貧領域展開過巡視了，我相信，各地都已經在這上面進行過整頓了，再巡視也未必能夠找出多少問題，而公車領域存在的問題也不少，我們可以出其不意，打南華市一個措手不及。既然是巡視，就是要找出被巡視地區存在的問題，只有出其不意，才容易找出問題。」

朱洪明點點頭，不再說話了。

隨後，柳擎宇指揮道：「朱洪明、沈弘文，你們兩個分別率領第二和第九監察室的同志們分成兩個小隊，可以根據你們自己制定的計畫去進行巡視，可以單獨行動，也可以聯合起來行動，總之，你們現階段的主要目的就是讓南華市不知道你們要巡視哪裡，不能讓他們知道我們重點巡視的是公車領域，至於怎麼樣瞞天過海，應該不用我教你們吧！」

沈弘文立刻說道：「不用不用，我們第九監察室早就在向東市的時候操作過了。」

朱洪明也說：「我也不用，我們第二監察室也曾經多次進行過類似的操作。」

散會之後，朱洪明回到自己房間後，第一個電話便是打給南華市市委副書記古紀動。

「古書記，我們剛剛開會，柳擎宇決定要對你們南華市的公車展開巡視！」

古紀勳大吃一驚，連忙說道：「好的，我知道了。謝謝老朱啊！今天晚上我已經在『碧海藍天』那裡準備了一個豪華包間和幾名省藝校的大一新生，晚上一起放鬆放鬆去！」

朱洪明嘿嘿一笑：「好，那我就卻之不恭了。」

此刻，柳擎宇的房間內，沈弘文和孟歡坐在柳擎宇的對面，沈弘文有些不解的看向柳擎宇說道：「柳老大，你為什麼要直接告訴朱洪明我們的計畫呢？難道你不擔心他會把消息洩露出去嗎？他明顯是有人故意安插在我們身邊的探子啊！」

柳擎宇嘿嘿一笑，打開電話，調出一個網頁來，用手指著說：「你們看看這個新聞報導，南華市青峰縣在進行公車拍賣的時候，價值一百多萬的寶馬車竟然被人用一萬八千元給拍走了，價值四十多萬的日本車被人用兩千五百塊給拍走！這是不是太誇張了！雖然青峰縣官方在回應媒體報導的時候，說什麼這些車全都是用了好幾年的舊車，但就算是舊車，也不可能用連百分之一都不到的價格就給買走吧？公車改革可不是國有財產向個人身上轉移，而且還是這種毫無底線的轉移！」

說到這裡，柳擎宇的臉色顯得異常陰沉，聲音中也多了幾分寒意：「我之所以告訴朱洪明，就是想要借他的口告訴南華市的人，我們巡視組就是要調查這件事情，有多少本事他們儘管去使，我倒是想要看看，在證據確鑿的情況下，這些人到底如何解釋！如何推脫！」

聽到柳擎宇這樣說，孟歡和沈弘文這才恍然大悟，原來老大這是在利用朱洪明傳話啊！

「老大，那我們現在就直接前往青峰縣吧！」孟歡說道。

柳擎宇點點頭：「嗯，咱們一起去，青峰縣可是我老朋友趙志強負責的地方啊！」

說話間，柳擎宇的嘴角上露出一絲淡淡的冷意。

趙家在自己前往吉祥省進行溝通三省交通樞紐項目的時候可是沒少給自己下絆子啊，這件事柳擎宇可是一直都記在心中的，柳擎宇相信，這裡面絕對少不了趙志強的推波助瀾。

隨後，柳擎宇又把詳細的步驟跟眾人交代了一下，立刻帶著第儿監察室的眾人直接乘車趕往青峰縣。

其實，當柳擎宇他們一行人走出新源大酒店的時候，便已經有人注意到他們了，等負責監控的人看到柳擎宇他們的動向之後，立刻向上級領導進行了彙報。

黃立海等人得知後，立刻展開分析，由古紀勳分析出柳擎宇最有可能去的地方就是青峰縣，再綜合從朱洪明那邊得到的情報，最終確定了柳擎宇他們這一行人要趕往的地方正是青峰縣無誤。

得出結果後，黃立海擔憂地說道：「老古啊，青峰縣那邊都安排妥當了嗎？趙志強那邊有沒有問題？」

古紀勳苦笑道：「就在前天，媒體上突然爆出了青峰縣在公車拍賣時出現了嚴重的問題，這一次不知道趙志強這傢伙到底是怎麼做的工作，竟然讓媒體把這麼重要的事情給捅了出去！柳擎宇前往青峰縣，八成也是針對這件事情而去的，趙志強能否擺平他，我心中很沒底啊！」

黃立海聞言眉頭一皺，立刻撥通了趙志強的電話，聲音中帶著幾分不滿說道：

「我說小趙啊，你們青峰縣到底是怎麼回事？公車拍賣這麼嚴重的事怎麼會上了新聞，現在幾乎各大媒體全都報導了這件事，已經有上級對我們市委宣傳部提出質疑了，柳擎宇和第九監察室也趕往你們青峰縣進行巡視，你能不能擺平這件事啊？」

和黃立海擔憂的情形相比，電話那頭的趙志強卻顯得老神在在，笑著說道：

「黃書記，您說的這件事我也注意到了，我沒有想到那天公車拍賣的時候會有記者混進來，本來縣裡是想要借這次拍賣的機會，為一些曾經給縣裡做出貢獻的同志們謀取一些福利，卻不想被有心人給捅了出去，還安上了一個賤賣國家財產的罪名。

「既然如此，那我們只能換一個思路來操作這件事了。請黃書記放心，這件事情炒作得越厲害，最終我們南華市和青峰縣得到的好處就越多，誰願意炒作就讓他們炒作去吧，您儘管把心放在肚子裡，在青峰縣，一切盡在我的掌握中，柳擎宇趾高氣揚的來，我要讓他灰溜溜的走。」

趙志強並沒有告訴黃立海他會怎麼做，不過以黃立海對趙志強的瞭解，他知道趙志強肯定不會無的放矢，所以是暫時把好奇心放在了肚子裡，滿意地道：「那我就等著你的好消息了。」

掛斷電話後，趙志強嘿嘿一笑，站在窗口望著縣委大門口的方向，嘴裡喃喃道：「柳擎宇啊柳擎宇，跟我鬥，你還嫩了點啊！」

當柳擎宇一行人出現在青峰縣縣委大院門前的時候，本來以為青峰縣的人會像對待瘟神一般對待他們，但是大大出乎柳擎宇意料的是，當他們在門衛處登記後，剛剛走到縣委大樓門口時，就見到青峰縣縣委書記趙志強帶著一干縣委領導們走了出來。

趙志強滿臉含笑，主動伸出手來，十分熱情的說道：「哎呀，柳擎宇啊，真沒有想到你會到我們青峰縣來啊，有失遠迎，還請恕罪啊！」一邊說著，一邊主動握住了柳擎宇的手使勁的搖晃著說道：

「柳擎宇，這個世界變化真快啊，我想起了當年咱們為了爭取高速公路專項資金而激烈競爭的場景，那個時候，我不幸敗給你，說實在的，那時候我對你真是非常不服氣啊！尤其是後來，你竟然整出了三省交通樞紐項目，甚至還從北京拉來了幾百億的資金，我對你只有佩服得五體投地。對你的魄力、你的才華，我真的非常欣賞。哪知道那個項目剛剛有了眉目，你卻被調走了，我真的很為你惋惜痛心啊！」

說到這裡，趙志強不由得長吁短嘆起來，看似是在為柳擎宇的不幸惋惜，實際上，不管是柳擎宇也好，他自己也好，在場的眾人也好，大家都聽出來**這趙志強根本就是在挖苦諷刺柳擎宇呢！**

柳擎宇淡淡一笑說道：「呵呵，往事不堪回首啊！」

趙志強點點頭：「是啊，往事真正的不堪回首啊，不過我不得不佩服你柳擎宇，雖然在南華市你混得極不如意，但是現在你再次回到南華市，卻是以巡視組主任的身分回來的，這個身分絕對是風光無限啊！

「你看看，你剛到南華市，便讓咱們這整個南華市的市委領導層不安起來，大家都在思考著自己到底有哪裡對不住你的地方，都在擔心你會不會借機報復他們。柳擎宇啊，咱們可是老朋友了，你跟我說說，你會不會做出這種事出來?!」

說話間，趙志強顯得和柳擎宇關係十分親近，實際上他依然是在玩小把戲，是**想要在玩笑間把柳擎宇逼到牆角**。

柳擎宇面色不改的說道：「我說趙書記，你這些話說得我有些汗顏啊，說實在，我從來不認為南華市有任何人對不起我柳擎宇的，我也從來不認為我虧欠南華市任何人，如果真要說我有對不起人的地方的話，恐怕就要屬瑞源縣的老百姓了，我沒有親自把三省樞紐項目完成，這是我內心深處最為遺憾的地方，不過我相信，既然市裡做出了這個決定，身為領導幹部，我必須要遵守。現在我被借調到了省紀委擔任紀委第九監察室的主任，我會盡我一切所能把工作做好，至於你所說的什麼報復不報復的，根本就是無稽之談了。我說趙志強，你是在故意拿話擠兌我是不是？」

柳擎宇直接拿話點了一下趙志強。

趙志強微微一笑，他從來不認為柳擎宇會接不下自己的這番揶揄嘲諷，所以見一擊不中，他再次出招：「柳擎宇，哦，不，現在應該叫你柳主任，不知道你這次帶著第九監察室的人到我們青峰縣來，準備在什麼領域展開巡視？有什麼需要我們青峰縣配合的地方？咱們兄弟，你千萬不要跟我客氣，有什麼話儘管說，我保證讓青峰縣上上下下的幹部們全力配合你們省紀委的巡視工作！別的我不敢說，但是我可以拍著胸脯打包票，我們青峰縣的幹部團隊絕對是一個最為團結的團隊，最為清廉的團隊，是一個根本不存在腐敗問題的團隊！」

請續看《權力巔峰》15　權力巔峰

權力巔峰 卷14 與狼共舞

作者：夢入洪荒
發行人：陳曉林
出版所：風雲時代出版股份有限公司
地址：10576台北市民生東路五段178號7樓之3
電話：(02) 2756-0949
傳真：(02) 2765-3799
執行主編：朱墨菲
美術設計：吳宗潔
行銷企劃：林安莉
業務總監：張瑋鳳

初版日期：2020年6月
版權授權：蔡雷平
ISBN：978-986-352-811-1
風雲書網：http://www.eastbooks.com.tw
官方部落格：http://eastbooks.pixnet.net/blog
Facebook：http://www.facebook.com/h7560949
E-mail：h7560949@ms15.hinet.net
劃撥帳號：12043291
戶名：風雲時代出版股份有限公司

風雲發行所：33373桃園市龜山區公西村2鄰復興街304巷96號
電話：(03) 318-1378
傳真：(03) 318-1378
法律顧問：永然法律事務所 李永然律師
北辰著作權事務所 蕭雄淋律師

行政院新聞局局版台業字第3595號 營利事業統一編號22759935

定價：270元

國家圖書館出版品預行編目資料

權力巔峰 / 夢入洪荒著. -- 初版. -- 臺北市：風雲時代, 2020.03- 冊； 公分

ISBN 978-986-352-811-1（第14冊：平裝）--

857.7 109000686